# BISSEXTILE

DU MÊME AUTEUR

*Crispations*, Éditions Lamiroy, 2014.

ÉRIC RUSSON

# BISSEXTILE

*roman*

Robert
Laffont

ISBN 978-2-221-18884-2
Dépôt légal : février 2018

# 1

# J – 104 jours

L'ordre schlague comme un fouet. Une claque dans la gueule. Le coup d'envoi d'un cent mètres.

Aussitôt se répand l'enfer.

La porte vole en éclats sous l'assaut du bélier. Comme s'ils craignaient d'être frappés par la foudre en restant à l'extérieur, une soixantaine d'hommes vêtus d'uniformes kaki grimpent l'escalier métallique quatre à quatre et s'engouffrent dans le bâtiment.

L'instant d'avant régnaient le silence et la paix. Une absence au monde dans laquelle les gens qui habitent ici ont choisi de se réfugier, en accord avec leurs convictions. Cela faisait des années qu'ils tenaient bon, cachés, à l'écart. Dérangeaient-ils au point qu'il ait fallu les trahir, les dénoncer ?

Il y a une seconde, cet ancien immeuble industriel, aujourd'hui à l'abandon, était encore engourdi de sommeil. Comme la plupart de ses habitants.

À présent, tout n'est que cris.

Les occupants des lieux n'opposent aucune résistance. Que peuvent faire une quinzaine d'adultes et une vingtaine d'enfants, dont le plus âgé ne doit pas dépasser les douze ans, contre une meute ?

Pourtant, les cris, les ordres.

Certains sont surpris en train de petit-déjeuner. D'autres dorment encore. Pas un seul n'a sorti une arme de sa poche pour se défendre, pas même un couteau de cuisine. Ils n'en ont pas.

Les canons pointés vers eux ne rencontrent que des visages tétanisés, des bras levés. Des pleurs.

Pourtant, les cris.

Les hommes sont plaqués au sol, face contre terre, bras pliés derrière le dos, à la limite de la fracture. Les femmes subissent le même sort.

Seuls les enfants ne sont pas violentés. Si l'on considère qu'arracher un bébé des bras de sa mère ne constitue pas un acte de violence.

Les cris, toujours.

La meute doit avancer. Elle ne dispose que de quelques minutes pour se rendre maîtresse des lieux, s'assurer que chaque mètre carré soit sécurisé.

L'opération est retransmise en direct par la chaîne fédérale d'information continue, qui la diffuse sur des milliers d'écrans, dans la plupart des lieux publics. L'hallali est un spectacle qui rencontre toujours une belle audience.

Une après l'autre, les pièces sont débarrassées de la vermine qu'elle abrite. Une opération de nettoyage, c'est comme cela que les autorités appellent ce qui est en train de se passer. Ils n'aiment rien d'autre que la propreté. Ils l'ont assez clamé dans les journaux, à la télévision, pour se faire élire. Alors, puisqu'ils en ont le pouvoir, ils récurent.

Autrefois, quand la Loi ne sévissait pas encore, des hommes travaillaient ici. Les murs résonnaient de leurs voix et du concert de leurs machines. Des odeurs humaines et mécaniques se mélangeaient. Aujourd'hui, les établis ont disparu. Et ça ne sent plus que la peur.

Un dernier espace à nettoyer. Les anciennes fenêtres ont été masquées par de la peinture noire. La peur, toujours, de se faire repérer. La pénombre règne. Deux policiers balaient le périmètre de leur arme.

Dans un coin, une jeune femme s'est accroupie, un bébé collé sur sa poitrine. Si elle le pouvait, elle s'enfoncerait dans le sol pour leur échapper. Son corps est recroquevillé sur lui-même, dirigé vers le mur, pour prendre le moins de place possible. Être invisible. Le visage de l'enfant est tourné vers elle. D'une main, elle appuie sur sa tête, pour étouffer le bruit de sa respiration. Elle-même retient son souffle jusqu'à la suffocation. Le faisceau des lampes qui surmontent le canon des armes danse dans l'air moite, à la recherche de sa proie. Elle ne les voit pas. Ralentir les battements de son cœur est sa seule préoccupation. L'empêcher de cogner trop fort, se rappeler comment elle faisait, enfant, quand elle jouait à cache-cache. « Si tu ne vois pas ceux qui te pistent, ils ne te verront pas non plus. » Elle a toujours cru que cette règle stupide la sauverait. L'aiderait à échapper à ses ennemis. Et aujourd'hui qu'elle a le trésor le plus précieux à protéger de leurs griffes, elle y croit plus que jamais.

Les lumières se rapprochent. Leur danse macabre tourne autour d'elle, sans l'atteindre. Si elle pense très fort qu'elle est un objet, abandonné là par les précédents occupants, elle en deviendra un. La meute recherche des déviants, des hommes et des femmes, pas des objets.

Ses membres ne sont plus qu'une crispation. Chacun de ses muscles est tendu jusqu'à la douleur. Comme s'il avait senti le danger, son bébé ne bouge pas non plus. Leurs deux corps ne forment plus qu'un bloc immobile.

Dès qu'ils sont maîtrisés, les adultes sont évacués sous bonne garde. Pour l'homme qu'elle aime et son autre enfant, et pour tous ceux que la société considère comme ses complices mais qu'elle appelle sa famille, sa grande famille, c'est déjà trop tard.

Les lumières ne dansent plus. Elles ont trouvé leur cible. La jeune femme ne les voit pas, son visage est toujours tourné vers le mur, ses yeux fermés. Mais elle les sent sur sa nuque, de plus en plus proches.

Une main gantée la saisit sous l'aisselle et essaie de la mettre debout. Son corps reste recroquevillé, comme lesté de plomb fondu. Le policier ne parvient pas à la soulever, lui tire les cheveux, sans résultat. Une voix lui ordonne de se lever. Le canon d'une arme s'enfonce dans son bras, dans ses côtes. Malgré la douleur, elle ne bouge pas. La voix la menace. Si elle veut vivre, elle doit les suivre. Le canon se pose sur sa tempe. La Loi est de leur côté, pas du sien. Leur patience est à bout. Un des policiers a retourné son arme et la frappe de sa crosse sur la tête. Son front cogne le mur vers lequel elle s'était tournée, un craquement sec accompagne la douleur, du sang lui coule dans les yeux, ses forces la lâchent. Le peu de conscience qui lui reste lui ordonne de ne pas desserrer les bras, de protéger ce qu'elle a de plus précieux mais son corps ne suit plus. Ses muscles ont abdiqué, des mains la soulèvent de terre. Alors que les policiers la mettent debout, un paquet glisse sur le sol. Elle veut le retenir mais n'y parvient pas. Ses oreilles ne captent plus de mots mais des sons, lointains. Elle comprend vaguement que les deux hommes qui la maintiennent sur ses jambes appellent du renfort. Ils ont vu le paquet rouler à terre. Elle veut crier mais aucun son ne sort de sa gorge.

Le renfort est féminin. Dans ce type d'intervention, les hommes se chargent du coup de force, les femmes de prendre en charge les nombreux enfants qui sont découverts. L'une d'entre elles arrive en courant, ramasse le paquet que lui indique l'un de ses collègues. Elle entrouvre les couvertures, fronce les sourcils, palpe le petit corps puis se dirige en courant vers la sortie. Les deux membres des forces de l'ordre la suivent, soutenant la jeune mère à moitié inconsciente. Ses pieds raclent le sol.

Dehors, c'est Barnum. On n'a lésiné sur aucun déploiement de forces. L'ancien quartier maritime est bouclé. Le soleil n'est pas encore levé mais on voit clair comme en plein jour grâce aux canons de lumière braqués sur les bâtiments. Le long du canal, sur la chaussée qui longe les usines et les entrepôts voués à la démolition, la circulation est à l'arrêt. Tant pis pour ceux qui seront en retard au travail. Plusieurs dizaines de voitures et de fourgons sont garés devant l'immeuble. Quelques ambulances aussi. Une foule d'uniformes s'affaire. Les gyrophares éclairent la façade de flashes bleus. C'est presque beau.

L'opération est terminée, c'est une réussite.

Chaque adulte, sous bonne garde, descend l'escalier de fer. L'unique issue. Leurs pieds et leurs mains sont enchaînés.

Les commentaires en direct se veulent rassurants. Ils saluent une victoire. Les journalistes tiendront l'antenne une bonne partie de la journée avec ces images qui tourneront en boucle pour marteler que le gouvernement veille au grain et qu'il n'existe aucun repaire sur le territoire où ceux qui ont choisi de défier la Loi peuvent se sentir à l'abri. Aucun.

Derrière son volant, Sarah suit la scène qui se déroule à quelques mètres devant sa voiture, comme devant des dizaines d'autres.

Son horloge de bord lui indique qu'elle devrait déjà être à l'Institut, en train de s'occuper de ses premières patientes. Elle a envoyé un message au secrétariat. Au rythme où la situation évolue, plusieurs rendez-vous devront être déplacés.

Elle est d'une humeur de chien. Déjà qu'elle a du mal avec l'autorité en général et la police en particulier, ce qu'elle voit rend impossible toute réconciliation entre elle et le concept d'ordre public.

C'est la première fois de sa vie qu'elle assiste à une pareille scène. Cette exhibition la met mal à l'aise. C'est pathétique. Un à un, les déviants sont jetés dans les fourgons qui démarrent aussitôt sous bonne escorte, sirènes hurlantes. Direction le palais de justice où ils seront interrogés.

Les enfants ont droit à un traitement différent. Pour eux, des véhicules banalisés. La plupart ne se rendent pas compte de ce qui leur arrive, trop petits ou encore endormis. Certains pleurent, d'autres ont le regard perdu, impressionnés par les lumières et les cris autour d'eux.

Sarah aimerait regarder ailleurs. Elle a la désagréable impression d'être du mauvais côté, de cautionner ce cirque. Mais elle ne peut détacher son regard de la jeune femme qui vient d'apparaître en haut de l'escalier. Elle ne doit pas avoir plus de vingt-deux ou vingt-trois ans. Les deux policiers qui l'entourent ont du mal à la porter. Elle est à moitié inconsciente.

À quelques mètres du véhicule qui va l'emporter, son corps leur oppose une dernière résistance, tendu en arrière.

Les mains de Sarah se sont crispées sur son volant. Elle voudrait intervenir, dire quelque chose mais ça servirait à quoi ?

Rassemblant toute l'énergie du désespoir qui subsiste en elle, la jeune mère ouvre la bouche et se met à hurler. Un hurlement de mort, rauque et profond, d'autant plus puissant qu'elle l'a retenu longtemps, et qui couvre tous les sons alentour. Un dernier message à son enfant, sans savoir si celui-ci est encore capable de l'entendre, pour qu'on ne les oublie pas, avant de plonger dans un silence dont elle ne sortira sans doute jamais. Un hurlement qui déchire les oreilles de Sarah malgré les vitres fermées. Un hurlement qui lui parvient encore après la fermeture des portes du fourgon dans lequel la jeune femme a été jetée.

Fin du spectacle.

Quelques véhicules de police restent devant l'immeuble qui va être fouillé de fond en comble. Peut-être y trouvera-t-on des informations utiles. Les déviants s'organisent en réseau.

Dans une heure ou deux, ce quartier aura retrouvé une activité normale. Dans quelques jours, plus personne ne se souviendra que cet immeuble condamné par la police a été le théâtre d'un siège militaire.

Sauf Sarah, à qui le policier vient de faire signe qu'elle pouvait enfin dégager.

# 2

# J – 104 jours

Vingt minutes pour sortir de l'ancien faubourg industriel, contourner le quartier des tours transparentes qui entourent la nouvelle gare, gagner la zone de transit pour pénétrer dans le centre-ville. À partir de là, compter encore une demi-heure minimum pour parcourir les deux malheureux derniers kilomètres qui la séparent de l'Institut où elle est attendue.

Alors que les voitures mènent leurs passagers jusqu'à la destination souhaitée, certains profitent du paysage, d'autres consultent leur courrier ou finissent leur nuit. Sarah ne s'y fait pas. Autant prendre les transports en commun. Elle qui adore conduire doit quitter la ville si elle veut retrouver le plaisir d'appuyer sur l'accélérateur. Rouler au pas, les bras croisés, lui donne l'impression d'être infantilisée, prisonnière d'un jouet téléguidé. Même si c'est « pour son bien ».

Sa voiture s'engouffre dans le parking souterrain de l'Institut. Une fois sur place, le moteur se coupe.

Cinq bonnes minutes sont nécessaires à Sarah pour sortir de sa voiture.

À son arrivée au troisième étage, personne ne lui fait de remarque sur son retard. Aucun message ne l'attend à la réception. La routine quotidienne qui régit les couloirs de ce service ne semble pas avoir été perturbée comme elle-même l'a été. Ici, c'est la vie qui prime. La naissance, pas la mort. L'Institut de la Natalité est la plus grande maternité privée de la ville.

— Quelque chose ne va pas, docteur Vasseur ?

Une fois que Sarah a franchi le seuil de l'institution qui l'emploie, son prénom disparaît au profit exclusif de sa profession.

— Vous n'avez pas l'air dans votre assiette.

Julien Cadet, fils de celui qui a créé et forgé la réputation de l'Institut, l'aborde comme un patron recadre une employée qui ne donne pas satisfaction.

Sarah semble hagarde, au beau milieu du couloir, hypnotisée par un des nombreux écrans qui garnissent les murs de l'étage et rediffusent la scène dont elle vient d'être le témoin involontaire.

— Quel triste spectacle. Tous ces enfants victimes de la bêtise de leurs parents.

La fonction de directeur serait-elle livrée avec un kit de certitudes à balancer en toutes circonstances ? Julien Cadet fait partie de ces gens qui dissertent avec assurance sur tous les sujets, même les plus délicats, sans se soucier de la sensibilité de leur auditoire.

Un point de côté empêche Sarah d'argumenter, une gêne plus qu'une douleur, comme lorsqu'une écharde se glisse sous la peau de l'index. Il n'entre pas dans ses habitudes de parler politique avec ses collègues, ni avec qui que ce soit d'ailleurs. Ce n'est donc ni aujourd'hui, ni avec son supérieur hiérarchique que cela va changer.

— Vous n'allez tout de même pas rester plantée là toute la journée, docteur. Vos patients vous attendent.

Heureusement, c'est le jour des consultations. Échographies, examens de routine, quelques visites de contrôle obligatoires. Aucune intervention lourde, accouchement, curetage ou hystérectomie, n'est prévue dans le planning que lui a communiqué Yolande, sa secrétaire. Cela tombe plutôt bien. Son état de fébrilité compromettrait tout acte exigeant un minimum de précision.

— Des actions comme celle-là, il y en a, Dieu merci, des dizaines par mois, poursuit-il. S'il fallait, à chacune d'elles, observer une minute de silence, cette clinique aurait un grave souci de rendement.

Sarah se tourne vers lui. Il a beau être à la tête de cet Institut, elle réalise qu'elle ne le connaît pas. Cela ne fait que deux ans qu'il a succédé à son père et, depuis son arrivée, ils ne se sont jamais adressé la parole en dehors des politesses d'usage.

— C'était affreux.

Julien Cadet fait un pas vers elle et adopte le ton de la confidence.

Leurs visages sont à quelques centimètres l'un de l'autre.

— Je crois que nos patients ne comprendraient pas que ce type d'événement ait un impact sur la qualité et la rigueur des services qu'ils sont en droit d'attendre de notre établissement. Maintenant, mettez-vous au travail.

Le couloir qui sépare le hall d'accueil de son cabinet lui paraît interminable. Sarah croise quelques collègues qui la saluent à peine.

Parcourir cette distance lui permet, chaque matin, d'entrer dans son rôle. Position du corps, port de tête et timbre de voix propres à sa fonction, à la fois proche des patients et respectant une forme de retenue due à l'autorité qu'elle représente. Il ne manque plus que la blouse blanche ornée de son badge pour que la transformation soit complète.

Mais ce matin, ses pieds traînent, trop lourds. Dans cet environnement feutré, elle mesure le fossé qui sépare la vie des couples qui vont la consulter aujourd'hui, qui sont pour la plupart concentrés sur leur petit projet et font parfois des montagnes de rien, et celle, brisée à jamais, des gens qu'une brigade de policiers en uniformes a réveillés aux premières heures du jour.

Un gouffre. Avec elle au milieu.

# 3

# J – 104 jours

La mer est noire, comme les jours où elle charrie de mauvais présages, formant entre la plage et le ciel chargé de nuages une ligne infranchissable. Une tempête se prépare. Il va falloir fermer les volets des étages supérieurs.

Madame a passé une mauvaise nuit, peuplée de ceux qu'elle appelle ses fantômes. Elle n'a pratiquement pas fermé l'œil, a appelé plusieurs fois Élise pour qu'elle reste à son chevet.

Son état de santé se détériore. Elle ne fait plus aucun effort, passe l'essentiel de ses journées dans sa chaise longue, face à la grande baie vitrée qui ouvre sur l'horizon, à dormir ou à regarder le paysage, immobile et muette.

Jusqu'à il y a peu, elle se plaisait encore à lire ou à écouter de la musique. Ça remplissait ses trop longues journées. Mais depuis une poignée de semaines, toute envie l'a quittée. Ses livres de chevet restent fermés et le vieux lecteur de CD figé dans le silence.

Ce qui inquiète le plus Élise, c'est que Madame ne parle presque plus. Elle n'a jamais été très bavarde mais ne refusait pas la conversation quand il s'en présentait une. Aujourd'hui, les questions que lui pose Élise restent sans réponse. Si elle prononce dix mots en une journée, c'est un miracle.

Il s'est récemment déposé un souffle sur sa voix qui l'a fait entrer dans un autre âge. « Le dernier », pense Élise, qui la sert fidèlement depuis des années.

Peu à peu, Madame a espacé ses sorties. Elle qui adorait marcher sur la plage au bras d'Élise a tout à coup refusé toute promenade et ne contemple plus la mer que depuis la véranda de son jardin d'hiver.

Puis c'est son appétit qui s'est étiolé. Ces derniers temps, Élise doit même la nourrir comme une enfant, à la cuillère. Et la vieille dame réagit comme telle, en serrant les lèvres ou en détournant la tête. Les repas sont devenus infernaux.

Madame a quitté le présent. Le passé est devenu son refuge. Une bulle dans laquelle elle s'enferme des heures durant, étendue sur sa chaise longue. Sur le guéridon, à portée de main, des photos lui tiennent compagnie.

Parmi elles, il en est une qui semble avoir sa préférence. On y voit Madame sur la plage tenant par la main une petite fille d'environ huit ans. Les sourires sont empruntés. À l'avant-plan, sur le sable, l'ombre du photographe. À l'arrière-plan, la maison de Madame, reconnaissable à la petite tour qui surplombe le toit. Cette photo a dû être prise il y a plus de trente ans.

Lorsqu'elle lui apporte son thé, Élise retrouve souvent Madame avec cette photo sur les genoux, les yeux dans le vide. Parfois, ses lèvres remuent mais aucun son ne sort. Quand cela arrive, Élise n'ose pas interrompre le dialogue silencieux. Elle tourne les talons et la laisse seule avec ses souvenirs.

Alors que le temps semblait l'avoir oubliée, les récents assauts subis par son visage prouvent qu'il s'est rappelé son existence et a estimé qu'elle avait assez profité de ses bontés. En quelques mois, ce qui subsistait de la jeunesse de Madame s'est effacé, jusqu'à la couleur de ses yeux qui a perdu tout éclat.

La femme qui sourit discrètement sur la photo de la plage n'existe plus. À sa place, une forme voûtée se raccroche à ce qui lui reste de vie.

En cette fin d'après-midi, elle s'est endormie dans la véranda, laissant à Élise un peu moins d'une heure pour s'affairer dans les étages supérieurs. La tempête n'attend pas. Il lui faut protéger les fenêtres des trop nombreuses chambres et celles de la petite tour.

Comme cette maison est devenue grande, maintenant que Madame n'occupe plus que les pièces où se concentrent ses maigres activités – manger, dormir, se souvenir –, Élise se sent parfois perdue dans ce paquebot d'une vingtaine de pièces.

Dehors, le vent souffle avec de plus en plus de violence. Mais la pluie ne tombe pas encore. De la petite tour, Élise a une vue imprenable sur la côte et la vaste propriété. L'absence de toute autre demeure alentour lui donne l'impression d'être seule au monde face aux éléments déchaînés. Au loin, la mer ressemble à la mort au galop. Élise referme les volets sur cette image qui lui fait peur et redescend les escaliers quatre à quatre.

Sur sa chaise longue, Madame dort toujours. Au moins, le sommeil lui épargne le spectacle de la nature en colère.

De retour dans la cuisine, Élise prépare le souper dont elle tentera de lui faire avaler quelques bouchées. Elle a allumé la vieille radio pour se sentir moins seule. C'est l'heure des informations fédérales, qu'elle écoute d'une oreille. Le journal lui parle du monde dont elle se sent tellement coupée. Il y a si longtemps qu'elle vit ici. Parfois, cet éloignement lui pèse. Mais aujourd'hui, à l'écoute des événements relatés par le journaliste, elle se sent à l'abri dans cette maison, malgré le ciel menaçant. Dehors, tout n'est que violence, polémique, vies brisées.

Soudain, un bruit sourd secoue le rez-de-chaussée. Élise est certaine d'avoir fermé fenêtres et volets de toute la demeure. Aucun courant d'air n'a pu faire basculer un des innombrables bibelots qui couvrent chacun des meubles. C'est autre chose.

Elle se précipite vers la véranda. La scène qu'elle découvre correspond, à quelques détails près, à l'image mentale qu'elle s'était fabriquée de cet inéluctable moment.

Madame gît sur le flanc. La chaise longue a été emportée dans sa chute.

Au loin, la mer laisse éclater sa rage.

# 4

# J – 104 jours

Marcher en équilibre sur des dalles de pierre émergeant d'un étang biologique n'est pas un exercice facile quand on tient, suspendu à l'index, le crochet d'un cintre en bois portant un costume de smoking protégé par sa housse et, pendu au bout de l'autre bras, un sac frigorifique contenant quelques bouteilles d'un excellent champagne. Pour tout dire, Sarah balancerait volontiers tout son chargement dans l'eau verdâtre tant elle peine à garder une posture digne.

Chaque fois qu'elle le rejoint à son travail, elle se demande quelle mouche a piqué Nicolas il y a cinq ans quand il a installé ses bureaux dans cet ancien hôtel de maître d'une des avenues les plus cossues du sud de la capitale et surtout pour quelle raison il s'est cru obligé d'imaginer et de concevoir ce jardinet d'une inspiration japonaise discutable, composé aux trois quarts d'un étang soi-disant renouvelé de manière naturelle, qui attire tous les étés des bestioles insupportables et qu'on est forcé de traverser comme un funambule pour accéder à ses bureaux. Et surtout par quel miracle personne jusqu'à ce jour ne s'y est vautré, voire noyé. Il y a de quoi maudire toutes les générations d'architectes présentes et à venir.

Dix-neuf heures passées. Pas un chat à l'accueil ni dans les couloirs. Tout le monde a déserté les lieux. Seul l'atelier des patrons situé au premier étage semble encore en activité.

Sarah entre sans se faire annoncer et se débarrasse en hâte de son fardeau.

Devant la grande table centrale, Nicolas et Marc sont penchés au-dessus de la maquette de la future gare du centre-ville. C'est à peine si les deux associés se sont rendu compte de sa présence.

— On ne va quand même pas abandonner le projet pour trois maisons lépreuses que leurs habitants refusent de quitter.

— La gare n'est pas en cause. Ce sont les aménagements aux alentours qui posent problème.

— Ce ne sont pas deux projets distincts, Marc. L'un ne tient pas debout sans l'autre.

— Explique ça au comité de quartier qui veut sauver ce pâté de maisons.

— On ne va pas renoncer à la passerelle d'accès pour deux bistrots pourris et des baraques en ruine !

Nicolas frappe du plat de la main sur la table. La gare a sursauté. Voilà des semaines que ce conflit retarde le projet. Chaque fois que le président de ce comité de quartier s'exprime à la télé, des brûlures lui remontent de l'estomac comme une flamme sur le câble d'un bâton de dynamite.

— Messieurs, plutôt que de vous échauffer à propos de cette gare, peut-être faudrait-il vous préparer pour inaugurer le nouveau musée des Beaux-Arts, non ?

Sarah les a presque effrayés.

— Dans moins d'une heure, un maire, un ministre de la Culture, un directeur de musée et une foule de personnalités influentes vous attendent pour couper le cordon.

Sarah sort les deux bouteilles du sac frigo.

— Voilà de quoi vous préparer à affronter cette épreuve.

Si Marc accueille son initiative comme une délivrance, Nicolas ne parvient pas à décompresser.

— Mais, Sarah, il y en aura à l'inauguration.

Malgré d'indéniables qualités, Nicolas a toujours eu ce côté rabat-joie qui, au quotidien, finit par agacer son épouse.

Ce qu'elle ne dit pas à son mari, c'est que cette petite parenthèse partagée avec lui et son associé est aussi destinée à mettre un terme à une journée qu'elle souhaite oublier au plus vite.

Depuis des années, et malgré des collections admirables, le musée des Beaux-Arts, vieille bâtisse du siècle dernier entourée d'un parc à la française, n'attirait plus que des touristes asiatiques et des colonies de mômes traînant les pieds et s'ennuyant ferme. La décision de lui donner un coup de jeune et de faire appel au bureau de Nicolas pour réaliser cette tâche n'avait pas plu à tout le monde. Nicolas Vasseur, enfant terrible de l'architecture contemporaine, visionnaire pour les uns, fumiste pour les autres. L'homme qui suscite la polémique, choque ou crée la surprise dès qu'un de ses projets est rendu public.

Son idée pour le musée était de ne pas en changer l'aspect extérieur. Les vieilles cartes postales pourraient toujours être vendues. La révolution, c'est à l'intérieur qu'il la mènerait. Tout démolir pour tout réinventer, principe du « façadisme » qui était loin de faire l'unanimité.

Ce n'est pas tant la nouvelle disposition des salles, organisées autour d'un énorme puits de lumière, ou l'accès aux différents niveaux par une rampe, comme dans les vieux parkings, qui chiffonne les « paléontologues de l'architecture », comme Nicolas les appelle. C'est surtout que chaque étage de cette espèce de vaisseau spatial dédié à l'art tourne en permanence autour de l'axe lumineux. Le mouvement est imperceptible, à peine quelques centimètres par heure, suivant la course des aiguilles d'une montre pour la moitié d'entre eux, dans le sens inverse pour les autres, mais quel que soit le moment de la journée où il décidera de les admirer, les œuvres apparaîtront toujours sous un éclairage nouveau au visiteur. Derrière l'apparence un brin surannée de l'institution, c'est donc un musée résolument moderne qui rouvre ses portes ce soir.

L'événement n'est pas que culturel, il est aussi mondain. Il a attiré de nombreuses personnalités qui n'ont pas forcément quelque chose à y faire mais tout intérêt à s'y montrer. Les chasseurs d'images sont à l'affût.

D'ordinaire, Sarah déteste ce genre d'atmosphère. Mais ce soir, cette comédie lui fait du bien. Elle a gravi les marches avec Nicolas et Marc, a salué leur hôte d'un soir et plongé dans la foule.

Une fois le seuil franchi, le hall d'entrée impressionne par sa taille. Sarah se souvient vaguement de l'ancien, sombre et passé de mode. Elle se retrouve ce soir sous une verrière monumentale qui, pendant la journée, doit donner à l'espace des allures de cathédrale.

Vite, une coupe pour s'occuper les mains. De toute façon, des mains, elle n'en serrera pas beaucoup. Ce n'est pas elle que l'on regarde. Tant mieux. Nicolas, lui, est immédiatement accaparé. Happé par les journalistes et les admirateurs, il fait le paon loin d'elle.

Le cordon n'étant pas encore coupé, c'est l'arrivée, avec une demi-heure de retard, du ministre de la Culture qui marque le début des choses sérieuses.

Puis, Nicolas prend la parole. La présence d'un micro l'inspire. Il brille. Sa place dans la foule, perdue parmi les autres, donne à Sarah la distance suffisante pour voir en lui la vedette de la soirée plus que son mari. Mais ce n'est pas assez pour occulter qu'au fil des années, le caractère de Nicolas s'est transformé et que la fierté à le voir improviser avec brio en public est gâchée par l'impression qu'ils sont en train de s'éloigner l'un de l'autre.

Les derniers applaudissements, toujours les plus nourris puisqu'ils annoncent la fin du calvaire, saluent le découpage du cordon. Place au buffet et à une éventuelle visite des lieux.

Personne ne l'aborde. Comme elle n'a pas vocation à faire tapisserie ou à se mêler à un groupe déjà formé, ses pas l'éloignent naturellement de la foule.

La rampe, d'une déclivité raisonnable, est l'unique accès aux salles d'exposition. Si l'on n'a pas le vertige, on peut prendre des raccourcis, par des passerelles qui traversent le puits et qui, vues du rez-de-chaussée, forment une sorte de mikado métallique. Malgré l'apparence un peu désordonnée de l'ensemble, il est évident que ce lieu répond à une logique. Il y a un sens dans tout cela, une histoire à raconter, une chronologie, un voyage dans le temps.

À la recherche de calme, ses yeux la guident vers des espaces où règne une lumière plus tamisée. Il y a même des salles d'exposition à la limite de la pénombre. En pénétrant dans l'une d'elles, Sarah découvre que son regard s'adapte assez vite et que la contemplation des œuvres n'est pas altérée. Au contraire. Ce dispositif attise la curiosité. À mesure que les yeux s'habituent, les tableaux se révèlent peu à peu. Ils ont tous la même chance d'être choisis, admirés.

Il n'y a personne d'autre qu'elle dans cette petite salle. Un visiteur pressé en ferait le tour en moins d'une minute. Mais Sarah flâne. Seuls trois ou quatre tableaux couvrent les cimaises. Celui du fond présente des dimensions impressionnantes. Plus de quatre mètres de long sur au moins trois mètres de haut. Sarah se sent aimantée par cette toile. Plus elle s'approche, plus les visages sortent de la nuit.

Un homme et une femme posent, assis dans deux fauteuils distincts, regards tournés vers le peintre. Séparés par une distance respectable. Ils sont entourés d'enfants. Les plus âgés se tiennent debout, derrière eux, et regardent dans la même direction. Les plus jeunes jouent, assis par terre, sans se soucier de l'artiste.

Le style est réaliste. On dirait presque une photographie. D'après le décor, les vêtements portés, l'uniforme de l'homme, il doit s'agir de personnalités royales ou princières. On doit être au milieu du XIXᵉ siècle. La photographie naissante allait rendre obsolète ce genre de portrait officiel. Le peintre n'a sûrement pas laissé un nom dans l'histoire de l'art. Le plus important n'était pas sa postérité à lui mais celle de ses modèles. Noblesse et fierté se lisent sur les visages. Ce tableau de commande devait trôner sur le mur d'un palais, en bonne place entre le portrait de la génération d'avant et celui des successeurs.

Sarah est comme hypnotisée par ces regards d'un autre âge posés sur elle. La sévérité dans laquelle se drape l'homme, la douceur en retrait de la femme, l'arrogance du plus grand des trois adolescents, les caractères, naturels ou surjoués pour la circonstance, sont enfermés dans ce tableau pour l'éternité. Et l'intérêt que leur porte Sarah abolit le temps qui les sépare, à tel point qu'ils semblent tout à coup s'être matérialisés et la regarder autant qu'elle. Les voilà, pour quelques minutes, spectateurs les uns des autres.

— Étrange, non ?

Elle a sursauté. L'homme s'est glissé près d'elle sans qu'elle s'en aperçoive. Il porte un long pardessus et un chapeau à large bord. Tout droit sorti d'un western, se dit-elle. À cause de cette faible lumière, il lui est difficile de détailler les traits de son visage. Tout ce qu'elle devine, c'est que l'homme paraît ridé et mal rasé et qu'à entendre sa voix, le cowboy ne doit plus être de la prime jeunesse. Mais elle ne ressent aucune peur, pas même de la méfiance.

— Vous ne trouvez pas la présence de ce tableau étrange ?

Le cowboy regarde l'image avec intensité. Sarah distingue comme un léger sourire sur son visage, comme s'il retrouvait de vieilles connaissances.

— Il n'y a rien qui vous frappe dans cette toile, mademoiselle ?

Son « mademoiselle » lui donne l'impression de se retrouver devant un professeur qui lui ferait passer un examen et de caler sur une question piège.

— Regardez bien.

Elle recule de quelques pas pour avoir une vue d'ensemble sur l'œuvre, cherche dans la composition, les détails liés à l'époque. Une erreur se serait-elle glissée dans cette image ? S'agirait-il d'un faux ?

— Alors ?

Le vieil homme arbore toujours un petit sourire. Rien de moqueur ou d'ironique, plutôt une expression bienveillante.

— Je suis désolée. Je ne vois pas.

— C'est pourtant évident. Laissez-moi vous aider. Qu'est-ce que ce tableau représente, mademoiselle ?

Le mot ne lui vient pas immédiatement à l'esprit. Pourtant, il n'est pas loin. Elle le sent. Il rôde.

Cet homme, cette femme, ces enfants autour d'eux, attentifs ou dissipés…

— Une *famille,* mademoiselle. Ces gens forment ce qu'on appelle une *famille.*

Son sourire est devenu la marque de sa satisfaction. Il fait apparaître des dents brunies par la cigarette et le café.

— Une *famille nombreuse*...

Sarah n'y avait pas pensé, comme si un mécanisme d'autocensure s'était déclenché en elle, limitant sa réflexion à ce qu'autorise la pensée officielle. Comment aurait-elle pu trouver une réponse qui n'a plus cours, associer des mots qui ne se fréquentent plus depuis longtemps ? Que cet homme et cette femme puissent être les parents des cinq ou six enfants qui ont le droit de poser avec eux ne lui a même pas effleuré l'esprit.

Ils sont toujours seuls, tous les deux dans la pièce et parlent doucement, comme s'ils craignaient que leurs propos ne parviennent à des oreilles malveillantes.

— Exposer ce tableau doit être l'acte d'un distrait. Sans doute la faible intensité de l'éclairage le protège-t-elle encore pour quelque temps. Nous devons être les seuls à y avoir posé les yeux. Mais jusqu'à quand ? À mon humble avis, dès l'ouverture au grand public, cette toile rejoindra les caves du musée.

— Et si c'était un acte délibéré ?

— Alors, mademoiselle, son auteur récolterait toute mon admiration. Et la vôtre aussi, j'espère.

Sourire malicieux. Et transgressif. Ce vieil homme sent, Dieu sait comment, qu'il peut partager ce moment avec elle.

Sarah répond à son sourire. Même si elle respecte la Loi, elle éprouve de la sympathie pour ce vieux qui semble, lui, la remettre en question. Cette image, vestige d'un passé révolu, a tissé entre eux une curieuse complicité.

Combien de temps s'est-il écoulé depuis que la peinture a séché sur cette toile ? À l'aune de l'histoire humaine, à peine un soupir. Et pourtant, depuis, il y a eu des bouleversements tels que les deux époques n'ont plus rien en commun.

Il règne dans la salle un silence monastique. De loin leur parviennent les sons du monde qui s'agite et brasse du vide. Ici, le temps s'est mis entre parenthèses.

— Regardez attentivement les enfants qui jouent assis par terre.

Du bout de son chapeau, l'apparition désigne un petit garçon et une petite fille qui s'occupent au pied des adultes. Ce sont les seuls à ne pas poser pour l'artiste, trop concentrés sur ce qu'ils sont en train de faire.

— Le gamin pourrait fort bien être mon arrière-grand-père. Ce qui ferait de la petite fille qui joue avec lui mon arrière-grand-tante.

L'homme ne la regarde plus. Son attention est tout entière absorbée par le tableau.

— Tous ces mots qui ont disparu de nos conversations… Cousins, neveux, oncles. Frères et sœurs. Écoutez ces mots comme ils résonnent, mademoiselle : frères et sœurs.

Sa voix a claqué dans le silence, chargée d'émotion, traînant sur ces deux termes oubliés avec une sorte de fierté, comme s'il avait vécu ce moment historique et qu'il lui disait ce soir : « J'y étais ! »

— Depuis combien de temps ne les avez-vous plus entendus, mademoiselle ?

Sarah se concentre longuement sur les deux enfants du tableau, imagine leur complicité, leurs chamailleries, ce lien mystérieux qu'elle ne connaîtra jamais.

— Je ne sais pas. Quand je les entends dans votre bouche, on dirait presque une langue étrangère.

— À qui parles-tu, Sarah ?

# 5

# J – 104 jours

Élise a pu monter avec Madame. Ce n'est pas autorisé mais vu son état, et comme Élise ne conduit pas, ils ont fait une exception.

Quand elle leur a dit le nom de l'hôpital, ils ont d'abord refusé. Trop loin. Mais Madame a été formelle : c'était là et nulle part ailleurs.

— Sinon, je préfère encore crever ici.

C'est étonnant tout de même, cette force qui était revenue en elle alors qu'elle était couchée sur la civière. Comme si elle avait réservé sa chambre pour mourir.

Ils ont fini par accepter, en précisant qu'une ambulance n'était pas un taxi et que ça allait lui coûter un porte-avions. Mais Madame s'en moque. Elle a les moyens.

L'ambulance fonce dans la nuit, traverse des carrefours sans ralentir.

Bientôt, ils quitteront les routes secondaires pour l'autoroute, puis arriveront en ville.

Élise sait pourquoi Madame a exigé d'être soignée dans la capitale et pas ailleurs. Elle y a habité. Dans une autre vie, avant que la ville ne soit devenue une mégalopole. Peut-être veut-elle, avant de partir, renouer une dernière fois avec ce chapitre de son histoire.

Élise est encore sous le choc. L'image de sa maîtresse, couchée sur le carrelage froid du jardin d'hiver, inerte, repasse devant ses yeux. Elle lui doit tant. Quand Madame ne sera plus de ce monde, qu'adviendra-t-il d'elle ? Et de la maison ? Élise suppose que Madame a déjà pris ses dispositions. Elle n'a jamais rien laissé au hasard.

Madame, c'était l'équilibre. La permanence. La clé de voûte de tout un édifice dont Élise fait partie.

Sa vie ressemble à une vieille armoire, avec une foule de tiroirs où chaque objet a sa place, bien séparé des autres. Et il y a fort à craindre qu'à sa mort, tous les tiroirs soient jetés à terre et leur contenu répandu, mélangé. Les compartiments qu'elle a passé une vie entière à garder fermés risquent de se retrouver sens dessus dessous.

À cette heure, l'autoroute est presque déserte. L'ambulance file, alors qu'une pluie d'orage se met à tomber. Manquait plus que ça. Le déluge fait résonner l'habitacle et ajoute à l'angoisse de la situation.

Ses tremblements ne se calment pas. Élise a conscience que sa vie est en train de basculer. L'existence simple et calme qu'elle a connue auprès de Madame est désormais derrière elle.

Junior s'invite dans ses pensées. Il parvient à les occuper pendant quelques secondes, avant qu'elles ne reviennent au corps allongé sur la civière.

L'ambulance croise les premiers immeubles de banlieue. La ville surgit sous son globe de lumière, là où une chambre d'hôpital se prépare à accueillir Madame.

La pluie a diminué d'intensité. Un immense bâtiment apparaît à l'horizon, un bloc de béton sorti de terre à un endroit où plus rien ne pousse depuis longtemps. L'hôpital. Une usine à soigner et à mourir. Une ville en soi, avec rien autour, sauf des parkings. Il est tard. Seules quelques fenêtres sont éclairées.

En quelques minutes, les ambulanciers ont confié Madame à l'équipe hospitalière. On avertit Élise qu'elle va passer ses premières nuits au service des soins intensifs, qu'elle ne doit pas paniquer, que Madame est stable mais qu'il faut la surveiller de près.

Puis on la laisse seule au milieu d'un labyrinthe de couloirs vides. Les papiers d'identité de sa maîtresse sont dans son sac. Elle tremble encore un peu, se sent inutile.

Elle l'est peut-être pour de bon désormais.

# 6

# J – 101 jours

— Étienne.
— Oui.
— Maxime.
— Oui.
— Bon, ça nous en fait huit, tu peux encore en choisir deux.
— Seulement ?
— Ça t'en fera dix, Jé. C'est pas mal, non ?
— C'est mon anniversaire quand même.
— Crois-moi, avec dix invités, tu ne sauras pas où donner de la tête.

Pour trouver une réponse, Jérôme cherche l'inspiration dans le paysage.

Mince avantage de la conduite assistée, Sarah peut observer son fils bouder dans le rétroviseur.

— Quand c'est ton anniversaire, tu peux choisir qui tu veux comme invités.
— Sauf que j'ai moins de chance que toi. Je ne le fête quasiment pas, mon anniversaire !
— Pourquoi ?

— Je suis née pendant une année bissextile, un 29 février.

— C'est quoi, bissectible ?

— Bissextile. Tous les quatre ans, il y a un jour de plus dans l'année. Et ce jour, c'est le 29 février. Il n'existe pas dans les années normales. Donc mon anniversaire tombe une fois tous les quatre ans.

Sarah voit les sourcils de son fils se froncer de perplexité. Elle se mord l'intérieur de la joue pour rester sérieuse.

— Si on devait calculer l'âge d'une personne en fonction uniquement des anniversaires qu'elle a fêtés, je devrais avoir neuf ans. Presque dix.

— T'as fêté que neuf fois ton anniversaire ?

— C'est comme ça. Les années où on passe directement du 28 février au 1er mars, on m'oublie.

— Papa aussi ? Et quand t'étais petite, c'était la même chose ?

Un voile sombre passe sur le regard de Sarah, comme à chaque fois que son enfance lui revient dans la figure.

— Oui. C'était la même chose.

Mais ses lèvres chuchotent « C'était pire », sans que Jérôme l'entende.

— Donc, quand il n'y a pas de 29 février, t'as pas de cadeau ?

La candeur de l'enfant renvoie les idées sombres de Sarah aux oubliettes.

Le petit garçon semble vraiment perturbé. Sarah se laisse aller à un rire libérateur qui rebondit dans tout l'habitacle.

— Je te fais marcher ! Rassure-toi, mon grand, je fête mon anniversaire tous les ans. Papa ne l'oublie jamais. Et le prochain, on le fêtera le jour même.

— L'année prochaine, c'est une biflexile alors ?

— T'as tout compris. Et on dit bissextile.

La voiture de Sarah tourne dans la rue de l'école. C'est l'heure du « Kiss and Ride » comme dans les aéroports. Les voitures font la file, chacune s'arrête pendant environ quarante secondes devant l'entrée de l'établissement. On se contente d'adieux furtifs pour ne pas allonger la file de véhicules qui patientent derrière.

Mais quand arrive son tour, Sarah descend de la voiture et prend son temps pour réussir la séparation.

Elle embrasse son fils et le regarde rejoindre son groupe d'amis. Elle ne saura jamais tout ce qu'il aura dit ou fait durant cette journée.

Elle aimerait s'attarder, le suivre des yeux jusqu'à ce qu'il ait traversé la cour et que le bâtiment l'ait englouti mais ceux qui la suivent risquent de ne pas apprécier.

Avant sa première consultation, elle a juste le temps pour faire un crochet par le petit bois, près de l'université. Une poche de chlorophylle, une tache verte sur le plan de la ville, qu'elle traverse tous les matins pour relier son domicile à son lieu de travail. Trente minutes de petite foulée lui éclairciront les idées.

Les allées sont désertes. Le froid et la bruine n'y sont pour rien. Même quand la météo est clémente, on ne s'y bouscule pas. Aujourd'hui, la flânerie n'a plus cours, on marche utile. Et pour ce qui est du sport, on préfère fouler des tapis roulants dans des hangars.

L'effort physique l'aide à réfléchir. Pendant les premières minutes, son corps lui rappelle qu'elle ne court pas assez régulièrement. Son esprit se concentre sur l'effort à fournir, les limites de son souffle, les douleurs aux muscles. Puis quand le rythme commence à venir, ses pensées décollent.

Aucun obstacle n'entrave sa course. La voie est libre. On ne peut pas en dire autant de sa vie. Ces derniers temps, les contrariétés se sont accumulées. Et qu'on ne prétende pas que c'est la crise de la quarantaine qui la démange. La perspective de franchir un cap symbolique dans quelques semaines ne l'angoisse en rien. Il s'agit d'autre chose. Comme d'une impossibilité à être elle-même.

Depuis une semaine, il ne se passe pas un jour sans qu'on ne lui demande « Ça va, toi, en ce moment ? ». Cette question a le don de l'agacer. Que veut-on qu'elle réponde ? Qu'elle se sent de plus en plus dans un état second ? Qu'elle aurait besoin qu'on la laisse tranquille ? Elle élude et fait profil bas.

Son dos s'est couvert d'une fine couche de sueur. Sa course entre dans la phase où la douleur s'oublie peu à peu, où ne compte plus que garder le rythme le plus longtemps possible.

Sous l'effet de l'hormone du plaisir sportif, elle accélère. Toutes les deux foulées, sa gorge expulse l'air comme si elle crachait quelque chose d'encombrant, de sale.

Face à son mari, le mutisme est devenu de rigueur. Comme au musée, le soir de l'inauguration.

« À qui tu parles, Sarah ? »

Comment lui expliquer qu'elle s'entretenait depuis plusieurs minutes avec un type déguisé en shérif de western spaghetti ? Il n'y avait plus qu'elle devant le tableau, à parler dans le vide. Prise en flagrant délit de folie. Et soudain interdite, cherchant un vieil homme qui n'était plus là. Et une excuse valable à fournir à Nicolas.

En pleine panique, elle lui avait expliqué que les personnages du tableau lui avaient semblé si naturels, si vivants qu'elle leur avait adressé la parole. Le regard de Nicolas lui avait renvoyé l'image d'une pauvre fille qui a trop forcé sur le champagne gratuit.

« Et qu'est-ce qu'ils t'ont répondu ? »

La condescendance de son ton avait mis un terme définitif à la conversation. Le retour s'était effectué dans un silence insupportable. Même à cette heure tardive, il fallait bien une demi-heure pour relier la grande esplanade des musées à l'avenue bordée d'arbres où leur duplex occupait les deux derniers étages d'une ancienne ambassade, l'une des nombreuses à avoir été réaffectées il y a une dizaine d'années.

Outre le fait de pouvoir profiter d'une superficie exceptionnelle dans une ville où les logements sont de plus en plus exigus, vivre dans un deux cents mètres carrés permet de s'isoler quand l'atmosphère conjugale vire à l'orage.

Une fois chez eux, les seuls mots que Nicolas avait prononcés furent pour prendre congé de la babysitter. Sans même se débarrasser de son manteau,

Sarah s'était réfugiée sur la terrasse pour fumer une cigarette, pendant que Nicolas s'enfermait dans son bureau pour ruminer au-dessus des plans de son nouveau projet.

Accoudée à la balustrade, elle avait profité de la vue imprenable que le sixième étage offrait sur la partie la plus boisée de la banlieue sud de la ville. Imprenable et apaisante. C'était le coin de l'appartement où elle aimait le plus faire une pause. Elle ne s'était jamais vraiment sentie tout à fait chez elle dans cet univers à angles droits et à grands murs vides. Son atmosphère clinique lui rappelait trop le bureau.

Acheter ce duplex, c'était l'idée de Nicolas. Elle aurait préféré une petite maison avec un porche à l'avant et un jardinet à l'arrière. Mais ça ne se trouvait quasiment plus en ville et son architecte de mari était plutôt du genre à restaurer des structures titanesques qu'à dessiner des maisons de poupée. Elle s'était résignée, espérant trouver un jour l'espace dont elle rêvait et profitant, autant qu'elle le pouvait, de son petit bout de territoire à elle, dominant le paysage.

Ce soir-là, la cigarette l'avait aidée à faire le tri parmi les pensées qui l'agressaient. Quelques jours avaient suffi à la faire douter de tout, jusqu'à la présence de ce vieil homme avec qui elle avait parlé, qu'elle aurait pu décrire dans le détail mais qui avait disparu comme par enchantement.

Les allées du parc se remplissent un peu. Quelques joggeurs la croisent, sans un regard. Concentrée sur sa course, Sarah n'a pas ralenti la cadence. Il y a une rage en elle à expulser. Un rapide coup d'œil à sa montre et retentit le gong de fin.

À côté de sa voiture, quelques étirements, la jambe tendue sur un tronc d'arbre. Le parking du parc est presque vide et la bruine, tenace, a fini par imbiber ses vêtements.

— Madame Vasseur ? Sarah Vasseur ?

Elle lève la tête. Un homme et une femme se tiennent à quelques mètres d'elle. La trentaine, habillés comme des employés de bureau, passe-partout. Il leur manque juste un badge avec leur nom. L'homme tient un large parapluie qui les protège du crachin. Sarah ne les a pas entendus venir.

— Pourrions-nous vous parler quelques minutes ?

C'est l'homme qui s'exprime, d'une voix neutre. Il lui fait penser à un comédien anglais, mort depuis longtemps, dont elle a oublié le nom. Est-ce pour une plainte, des récriminations ? Elle ne les reconnaît pourtant pas. Jamais croisés ni à la clinique, ni ailleurs.

— Nous faisons partie d'une organisation dont nous préférons taire le nom.

Ce préambule l'amuse et rend du coup ses exercices physiques moins pénibles.

— Une secte ?

— Non. Disons que notre organisation n'aime pas beaucoup la publicité.

Ils n'ont pas l'air de vouloir plaisanter avec elle. Pliée en deux sur sa jambe, Sarah continue ses étirements.

— Je n'ai pas beaucoup de temps. Si c'est pour me demander de l'argent, ce n'est pas la peine.

— Nous ne faisons pas la manche, madame Vasseur. Il nous est revenu que vous avez été rappelée à l'ordre par le directeur de votre établissement, il y a quelques jours.

Sarah interrompt ses exercices.

— Comment êtes-vous au courant ?

À part le patron, sa secrétaire et Aline, à qui elle s'était confiée peu après l'entrevue, personne n'a eu vent de sa remontrance, pas même Nicolas.

La jeune femme prend le relais. À l'inverse de son acolyte, son visage de petite fille encadrée de boucles en accroche-cœur ne rappelle personne de connu à Sarah.

— Ne vous inquiétez pas, nos intentions ne sont pas mauvaises. Au contraire, votre attitude, celle qui vous a valu d'être « recadrée » (de ses doigts, la jeune femme dessine des guillemets), nous amène à penser que vous partagez nos idées.

Un vertige fait tanguer Sarah.

— Qui vous a renseignés ? Qui êtes-vous ?

Ses questions résonnent dans le vide.

— Votre réaction indique clairement un désaccord avec le système, madame Vasseur.

C'est mal la connaître. S'il y a bien *une* chose qui l'exaspère, elle qui n'a jamais milité pour rien, qui s'intéresse autant à la politique qu'au point de croix, c'est ce charabia de militant qui voit la dictature partout.

— Ma conception du « système », comme vous dites, ne regarde que moi.

— Notre organisation vient en aide…

La jeune femme marque un temps, hésite. Le type s'est tourné vers elle. Sarah a décelé une mise en garde dans son regard.

— Notre organisation vient en aide aux familles déviantes et à leurs enfants. Nous comptons dans nos rangs des enseignants, des membres de l'Administration, des médecins. Tous liés par le secret et un idéal commun.

Sarah a déjà vaguement entendu parler de cette société secrète qui permet entre autres à des enfants de déviants de vivre une scolarité normale, sous de fausses identités.

— Nous avons besoin de toutes les bonnes volontés, de tous les talents disponibles.

— Vous prenez un sacré risque. Je pourrais vous dénoncer.

Le jeune homme reprend la main.

— Nous en savons assez sur vous pour penser que vous ne ferez pas une chose pareille.

Sarah frissonne. Depuis combien de temps estelle sous surveillance ?

— Je pourrais tout à fait vous dénoncer pour avoir fouillé dans ma vie privée.

À présent furieuse et trempée par la bruine, les cheveux collés sur le front, elle se dresse face à eux. Toute la colère qu'elle comprime en elle depuis quelques jours se déverse sur le couple. Quelques passants se tournent vers eux. Pour toute réponse, la jeune femme lui tend un bout de papier. Le type qui ressemble au comédien anglais a eu un mouvement pour l'en empêcher mais elle a été plus rapide que lui.

— Tenez ! C'est le numéro d'un répondeur.

— Vous prenez de plus en plus de risques, mademoiselle.

— Je vous fais confiance. Et puis ce numéro nous sert uniquement de boîte aux lettres. Nous en consultons le contenu à distance.

Son partenaire n'a pas l'air du même avis. Un silence s'installe dans le parc. Le bras de la jeune femme reste tendu vers Sarah.

— Que voulez-vous que j'en fasse ?

— Réfléchissez. Rien ne vous oblige à nous apporter votre concours mais sachez que nous avons besoin de gynécologues comme vous. Pensez aux femmes qui doivent accoucher de leur deuxième ou troisième enfant dans la clandestinité. Pensez aux dangers qu'elles courent.

— Avoir plusieurs enfants est illégal. Si elles prennent des risques, c'est en connaissance de cause.

La jeune femme fait un pas vers Sarah. Son porteur de parapluie reste en retrait.

— J'ai failli mourir en mettant notre deuxième enfant au monde.

Elle prend la main de Sarah, dépose le mystérieux numéro dans sa paume et garde un instant sa main sur le poing fermé de Sarah.

— Je suis sûre que pour vous aussi, cette Loi est indigne d'un monde qui se prétend civilisé.

Sarah plonge son regard dans celui de la jeune femme, reste incapable de toute repartie.

— Mais nous avons assez abusé de votre temps.

Après un dernier signe de tête, le binôme s'éloigne en direction du boulevard tout proche. Au moment où Sarah monte dans sa voiture, il a déjà disparu.

La petite carte avec le numéro de téléphone a rejoint les tickets de parking dans le bac de rangement de sa portière.

# 7

# J – 101 jours

Junior, ce n'est pas mon nom. Il est écrit nulle part, sur aucun papier, dans aucune liste. C'est juste une manière de m'appeler.

Seule la vieille connaît mon nom. Mais elle ne m'a jamais appelé par mon vrai nom. Juste Junior, jamais autrement.

Là, avec ce qui s'est passé, mon nom d'origine risque de disparaître complètement. Vu qu'il lui est arrivé quelque chose. De grave. Si elle y passe, plus personne ne saura comment je m'appelle. Mon vrai nom aura clamsé avec elle.

Lili espère que la vieille reviendra à la maison, qu'ils vont réussir à la remettre sur pied et qu'après, ils la ramèneront comme si rien ne s'était passé. Lili a toujours été optimiste. Un peu trop. On est tellement différents, Lili et moi. Moi, je n'y crois pas. La vieille ne reviendra pas. Jamais. Trop vieille, trop cassée.

C'est un sacré problème. Et pas que pour mon nom. On a beau dire ce qu'on veut de la vieille, c'est elle qui a toujours tenu tout ensemble dans la maison. C'est elle, le ciment. Lili le sait aussi bien que moi mais elle ne veut pas voir la réalité. La vieille n'est pas éternelle. Personne ne l'est.

La maison est vide. En temps normal, il n'y a jamais beaucoup de boucan. Mais là, il n'y a plus rien. Sans la vieille, plus un son. Pourtant mes oreilles captent tout. Je la connais dans ses moindres grincements, cette baraque. Aucun de ses chuchotements de dessous de porte ne m'est inconnu. Je sais ses respirations par cœur. Sauf que là, elle ne respire plus du tout.

C'est la première fois que je me retrouve dans une maison vide. Ça me rend nerveux. Jamais la vieille n'aurait autorisé une telle situation. Lili n'est jamais loin. Mais quand même. Seul, c'est nouveau.

Quand je suis nerveux, je fais transpirer mon corps. Je l'endurcis. Sous l'escalier en bois, je m'accroche à une marche et je soulève mon corps rien qu'en tirant sur mes bras. Je fais ça des centaines de fois. Jusqu'à ce que la douleur devienne insupportable. Qu'elle me calme.

Ce n'est pas que la solitude me fasse peur. Rien à voir. Quand la vieille est là, je reste souvent dans mon coin. Et puis il se passe toujours un truc dans ma tête. Quelque chose qui m'occupe.

La nouveauté, c'est surtout de se dire que la vieille ne reviendra plus. Même si je n'en ai pas grand-chose à caler, de la vieille, qu'elle fait plutôt partie du paysage, qu'elle et moi n'avons pas comme qui dirait une relation fusionnelle, elle a toujours été là. Un point de repère, comme la mer au bout de la plage et le toit au-dessus de la maison.

Qui va faire respecter les règles maintenant que le trône est vide ? Faut la remplacer. Lili ne veut pas en entendre parler.

L'autorité de la vieille est naturelle. Et silencieuse. Il suffit d'un regard pour te rappeler qui tu es, ce que tu as le droit de faire ou non.

C'est bizarre de se promener dans cette maison, en sachant que la vieille n'y est pas. Comme si c'était la maison de quelqu'un d'autre. Dehors il fait nuit noire. La pluie fouette les volets fermés. Le monde est mauvais, violent. Faut pas y aller. Dehors, on risque sa peau.

La petite tour. Au sommet du toit. Avec mon domaine, c'est l'endroit de la maison que je préfère. Dans lequel je me sens bien.

Je pourrais y rester des heures. Quand il fait beau, on peut voir à des kilomètres autour de la maison. La mer en face, au bout de la plage. Les dunes sur les côtés. Et puis derrière, les bois à perte de vue. Pas d'autre habitation. Pas de route. Personne. Quand il fait beau, on voit qu'on est seul au monde. Que la maison est au centre de ce monde-là et que la vieille en est la reine.

Enfin, en était.

# 8

# J – 101 jours

Une pluie tiède coule sur ses paupières fermées. Centimètre par centimètre, sa main manœuvre le mélangeur pour augmenter la température. Quand l'eau devient trop chaude pour son visage, elle baisse lentement la tête et offre sa nuque à l'averse. La brûlure lui glisse le long du dos, drainant une toute petite partie des tensions qu'elle a accumulées ces derniers jours. Elle a posé une main à plat sur le mur, comme s'il fallait le soutenir. Tête en bas, elle regarde l'eau dégouliner.

Elle n'a pas besoin de se laver, ni d'être rincée, elle attend juste ce moment d'état second, presque d'ivresse, que la chaleur lui procure à la longue.

En peu de temps, cette parenthèse dans la journée s'est imposée comme un passage obligé, incontournable. Pas seulement quand elle a couru, comme ce matin ou lorsqu'elle a accompli, comme une loi le prévoit, une de ses trois heures de sport hebdomadaires obligatoires sur son lieu de travail. L'envie lui prend n'importe quand. Le besoin irrépressible de rejoindre le sous-sol de la clinique, là où se trouvent la piscine et les douches, de se réfugier dans l'une d'elles et de se laisser envelopper par la vapeur épaisse, quand ses collègues bravent l'interdiction de fumer en se cachant plutôt sur le toit de l'immeuble ou prennent un café à la cantine surpeuplée du centre hospitalier.

Ce qu'elle attend, c'est l'étourdissement. Ce moment où l'esprit se décolle du corps et où, débarrassé de ce poids, il peut vagabonder entre passé et présent, dans une réalité de demi-sommeil.

C'est là que les images affleurent. Floues, en désordre. Pour quelques secondes, à peine. Puis elles replongent comme elles sont apparues. Elles n'émergent jamais seules. Des couleurs, des sons, des odeurs accompagnent leur sillage.

Longtemps, Sarah s'est crue à l'abri. Cette partie d'elle-même, elle l'avait engloutie si profondément, sans regrets ni oraison funèbre, comme si une étrange ubiquité lui permettait d'assister à sa propre noyade. Mais on ne se débarrasse pas des images aussi facilement en les laissant croupir quelque part dans la vase.

Elle est nue sous la douche et enfin ses résistances l'abandonnent.

Elle n'y pensait plus depuis longtemps. C'est il y a quelques mois que les premières images ont forcé le barrage. Quand elles se sont manifestées, elle était, comme aujourd'hui, sous la douche, après une matinée d'accouchements.

Un coin de ciel, une sensation de chaleur sous les pieds, des cheveux qui flottent devant ses yeux, des grains de sable qui craquent entre les dents. Sa première réaction a été de les refouler à nouveau. Elle avait mis si longtemps à s'en détacher pour construire ce qu'elle est devenue : une femme sans histoire, une épouse, une mère, une professionnelle. Un exemple. Un mensonge.

Plusieurs fois, Sarah leur a résisté mais curieusement, les images étaient de plus en plus fortes, comme si elles bénéficiaient d'une complicité intérieure, comme si une partie d'elle-même les laissait entrer contre sa volonté.

Alors, elle a cessé de lutter. Elle s'est même mise à les attendre puis à les espérer. Les réminiscences avaient gagné la partie.

En revanche, elle ne les a jamais partagées avec personne. Ni avec Aline, son amie et confidente. Ni avec Nicolas, l'homme qui la connaît le mieux.

Les images se cognent trop vite pour composer un tableau complet mais elle les reconnaît toutes. Ce sont autant de moments qu'elle a vécus, vus, entendus. Sa mémoire les lui restitue, par petites touches, d'une manière impressionniste. Elle se sent tellement mieux après.

Des vestiaires lui parviennent des voix, une séance d'aquagym se prépare. Il est temps pour elle de couper l'eau et de déguerpir. Les images suivent l'eau en tournant dans la bonde, direction les égouts.

Yolande lui tend le programme qui l'attend.

Le dernier rendez-vous de la liste risque de lui prendre un peu plus de temps car c'est une nouvelle patiente. Yolande l'a placée en fin de journée pour ne pas répercuter le retard sur les autres entretiens.

Son dossier tient en une feuille. Pour le reste, il faudra lui faire passer l'interrogatoire de routine mais elle ne vient ni pour une grossesse ni pour un problème de santé.

Élise Martin.

La jeune femme est entrée dans le cabinet. S'il fallait la décrire de mémoire, Sarah en serait incapable. Son vocabulaire se limiterait à quelques mots vagues et imprécis : moyenne, comme sa taille, quelconque, comme son physique, stricte et plutôt triste, comme son apparence. Aucune fantaisie dans les vêtements qu'elle porte, aucune trace de maquillage sur son visage. Même son âge est incertain. Il est impossible d'affirmer qu'elle est plus proche de la trentaine ou de la quarantaine. Son « bonjour » est presque chuchoté, gêné. Sarah ne se formalise pas. On ne fanfaronne pas toujours quand on va chez une nouvelle gynécologue. Mais elle se fait quand même la réflexion qu'en s'arrangeant un peu, sa patiente pourrait être jolie. Il ne doit pas y avoir beaucoup de joie dans cette vie-là.

Elle ne regarde jamais Sarah mais ses mains crispées sur l'anse de son sac.

— Vous avez un enfant ?

— Non.

— Vous avez eu des maladies graves ?

— Non.

— Des allergies ?

— Non.

— Aucune opération lourde ?

— Non.

— Problème de stérilité ?

— Pas que je sache.

Il y a quelque chose d'étrange. On dirait que cette Élise Martin n'a pas envie de répondre, qu'elle s'est trompée de porte.

Sarah se lève.

— Bon, on va passer à côté.

La jeune femme reste assise.

— Non, attendez, je…

Elle regarde toujours ses genoux.

— Ne vous fâchez pas. Je ne suis pas venue pour une consultation.

Sarah s'en doutait. Les gestes de la jeune femme trahissent tout à coup une grande nervosité.

— Pourquoi êtes-vous là ?

Élise Martin prend quelques secondes pour répondre, comme si elle avait préparé un laïus mais qu'elle venait d'en oublier les premiers mots.

— Mademoiselle Martin, je vous écoute.

— Je me suis inscrite comme patiente pour être sûre de pouvoir vous parler. Autrement, je n'y serais sans doute pas parvenue.

Pour la première fois, la jeune femme relève la tête et la regarde en face.

— Lucie Beaumont est en train de mourir.

Sarah chancelle. Ce nom, qu'on n'avait plus prononcé en sa présence depuis si longtemps, lui a fait l'effet d'un coup de poing.

Élise Martin fait mine de se lever pour lui venir en aide mais Sarah l'arrête, d'une main autoritaire tendue dans sa direction.

— Je suis désolée. Je n'ai pas les mots qu'il faut.

« Mourante » ou « à l'agonie » auraient été en effet plus judicieux que « en train de mourir ». Sarah aurait préféré qu'on lui annonce une mort réussie plutôt qu'une mort en train de se faire. À choisir, elle aurait même apprécié apprendre sa mort au détour d'une conversation ou à la radio, entre deux autres brèves, et qu'elle en soit débarrassée une fois pour toutes.

Les « non ! » se heurtent aux parois de son crâne sans qu'elle arrive à les dire. Des « non, non, non ! » par paquets. C'est trop tôt. Le retour de ce nom dans sa vie implique des décisions qu'elle n'a pas envie de prendre, des révélations qu'elle n'a pas envie de faire. Elle n'est pas prête.

Sarah se tourne vers la jeune femme.

— Qui êtes-vous ?

— Je m'occupe de Lucie Beaumont depuis plusieurs années.

— Eh bien continuez à le faire. Son sort ne me concerne plus. Sortez d'ici.

Elle est devenue blanche comme après un malaise, sa voix flanche.

— Sortez, s'il vous plaît.

— C'est Mme Beaumont elle-même qui m'a demandé de venir vous voir. Elle a eu une attaque. Elle est hospitalisée ici, à l'hôpital Saint-Clément. Son seul souhait est de vous revoir avant de mourir. Les médecins ne lui donnent plus que quelques jours. Une semaine tout au plus.

La jeune femme sort un bout de papier de sa poche et le dépose sur le bureau de Sarah.

— Voici le numéro de sa chambre. Allez-y, s'il vous plaît.

— Sortez.

De quel droit Lucie Beaumont lui impose-t-elle sa présence moribonde à quelques kilomètres de chez elle ? Ne lui a-t-elle pas causé assez de tort comme ça ? Sarah a élevé des murs pour la tenir à l'écart de sa vie et de sa famille pendant toutes ces années. N'était-ce pas assez clair pour elle ? Comment ose-t-elle reparaître devant sa porte ?

Sarah s'empare du dossier qui porte le nom de la jeune femme et le déchire en quatre avant de le jeter dans la poubelle.

— Réfléchissez, s'il vous plaît, vous pourriez regretter cette décision.

— C'est tout réfléchi. Dehors !

Devant sa détermination, Élise Martin se lève. Les deux femmes se font face, pendant quelques secondes, dans un silence assourdissant. Sarah est toujours pâle mais elle ne vacille plus. L'autre se dirige vers la porte et sort du cabinet, sans un mot.

Sarah se rassied, le corps saisi de tremblements. Après quelques secondes, elle fond en larmes. Ce n'est pas de la tristesse mais de la colère qui l'étreint, c'est toute la haine qu'elle ressent pour cette femme en train de crever. Elle plaque une main sur sa bouche pour essayer de contenir sa rage.

Les images de la douche n'étaient pas remontées par hasard. C'est comme si elles lui avaient annoncé la visite de cette Élise Martin, comme si elles étaient le prélude d'un drame à venir.

Sur le bureau, le morceau de papier porte, griffonné au crayon, le numéro d'une chambre d'hôpital. C'est la seconde fois qu'elle lit des chiffres écrits à la main dans la même journée.

Dehors, poussés par un vent qui vient de la mer, des nuages noirs se bousculent. Ils font penser à ces automobilistes mus par une curiosité morbide qui se repaissent du spectacle d'un accident mortel.

# 9

# J – 98 jours

Il n'est pas tard mais il fait déjà sombre. Dans la petite cuisine, le vieux allume le lustre au-dessus de la table car pour la tâche qui l'attend, il n'y voit plus assez clair.

De son panier dont il ne sort plus que pour manger et faire ses besoins, le chien ne le quitte pas des yeux. L'animal est désormais trop âgé et trop lourd pour courir dans la maison. Il reste affalé dans son poste d'observation idéalement situé entre l'armoire et le fauteuil, face à la table et à une antique télé. Enfoncé dans ses coussins, il peut suivre chaque déplacement de son maître. Le vieux lui adresse un regard ou un clin d'œil de temps à autre. Ces deux-là n'ont plus personne qu'eux-mêmes.

Tout dans cette maison appartient à une autre époque. Le papier peint, les rideaux à franges, les meubles, la nappe en toile cirée sur la table de la cuisine, même les odeurs qui flottent d'une pièce à l'autre. Tout sent le passé, comme dans un grenier humide. On pourrait se croire face à un calendrier mural dont on aurait un jour oublié d'arracher les feuilles. On entend bien le tic-tac d'une horloge dans une pièce voisine mais l'heure n'avance plus depuis longtemps.

Le vieux vit ici depuis plus de trente ans. Et c'est sans doute là qu'il mourra, dans ce petit quartier oublié d'anciennes maisons ouvrières. Mais ce silence n'est qu'une illusion. Chaque pièce résonne de cris, de rires ou d'éclats de voix que lui seul est capable d'entendre.

Aujourd'hui, le vieux ne vit pratiquement plus que dans sa cuisine, les autres pièces demeurent figées dans le temps, portes fermées, tentures tirées, la lumière n'y entre plus. Cela fait des années qu'il n'est plus monté au premier étage, celui des chambres. Pour dormir, il préfère son fauteuil.

On n'en fait plus, des maisons comme la sienne, riches en recoins pour que tout le monde puisse y trouver sa place. Des pièces, des combles et des couloirs avec tellement de petits espaces qu'on peut s'y perdre, comme les enfants aiment le faire. Les constructions d'aujourd'hui sont conçues pour un nombre minimum d'occupants.

Il n'est pas malheureux, le vieux. Peut-être un peu nostalgique mais pas abattu, non. Sa vie touche à sa fin. C'est pour les jeunes générations qu'il se sent désolé.

Avant, ce n'était pas le paradis mais le malheur prenait d'autres formes, plus ponctuelles, plus occasionnelles. Il n'imbibait pas le quotidien comme l'eau sale un buvard.

C'est la Loi qui a tout changé. Les nouvelles mentalités et les nouveaux usages sont apparus progressivement, insidieusement.

Il a suffi de deux générations pour que l'oubli s'installe. Si des vieux comme lui ne l'entretenaient pas, la mémoire s'effacerait. Certains mots ont déjà été retirés des nouveaux dictionnaires. Pourquoi les y laisser puisqu'ils ne désignent plus rien ? Des livres ont été bannis des bibliothèques et des librairies, ils pourraient inutilement instiller des valeurs subversives.

C'est à cela qu'il occupe le temps qui lui reste, s'accrocher à tous ces vestiges d'un monde que le temps engloutit, comme un naufragé à un bout de bois.

Parmi les nouvelles générations, rares sont ceux qui se mobilisent contre la Loi ou qui savent qu'à l'origine, elle n'a été promulguée que pour une durée de vingt ans, renouvelable tous les dix ans. Le vote au Parlement fédéral doit justement avoir lieu ces jours-ci : une belle occasion pour en réclamer la disparition. Mais tout le monde s'est habitué à la société étriquée que la Loi a engendrée.

Il y a quarante ans, le vieux a fait partie des premiers à descendre dans la rue. Ils étaient nombreux à l'époque. En vain. Tout ce qu'il a gagné est d'avoir été fiché. Alors, la résistance au grand jour, il en est vite revenu. L'ombre offre plus de confort. Avec le temps, il s'est fait oublier, on a égaré son dossier. Aujourd'hui, qui soupçonnerait un vieil homme qui vit avec un chien obèse d'avoir été le chef de file d'un mouvement souterrain de résistance ?

Les armoires de la maison regorgent de souvenirs : photos, lettres, coupures de presse… Une vie imprimée sur des morceaux de papier qui, mis bout à bout, racontent une seule et même histoire. À qui léguer ce précieux héritage ?

Depuis peu, cette question a peut-être trouvé une réponse.

Il a gardé fière allure, malgré son âge. Les ans ont à peine voûté sa silhouette élancée. On perçoit encore le jeune homme derrière les rides et les poches sous les yeux. Il y a quelques années, quand ses tempes ont commencé à blanchir, il s'est juré de ne jamais devenir un « petit vieux » à qui on cède sa place ou à qui on parle comme à un enfant.

Il ouvre la grande armoire de la cuisine. Son chien le suit du regard. Rien d'autre ne bouge que ses yeux qui le surveillent.

Tout attend bien rangé dans des boîtes à biscuits ornées de vieux motifs. Sa préférée représente la famille royale d'un pays voisin. Sur le couvercle, les souverains et leurs trois enfants sourient de toutes leurs dents, une image amusante qui, cependant, représente un danger. Le vieux la dissimule dans le fond du meuble, derrière des piles d'assiettes. Il y en a quelques autres qui restent consignées dans des coins sombres, à cause de ce qu'elles contiennent. On ne sait jamais.

La boîte à biscuits trône au milieu de la table débarrassée. Les visages hilares du couvercle retournés, faces contre nappe. Dans ce genre de bonbonnières, c'est toujours à l'intérieur qu'on trouve le meilleur.

Celle-ci renferme des centaines de photos, en couleur ou en noir et blanc. Le vieux possédait un Leica. Aujourd'hui, il ne l'utilise plus mais il fut un temps où il ne s'en séparait jamais. Il a toujours préféré les gens aux paysages. Quand il trouvait qu'une vue valait la peine d'être immortalisée, il s'arrangeait pour qu'il y ait du monde dans son cadre, même des inconnus, si bien que beaucoup de visages sur ses photos lui sont étrangers, il ne s'agit que de figurants. Mais il y a aussi des personnes que l'on reconnaît d'un cliché à l'autre et qui, à leur façon de regarder franchement l'objectif, laissent deviner qu'elles connaissent le photographe. Au fil des images, ces modèles changent, les traits s'affirment ou s'affaissent, les enfants grandissent, se renforcent et prennent de l'assurance. Certaines de ces images ont été prises à plus de trente ans d'intervalle. Tous ces êtres viennent parfois lui rendre visite pendant son sommeil. Et quand il rêve, ils lui apparaissent tels qu'il les a fixés dans le temps.

Vacances, excursions, réunions de famille, mariages, anniversaires… Les bruits ressurgissent, le timbre de certaines voix, des bribes de conversations, toute une agitation vivante. Le vieux peut passer une soirée entière les yeux rivés sur une seule photo.

Mais ce soir, la boîte n'est pas ouverte pour les mêmes raisons. L'homme a une chose précise à faire. Son stylo-plume avec lequel il a toujours rédigé ses ordonnances et ses courriers importants est posé sur la table. Curieusement, cette plume n'obéit qu'à son écriture.

Une enveloppe patiente non loin, avec le nom de sa destinataire déjà tracé. Elle n'attend plus que la photo. Une photo que le vieux est sur le point de choisir. Avec soin.

Une lettre aurait suffi, avec des mots directs, mais comment réagirait-elle à une approche aussi frontale ? Elle a beau être de sa famille, il a beau l'avoir vue naître, il ne la connaît pas vraiment, cela fait presque vingt-cinq ans qu'elle n'a plus donné aucun signe de vie. Alors il préfère jouer de mystère. La lettre, elle l'aurait sans doute déchirée après l'avoir lue. La photo, il en est convaincu, ne connaîtra pas le même sort.

Au début, il n'était pas sûr que ce soit elle : un cliché dans un magazine, c'est trompeur. Il avait failli tourner la page. La légende faisait surtout référence au type qui posait à l'avant-plan. Une star montante de l'architecture. Puis la ressemblance l'avait frappé : les quelques mots sur son entourage semblaient la désigner comme son épouse depuis dix ans. Nulle part il n'était fait mention de son prénom.

En quelques clics, son vieil ordinateur lui avait fourni de nouvelles photos qui lui avaient confirmé l'étonnante ressemblance. Lorsqu'au détour d'un site, un prénom lui avait été attribué, il n'eut plus aucun doute. Sarah.

Avant d'agir, il fallait qu'il l'approche, que son regard croise le sien.

Le vernissage du nouveau musée des Beaux-Arts de la ville lui en avait offert l'occasion. La chance l'avait accompagné ce soir-là. Une salle à l'écart, une toile d'un autre siècle avait aimanté Sarah.

Il avait eu beaucoup de peine à masquer son émotion. Après tout ce temps, et alors qu'il l'avait recherchée aux quatre coins du pays, voilà qu'elle se tenait devant lui, dans sa propre ville. Le destin fait parfois preuve d'un humour particulier.

## *J – 98 jours*

L'image qu'il va glisser dans l'enveloppe devrait éveiller sa curiosité. Et, qui sait, le désir de s'emparer de la cause à son tour.

Après de longues minutes, il en isole une. Il la retourne, s'empare de son stylo. Il en dévisse le capuchon, lentement, puis suspend la plume au-dessus de l'image.

# 10

# J – 97 jours

Du trente-neuvième étage, la ville s'offre à elle. Elle ne la reconnaît plus. Tentaculaire, surpeuplée et pourtant, de cette hauteur, mortellement calme. Plantées en son milieu, des tours comme des troncs d'arbre, dont les sommets s'élargissent en jardins suspendus qui se rejoignent et tissent des liens les uns avec les autres, tentent de faire oublier que la cité est devenue un monstre sans âme. Sans y parvenir.

Ce sera son dernier panorama. Elle a exigé que l'on redresse son lit pour qu'elle puisse en profiter tant qu'elle est éveillée.

Elle dort beaucoup. Mais pendant les quelques heures de conscience qui lui restent, elle garde toute sa tête. Elle comprend qu'elle s'en va, elle a saisi les signaux que lui envoie son corps. Un rouage s'est brisé en elle, elle l'a senti. Le silence des médecins, leurs regards confortent sa conviction.

Le dernier étage de l'hôpital est réservé aux patients en fin de vie. Les murs comme le plafond ne constituent qu'une énorme baie vitrée. Même vivant et en bonne santé, on se croirait déjà dans l'au-delà. C'est le seul étage dont sont bannis les écrans de la chaîne publique d'info continue. Des enceintes cachées dans le sol diffusent en permanence une mélopée répétitive jouée au piano. Une fugue de Bach en *sol* mineur. Ce n'est pas sinistre. Plutôt apaisant.

Sa position lui rappelle cette image croisée dans un vieux Jules Verne, celle d'un capitaine de sous-marin scrutant les grands fonds derrière un gigantesque hublot. En bas, la ville lui semble si lointaine, si inaccessible, presque invisible.

Cela ne devrait pas la dépayser tant elle a toujours mis de la distance entre elle et les autres, même quand elle était au centre de l'attention, admirée, adulée. C'est dans sa nature, une manière de se protéger. Et les circonstances n'ont rien arrangé.

Il paraît qu'on revient toujours chez soi pour mourir. Même si elle a passé une moitié de son temps à parcourir le monde et une autre retirée au bord de la mer, chez elle, c'est ici.

Ces rues l'ont vue naître, elle y a découvert sa passion, connu ses premiers succès.

La majorité des gens souhaitent mourir d'un coup, de préférence durant le sommeil. Elle, non. Elle remercie le sort de prolonger ses battements de cœur encore quelques jours, le temps de revoir cet écrin de son bonheur passé. Et peut-être elle, une dernière fois.

Où se cache-t-elle dans ce décor hérissé sous un ciel de plomb ? De sa fenêtre ou de son balcon, peut-elle voir l'hôpital ? Si elle habite au-dessus des toits, comme il est légitime de le supposer, vu la tendance qu'elle a toujours manifestée à tout prendre de haut, il est impossible que l'énorme vaisseau de béton lui échappe. Il est juste là, derrière le périphérique, au milieu de champs secs et abandonnés. Alors qu'est-ce qu'elle attend ? Un carton d'invitation ? Un genou à terre ? Une limousine escortée de motards ? Quand la faucheuse fait le pied de grue devant une chambre d'hôpital en regardant régulièrement sa montre, on est prié de ravaler son orgueil. Et on vient.

Lili lui a pourtant demandé poliment. Mais sa gentillesse n'a pas dû suffire, elle est revenue avec un refus catégorique. Sans doute après s'être fait humilier, bien qu'elle ne lui en ait rien dit par peur de lui causer un choc qui aurait pu détériorer un peu plus son état.

— Je vais y retourner, a-t-elle dit. Demain ou après-demain, j'arriverai à la convaincre. Vous verrez.

Le temps presse. Le vacarme des machines qui sont reliées à son corps par des tubes le lui rappelle toutes les trois secondes.

Elle imagine à quoi pourraient ressembler leurs retrouvailles. Comme il n'y a rien d'autre à faire ici, que regarder le paysage et laisser voguer ses pensées, la scène se répète indéfiniment. C'est le soir, sa chambre est baignée dans une lumière lunaire, une présence la réveille, une forme mal définie, sombre et un peu floue. Ce n'est ni Lili ni une infirmière. La silhouette se tient immobile, dans l'embrasure de la porte, à moitié dans l'angle mort. De son lit, il lui est impossible de tourner la tête mais elle sent son regard posé sur elle, sur son corps presque froid. Après un temps, la forme se rapproche du lit. Ses traits restent dans l'obscurité, mais elle sait que c'est elle.

Le scénario connaît ensuite plusieurs variantes. Son rôle à elle se limite toujours à rester couchée et ne rien dire. C'est celui de la visiteuse qui évolue. Au début, elle reste silencieuse, debout au pied du lit, entre elle et la baie vitrée. Puis elle s'éloigne, sans un au revoir, ombre passagère venue se repaître du triste spectacle d'une morte en sursis. Plausible mais insupportable. Une manière un peu naïve d'envisager le pire pour l'éloigner. Une version martyre, rapidement suivie par d'autres où la passagère ne part pas et s'installe sur une chaise. Là, tout est possible. Les paroles, les larmes, une main qui prend la sienne ? On peut rêver.

Que convient-il de faire quand il est l'heure des comptes ? Prolonger le mépris et la haine entretenus depuis des années, alimentés par une rancune tenace, ou se retrouver comme le jour de leur rencontre, unies par une force incroyable, vierges de tout reproche, comme si elles remontaient au moment de leur premier contact, aux origines de leur intimité ? S'il est vrai que la vie se construit sur une succession de boucles, le dernier jour de l'une leur donnerait l'occasion de revivre la naissance de l'autre.

Mais la porte de sa chambre ne s'ouvre que sur des médecins, des infirmières et Lili.

La pauvre a vieilli de dix ans en quelques jours. Ses allers-retours entre l'hôpital et la Villa lui laissent peu de temps pour se reposer. Sans compter la « mission » qu'elle s'est mis en tête d'accomplir. Se couper en quatre est une habitude pour elle, une déformation. Il lui est impossible d'en faire moins. Ça lui donnerait l'impression de bâcler.

Le ciel s'est éclairci au-dessus de la ville. À force de la regarder, elle est parvenue à resituer quelques points de repère sous l'écume de modernité qui recouvre le paysage de ses formes aériennes. À partir de quelques clochers d'église, dômes et monuments, il lui est facile de reconstituer une topographie des lieux et de s'y promener mentalement, de revisiter les rues où elle a vécu, de flâner dans le parc qui entoure la basilique, non loin de l'hôpital où elle a vu le jour, de remonter cette avenue commerçante qui partait du grand théâtre national pour déboucher sur la place où trône toujours l'opéra, de pousser le tourniquet de ce grand magasin qui est parti en fumée l'année de ses vingt ans, de s'asseoir à une terrasse comme au temps où cette liberté lui était encore permise, de se glisser dans les couloirs d'écoles qu'elle a fréquentées et qui ont sans doute disparu, les académies et le conservatoire où elle a passé tant de temps à viser la perfection, de se perdre dans les coulisses des scènes où elle a connu ses premiers succès.

Que regrette-t-elle le plus ? Les tournées, les salles de concert aux quatre coins de la planète, les applaudissements, les chambres d'hôtel, les fleurs, les journalistes, le succès ? De tout cela, avec le temps, elle a réussi à faire son deuil.

En revanche, les circonstances qui ont provoqué sa retraite, certains des choix qu'elle a pu faire, pourtant motivés par des intentions nobles, la séparation qui s'en est suivie puis cette réunion qui ne s'est jamais réalisée, lui ont été jusqu'à ce jour une source intarissable de tristesse. Les événements n'auraient jamais dû prendre cette tournure. Malgré le climat ambiant, les bouleversements que la Loi a engendrés, il y avait certainement d'autres issues. Elle n'a pas eu l'intelligence de les trouver.

Le passage du sommeil à la veille est de plus en plus flou, elle ne sait jamais avec certitude si elle est endormie ou non. Si ce qu'elle voit est réel ou fabriqué par son imagination. Il lui arrive d'avoir l'impression que certaines pensées traversent avec elle la frontière entre les deux états. Qu'elles naissent dans la léthargie et continuent leur cheminement quand elle rouvre les yeux, ou l'inverse, comme si les deux mondes tendaient à ne plus en faire qu'un seul. Peut-être est-ce cela, la mort. Un état de conscience unique.

Le temps s'étire. De loin lui parviennent des sons typiques de bord de mer : vent, vagues, mouettes. Dans le cadre de sa fenêtre, la ville aussi s'étire, au bout d'une plage. Les gratte-ciel des quartiers modernes ont disparu. La ville ressemble à nouveau à ce que la vieille dame a connu dans sa vie passée. Assise dans une chaise longue, les pieds nus jouant avec le sable, elle sourit à cette image.

La porte de sa chambre s'ouvre. Une infirmière entre, portant un plateau. C'est l'heure des médicaments.

# 11

# J – 95 jours

Se concentrer sur un autre sujet. Il faut l'empêcher de reprendre le contrôle, de la laisser remplir le fossé que Sarah a mis tant de temps à creuser.

— Tu penses à quoi ?

Et voilà ! Quand elle veut la chasser de ses pensées, ce genre de question la ramène à elle.

Depuis la visite que Sarah a reçue de cette soi-disant patiente, Nicolas ne lui adresse plus la parole que pour lui demander ce qu'elle a derrière la tête, avec un air soupçonneux particulièrement désagréable. Aline aussi.

Même quand par miracle son attention est détournée, il y a toujours un détail, un visage, un prénom prononcé dans son dos, une odeur qui fait ressurgir Lucie Beaumont.

Le plus troublant s'était déroulé deux jours après la « consultation » de la fâcheuse Élise Martin, pendant un concert pour lequel Nicolas avait obtenu des invitations à la dernière minute. Un programme consacré à Schubert, interprété par un des meilleurs ensembles à cordes du moment. Une merveille.

Sarah était arrivée un peu en retard. Nicolas qui perdait patience depuis un quart d'heure dans le hall d'entrée l'avait accueillie avec agacement. Le quatuor était entré en scène au moment où ils s'étaient installés. Quatrième rang, milieu de rangée. Une place de rêve.

Sarah avait abordé le concert sans être polluée par la moindre préoccupation. Dès les premiers accords, les notes du quintette de Schubert, composé quelques semaines à peine avant sa mort, l'avaient isolée du reste du monde. Par réflexe, ses yeux s'étaient fermés. Elle avait laissé la musique entrer en elle et la cohorte d'émotions qu'elle faisait naître la traverser. Le bon petit soldat qu'elle s'efforçait d'être dans la plupart de ses actes quotidiens déposait les armes. La musique la poussait à accepter une forme de reddition.

Quand le silence avait succédé à la fin du premier mouvement, derrière ses paupières closes, Sarah était demeurée concentrée sur la paix qui avait pris possession d'elle. Nicolas avait risqué un regard dans sa direction pour récolter une opinion sur le concert mais en fut pour ses frais. Il l'avait crue assoupie.

Lorsque l'ensemble avait attaqué le deuxième mouvement de l'œuvre, Sarah avait soudain senti une profonde tristesse l'envahir. Une mélancolie qui devait être tapie en elle depuis une éternité et qui profitait de cette succession de notes pour remonter à la surface. Une larme avait forcé le barrage de ses paupières. Puis une deuxième, puis une autre encore, qui avait coulé dans le sillage de la précédente.

Lorsqu'elle avait ouvert les yeux, à l'instant où le mouvement s'envolait crescendo, le hasard avait fait qu'ils s'étaient fixés sur l'une des deux violoncellistes, une jeune femme dont les cheveux bruns plaqués se terminaient par une longue queue-de-cheval. Elle avait alors été victime d'une incroyable superposition d'images : ce n'était plus une jeune virtuose inconnue qui se produisait devant elle mais précisément celle qu'elle essayait de repousser de son esprit depuis plusieurs jours.

Elle était là, sur scène, concentrée sur son instrument, habitée par la partition de Schubert. Par quel maléfice ce phénomène était-il possible ? L'image, comme un hologramme qu'elle était la seule à voir, lui en rappelait une autre qu'elle regardait, petite fille, sur un DVD qui rassemblait une quantité d'extraits de concerts qu'avait donnés, au temps de sa splendeur, celle que l'on considérait comme la plus grande violoncelliste de son siècle, une femme que Sarah avait côtoyée au quotidien sans l'avoir jamais aperçue sur scène. La vision, plaquée sur la réalité du quartette de Schubert, était empruntée à ce souvenir d'enfance. Alors qu'elle était parvenue à s'en éloigner grâce à la musique, cette femme avait réussi à s'insinuer vicieusement et mieux que jamais dans son esprit.

L'illusion n'avait duré qu'une poignée de secondes. Puis la réalité avait repris ses droits. La jeune musicienne à la queue-de-cheval avait réapparu. Mais le charme était rompu, Sarah ne pouvait rester un instant de plus dans cette salle. Schubert lui était devenu insupportable. Comme elle ne pouvait pas non plus quitter son siège sans perturber toute la rangée, elle avait dû attendre l'entracte et endurer les troisième et quatrième mouvements de ce quartette dont elle était pourtant jusqu'à maintenant une inconditionnelle.

Aux premiers applaudissements, elle s'était ruée hors de la salle et avait prétexté un malaise pour convaincre Nicolas de ne pas assister à la seconde partie du programme. Ce qui avait causé une fin de soirée dont elle se serait bien passée, Nicolas lui reprochant d'avoir tout gâché.

Pire encore, depuis ce concert, chaque fois qu'elle rêvasse, son mari lui serine la même question sur un ton de méfiance.

— Tu penses à quoi ?

Comme s'il y avait forcément un sale lièvre à lever.

La même question encore mais dans un autre lieu et prononcée par une autre voix, celle d'Aline, se mélange aux notes de Schubert qui résonnent encore à ses oreilles. En se repassant la scène du concert, Sarah n'a rien écouté de ce que sa collègue était en train de lui raconter.

— J'ai l'impression de m'adresser à un ficus depuis une bonne dizaine de minutes.

Entre les deux amies, il est convenu de ne jamais mettre de gants pour se dire les choses ni de se formaliser des termes utilisés. Elles se connaissent depuis trop longtemps. Leur complicité n'est pas née dans les couloirs de l'Institut mais bien avant, sur les bancs de la fac. Ce qui les a spontanément rapprochées, ce sont leurs différences. Autant Sarah est fine, autant Aline s'épanouit dans ses rondeurs. Autant Sarah fuit les bavardages inutiles, autant Aline se comporte en véritable moulin à paroles. De l'université à la vie professionnelle, elles ne se sont jamais perdues de vue. Jusqu'à se retrouver, il y a environ six ans, employées dans la même clinique. Il leur suffit parfois, comme les vieux couples, d'un simple échange de regards pour se comprendre.

— Excuse-moi, Aline. Je ne suis pas très en forme en ce moment.

Un serveur leur apporte les plats qu'elles ont commandés à la borne de leur table.

Situé à deux pas de leur lieu de travail, le restaurant où elles ont leurs habitudes a le mérite de ne pas les dépayser : l'atmosphère y est clinique. Aucune décoration n'encombre les murs blancs. Une musique instrumentale aérienne et répétitive y est diffusée en boucle, installant un climat propice à des conversations plutôt feutrées. Comme chaque midi, l'endroit est plein à craquer, plus une table de libre, et pourtant il y règne une atmosphère proche du recueillement.

Au-dessus du comptoir d'où l'on peut voir les cuisines derrière une vitre, un panneau informe les clients du temps qu'il reste avant d'être servis. Une télévision est allumée sur la chaîne d'information nationale. Le son a beau être diffusé en sourdine, la moitié de la clientèle, déjeunant seule, ne peut s'empêcher de fixer l'écran. Pour l'instant, des images défilent d'un rassemblement silencieux et pacifique contre la Loi, devant le Parlement. À l'approche de l'anniversaire de sa promulgation, quelques centaines de manifestants en réclament la suppression.

— Ils n'obtiendront jamais l'abrogation de la Loi. Elle est indéboulonnable. Le Parlement votera sa prolongation, c'est écrit d'avance.

Aline a atteint sa vitesse de croisière : douze mots à la seconde En face d'elle, Sarah n'en saisit qu'un sur trois. Elle n'est pas en état de suivre une conversation, encore moins de l'alimenter.

— Pourtant, ça ne me déplairait pas qu'elle disparaisse.

Cette dernière phrase, elle vient de la chuchoter, sourire aux lèvres. Les couverts de Sarah restent suspendus au-dessus de son assiette. Son amie a réussi à capter son attention. Sarah la regarde comme si elle venait de l'insulter dans une langue étrangère.

— On dirait que ça t'étonne.

— Un peu. J'ignorais que tu avais des tendances révolutionnaires.

— Seulement des convictions. Mais je ne les crie pas sur les toits.

Elles se sont mises toutes les deux à parler plus bas.

Malgré leur complicité, les deux femmes n'ont jamais abordé ce sujet. Elles ont bien sûr déjà discuté plusieurs fois des conséquences de la Loi sur l'exercice de leur profession mais il ne leur est jusqu'à ce jour jamais arrivé de donner leur avis sur la Loi elle-même.

Sarah ne s'intéresse pas à la politique et ne considère pas la Loi comme un problème.

Sa nature la pousserait plutôt à rejeter toute forme d'autorité mais la Loi était déjà en vigueur quand elle est née et ses projets de vie n'en ont jamais été contrariés. Ce débat ne la concerne pas.

Qu'Aline, la sympathique, la serviable et insouciante Aline puisse exprimer une opinion aussi tranchée la sidère.

— Qu'est-ce que tu veux faire ? Changer le système, toute seule, avec une pancarte et un haut-parleur ?

— C'est ce genre de phrase qui leur donne le champ libre.

— De qui tu parles ?

— De ceux qui utilisent notre silence, pour asseoir leur autorité.

— Je te rappelle que cette Loi a été votée parce que la surpopulation menaçait l'équilibre écologique de la planète et que limiter les naissances était devenu une obligation. C'est pour le bien de tous qu'elle existe. À t'entendre, on croirait vivre dans une dictature.

— On y est…

— Arrête, Aline ! Où vois-tu qu'on ne peut plus voter pour un Parlement, que la presse n'est plus libre, qu'on enferme les gens pour leurs idées ?

— On les enferme pour leurs choix de vie !

— Ce qu'ils font est illégal !

— Ouvre les yeux, Sarah !

L'attention de Sarah est attirée par un regard qu'elle sent posé sur elle depuis un petit moment. Assis à une table située à une quinzaine de mètres de la leur, un homme seul la fixe sans aucune gêne ni expression. Ils se jaugent pendant quelques longues secondes puis l'homme se retourne vers l'écran de télévision.

Aline n'a rien remarqué.

— Depuis que mon père est mort, ma mère a besoin de parler. Ce qu'elle m'a raconté de leur passé m'a bouleversée. À mesure qu'elle égrainait ses souvenirs, j'ai réalisé qu'on était entrés, en quelques dizaines d'années à peine, dans un régime qui nous a transformés en robots dociles qui n'ont même plus la liberté d'avoir le nombre d'enfants qu'ils désirent. Tu devrais aussi…

Aline s'interrompt, consciente de l'aberration qu'elle allait lui sortir.

— Excuse-moi. Je n'ai pas réfléchi.

Un serveur est entré dans leur cellule.

— Un problème, mesdames ?

Cela fait plusieurs minutes qu'elles n'ont pas touché à leur plateau compartimenté où les attend, sagement rangé, du lax à la suédoise avec accompagnement de légumes bio cuits vapeur.

Aline prend la balle au bond.

— Tout va bien. Mon amie et moi préférons manger quand c'est tiède et surtout prendre le temps de discuter.

Elle décroche un sourire forcé au serveur qui tourne les talons.

— Tout le monde surveille tout le monde. C'est étouffant à la longue.

— Un client qui traîne fait baisser la rentabilité d'une table, c'est mathématique. Je ne vois aucun rapport avec l'air du temps.

Sarah n'y croit qu'à moitié. Son œil glisse vers l'endroit d'où l'observait l'homme seul. Il a disparu.

— Détrompe-toi ! Cette Loi n'a pas seulement freiné l'explosion démographique. Elle a aussi changé les mentalités. À en croire ma mère, les gens se comportaient différemment, il existait une forme de sollicitude ou d'attention aux autres qui a complètement disparu. Quand tu touches à une structure aussi essentielle que la famille, les comportements évoluent, c'est forcé !

— La génération de ta mère n'idéaliserait-elle pas un peu son passé ?

Aline marque une pause. Avale une gorgée de vin.

— Le malheur de la nôtre est de s'habituer à tout. Ma mère n'a jamais accepté qu'on limite les naissances à un enfant par famille. Tu te rends compte, le choc que ça a représenté pour eux ?

— Personne n'a bronché ?

— Si. Mais on leur brandissait des perspectives d'avenir désastreuses si des mesures n'étaient pas rapidement prises. Une surpopulation catastrophique, une crise économique et humanitaire sans précédent. Et puis on leur a promis que ce serait temporaire. Alors ils ont accepté. Comme nous aujourd'hui.

Aline déverse son discours comme si elle l'avait appris par cœur et qu'elle avait enfin trouvé une oreille attentive.

— Des textes qui grignotent nos libertés ont toujours été votés, l'air de rien, mais depuis que la Loi existe, c'est l'escalade. Comme cette obligation d'être géolocalisable à toute heure du jour et de la nuit. Ou de passer au moins trois semaines de vacances par an à l'intérieur des frontières de notre pays.

— Le territoire est vaste. On a tout. L'océan, les montagnes. Et puis voyager à l'étranger est devenu hors de prix. Sans compter qu'obtenir les autorisations pour sortir prend des mois.

— Bravo, tu as réponse à tout. Enfonce-toi bien la tête dans le sable, Sarah.

Aline est déchaînée mais elle continue de chuchoter.

— Est-ce que tu as remarqué que toutes ces lois sont votées en douce, quand on a le dos tourné ? Pendant les vacances, par exemple. Bien sûr, prises isolément, elles ne représentent aucun danger. Elles ne visent que « notre bien ». Mais quand tu les mets bout à bout, le résultat fait froid dans le dos.

La pause-déjeuner touche à sa fin. De nombreux clients quittent le restaurant. Ce vide progressif rend encore plus lourd le silence qui s'est installé entre les deux femmes.

— Et qu'est-ce que tu proposes pour nous sauver de la dictature ?

— La désobéissance civique. Puisque l'État restreint le champ de nos libertés, on n'a qu'à lui désobéir.

Aline a levé son verre et attend que Sarah prenne le sien pour trinquer avec elle. Mais son amie ne répond pas à son invitation.

— Je te connais par cœur. Tu ne veux pas uniquement me convaincre. Tu as une idée derrière la tête.

Aline repose son verre sans y avoir porté les lèvres.

— Si je te disais que j'ai envie de faire un deuxième enfant, t'en penserais quoi ?

— Que tu es dingue.

— C'est pourtant ce qui m'arrive.

Voilà la vraie raison.

— Je devrais être comblée. J'ai un petit garçon magnifique. Mais depuis quelque temps, j'ai envie de lui donner un frère ou une sœur.

Cette fois, elle vide son verre d'un trait et lui redonne des couleurs avec ce qui reste dans le fond du pichet.

— Tu n'as jamais eu la même envie ?

C'est la première fois que Sarah considère la question sous cet angle. Avait-elle seulement envie d'en faire un premier ? Elle adore Jérôme mais il était plus important pour elle de se fondre dans un modèle que de laisser s'exprimer un éventuel instinct maternel. La Loi autorisant à ne faire qu'un enfant, elle s'y est conformée. Le désir d'en avoir un deuxième ne l'a jamais démangée.

— Moi, j'en rêve la nuit. Ça tourne à l'obsession.

— Et Cyril ?

— Je n'ose pas lui en parler. Je crois qu'un seul enfant lui suffit.

Sarah a rarement vu son amie boire autant en si peu de temps. Aline interpelle le serveur. Sarah pressent que l'idée n'est pas bonne.

— Que désirez-vous ?

— Un pichet de vin rouge, s'il vous plaît. Un demi.

Le serveur ne réagit pas tout de suite.

— Vous en avez déjà consommé un. Êtes-vous sûre d'en vouloir davantage ?

Aline lance à son amie un sourire entendu, genre « Qu'est-ce que je te disais ! ».

— Vous avez raison, après tout. Donnez-moi l'addition, s'il vous plaît.

Le paiement a lieu en quelques secondes, pendant lesquelles Sarah en profite pour échanger leurs deux verres. Le sien est encore à moitié rempli.

— Finis le mien, je ne te dénoncerai pas.

Mais Aline n'est pas d'humeur à rire.

— Cette manière de nous infantiliser est insupportable. Je commence à en avoir ma dose.

En deux gorgées, elle fait un sort au verre de Sarah.

— Je ne suis pas devenue alcoolique. C'est juste pour me donner un supplément de courage.

— Du courage ?

— Crois-moi, j'en ai besoin.

Aline se penche à nouveau vers sa collègue.

— Que dirais-tu si je te demandais de m'assister pour faire ce deuxième enfant ?

— Tu ne parles pas sérieusement.

— Tu pourrais m'aider à cacher cette grossesse et quand je serai arrivée à terme, à accoucher en secret.

— Et une fois que l'enfant est là, tu en fais quoi ? Tu le caches dans une cave ? Tu le sors de temps en temps pour qu'il prenne l'air ? C'est ça que tu envisages pour lui ? Une vie de forçat ? Et plus tard, il va comment à l'école ? Quel nom portera-t-il ?

— Arrête.

— Et si tu te fais coincer, dans quelle famille il va atterrir ? Est-ce que tu es sûre qu'il sera bien traité ? Quelles conséquences ton envie risque-t-elle d'avoir sur sa vie ?

— Arrête, s'il te plaît !

Aline a haussé le ton.

— Ça ne m'empêchera pas d'avoir cette envie au fond de mes entrailles.

Sur l'écran de télévision, une photo vient interrompre leur conversation. À la seconde où Sarah la voit, son cœur se met à galoper.

*« Lucie Beaumont qui fut l'une des plus grandes violoncellistes du siècle dernier, et qui s'était retirée prématurément pour des raisons personnelles il y a une quarantaine d'années, vient d'être admise à l'hôpital dans un état que ses médecins qualifient de préoccupant… »*

Sur la photo, Lucie Beaumont, encore jeune, sourit à l'objectif.

# 12

# J – 93 jours

Jérôme s'est endormi sur le siège arrière. Nicolas surveille la route. Sarah se laisserait bien aller, comme son fils.

L'après-midi a été éreintante. S'occuper pendant près de quatre heures de douze enfants n'a rien de reposant, même dans un espace récréatif où tout est prévu pour faire leur bonheur.

Dans la voiture, l'ambiance est lourde. Nicolas fixe la route sans un mot. Sarah ferme les yeux.

Ce que lui a soutenu Aline sur la Loi et ses conséquences au cours de leur dernier déjeuner ne cesse de lui trotter dans la tête.

L'anniversaire de Jérôme lui fournissant un bel échantillon d'enfants uniques, Sarah a profité de l'aubaine pour observer leur manière d'être ensemble. À commencer par son fils.

Les occasions sont tellement rares de le voir au milieu de ses amis. Peut-être est-ce même la première fois qu'elle en fait l'expérience.

Jusqu'à quel point peut-elle vraiment prétendre le connaître ? L'image qu'elle a de lui est forcément incomplète. Elle ne le voit qu'entouré d'adultes, jamais dans son monde à lui.

À l'époque où il existait encore des familles nombreuses, les univers n'étaient pas aussi cloisonnés, si bien qu'à observer Jérôme pendant sa fête, Sarah a l'impression de l'espionner par un trou de serrure.

Cela n'avait rien de particulier. Aucune anomalie ne l'a frappée, pas d'attitude bizarre ni de geste déplacé. Si la Loi a vraiment un effet sur le comportement, il doit intervenir plus tard. La seule chose qu'elle a relevée quand même, c'est leur calme. Pas un mot plus haut que l'autre, pas une chamaillerie. Mais qui s'en plaindra ?

— C'est quoi, cette folle ?

Nicolas a hurlé. En une fraction de seconde, il a repris le contrôle de la voiture et a freiné d'un bloc. Le choc a réveillé Jérôme, sorti brutalement Sarah de ses réflexions. Sans sa ceinture, elle serait passée par le pare-brise.

— Ça ne va pas, non ?

Nicolas est hors de lui. Dans la lumière des phares, une femme. L'air hagard. En plein milieu de leur rue, juste devant l'entrée du parking de leur immeuble.

Sarah la reconnaît. C'est celle qu'elle a mise à la porte de son cabinet. Elle est habillée de la même manière, son petit sac serré contre sa poitrine comme pour se protéger. Elle ne regarde pas Nicolas qui continue à vociférer derrière son volant. Elle la regarde, elle.

— Dégagez ! Bougez de là !

Sans sourciller, la femme reste au milieu de la chaussée, entre la voiture et l'entrée du parking. Nicolas se tourne vers Sarah.

— Mais elle est dingue ! Je ne vais pas l'écraser quand même ?

Sarah ne répond pas. Cette scène est un cauchemar. Sous ses yeux, les deux mondes qu'elle s'est efforcée pendant des années d'éloigner l'un de l'autre se font face tout à coup. Comme deux substances chimiques qui ne peuvent entrer en contact sans irrémédiablement provoquer une catastrophe.

Nicolas klaxonne. Rien à faire. La femme ne manifeste aucune réaction. Il défait sa ceinture de sécurité et ouvre sa portière.

— Non !

Sarah a hurlé.

— Je vais lui parler. Je la connais.

Ces mots sont sortis de sa bouche dans un réflexe de survie. Il ne *faut* pas que Nicolas parle à cette femme. S'il y a encore quelque chose à sauver dans cette situation, il n'y a qu'elle qui peut s'en charger.

— Elle est déjà venue à mon cabinet. Laisse-moi arranger ça.

— Tu veux qu'on appelle les flics ?

— Non ! Je m'en occupe, Nicolas.

Sarah sort de la voiture, se dirige vers la jeune femme. De son siège, Jérôme suit la scène sans broncher.

Sarah se plante devant Élise Martin, dos au pare-brise, pour que Nicolas ne puisse rien voir.

— Qu'est-ce qui vous prend de venir jusque chez moi ?

Elle parle calmement, sans élever la voix. Seul un léger tremblement des mains trahit son état de nervosité.

— Il ne lui reste que quelques heures.

— Il me semble avoir été claire avec vous l'autre jour. Ce qui lui arrive m'est égal.

— Je ne vous crois pas.

La jeune femme lui prend les mains. Comme dans un film, la pluie se met soudain à tomber.

— Vous pouvez tout de même prendre cinq minutes, non ?

Sarah tente de dégager ses mains mais l'autre a la poigne solide. Elle commence à lui faire mal.

— Pour permettre à une vieille dame malade de mourir dans la sérénité.

— Vous ne savez rien. Si vous connaissiez toute l'histoire, vous comprendriez mon refus.

— Je me fiche de vos rancunes ! Je ne vois qu'une vieille dame qui essaie de tenir dans l'espoir de vous embrasser une dernière fois.

Leurs visages sont trempés. Parmi les gouttes qui dégoulinent sur celui de la jeune femme, certaines ressemblent à des larmes. Mais rien n'est moins sûr. Sans doute joue-t-elle la comédie.

— Vous le regretterez. C'est de l'orgueil mal placé. Quand il sera trop tard, vous en garderez un poids sur la conscience.

Elle lâche ses mains.

— Réfléchissez encore. Mais pas trop longtemps.

À petits pas, elle rejoint le trottoir, disparaît derrière le rideau de pluie. Sarah la regarde s'effacer, immobile et transie.

— Tu vas rester là longtemps ? s'impatiente Nicolas.

La voie est libre, c'est apparemment tout ce qui lui importe. En remontant dans la voiture, Sarah prie pour qu'on ne lui pose pas de questions.

Ses prières sont exaucées. Pendant quelques heures. Une fois Jérôme au lit, Nicolas revient sur l'incident.

— C'était qui ?

Sarah sent une boule se former dans son ventre. Ses pensées cherchent une issue de secours.

— Personne.

— Tu m'as dit que tu l'avais vue à la clinique. C'est une patiente ?

Le mensonge n'est pas son fort.

— Qu'est-ce qu'elle te voulait ? insiste-t-il.

— Rien, Nicolas.

— Arrête de me prendre pour un imbécile. Vous vous êtes parlé, elle t'a tenu les mains.

Son ton est celui d'un policier en train de bousculer un suspect. Sarah commence à manquer d'air.

Le secret qu'elle tait depuis plus de vingt ans n'a jamais été aussi fragile. Son cerveau tourne fou. Elle cherche désespérément une histoire à lui raconter pour qu'il la laisse tranquille.

Elle sent que les scénarios qu'elle pourrait échafauder dans l'urgence déclencheraient d'autres questions, plus embarrassantes encore.

Et puis il y a les signes. Même si elle n'y croit pas, il faut reconnaître que depuis quelques jours, certains événements se sont succédé pour la ramener toujours vers le même sujet, la même angoisse.

Comme cette petite enveloppe trouvée ce matin dans sa boîte aux lettres. Sans nom d'expéditeur. À l'intérieur, une vieille photo. Une gamine qui sourit à l'objectif et qui n'a pas toutes ses dents. Pour le peu qu'il y a à voir autour d'elle, elle semble sur une plage. Le soleil diffuse une lumière forte, ses vêtements sont légers. Le cliché a sans doute été pris pendant les vacances d'été. Une partie de son corps est floue. Elle devait être en train de jouer. Cette petite fille lui ressemble vaguement, au même âge, mais elle peut se tromper. Sauf que… Le plus troublant n'est pas l'image elle-même. Au verso, une main tremblante a tracé quelques mots à l'encre noire : « *Ne tourne pas le dos à ton passé.* » Tout cela commence à faire beaucoup.

— Pourquoi tu ne me réponds pas, Sarah ?

Si elle révèle cette partie cachée de sa vie, rien ne sera plus jamais comme avant. Il suffirait qu'elle ouvre la bouche. Un mot. Juste un mot et les autres suivraient, la confidence coulerait de manière irréversible. Mais ses pensées sont confuses. Ce mot pèse une tonne. Si elle le prononce, peut-être y aura-t-il une forme de soulagement, de libération ? Mais il y aura aussi de la colère, un regard différent posé sur elle. C'est inévitable. Une fois franchi ce point de non-retour, on fera son procès.

— Qu'est-ce que tu me caches ?

Devant l'insistance de Nicolas, une réponse prend forme péniblement. Sarah ouvre la bouche et s'entend prononcer, d'une voix blanche, cette phrase qu'elle a mis si longtemps à construire dans sa tête.

# 13

## J – 93 jours

L'heure des visites est presque passée. La nuit est tombée d'un coup et le ciel s'est ouvert sur des trombes d'eau. Le contraste entre le fracas du dehors et le calme des couloirs est saisissant. Comme si la vie était tenue en respect à l'extérieur.

En sortant de chez elle, Sarah n'a pas pensé à prendre un parapluie. Maintenant elle sent le cheveu mouillé. On pourrait la suivre à la trace que laisse son long manteau derrière elle, comme une traîne.

Elle a traversé la ville à la manière d'un zombie. Dans les embouteillages de cette fin de journée, sa voiture l'a emmenée jusqu'à l'endroit où elle n'aurait jamais cru se rendre un jour.

Dans le parking du Centre universitaire de santé publique, moteur coupé, harnais de sécurité détaché, elle est restée prostrée derrière le volant, à essayer de réaliser comment elle avait pu, en quelques secondes, renier toutes les promesses qu'elle avait élevées autour d'elle pour se protéger. Des années à ne plus regarder en arrière, à l'effacer de sa mémoire, oublier son adresse, jusqu'à son nom, à ne plus jamais l'appeler ni lui donner de ses nouvelles. Tout cela a explosé.

Une alarme, comme un cri d'outre-tombe, l'a expulsée de ses pensées. Après quelques minutes, il est interdit de rester dans une voiture à l'arrêt sans harnais.

Dans le hall d'accueil, les guichets ont baissé leurs volets. Plusieurs écrans ressassent les images du jour. La chaîne nationale d'information continue harcèle la population jusqu'ici. Aline apprécierait. Sarah croise quelques personnes qui sortent des énormes ascenseurs, soulagés de quitter cet endroit où ils ne font encore que rendre visite à un proche.

Les lieux lui sont familiers. Elle y est déjà venue, il y a longtemps, effectuer des stages. Elle a toujours vu ce géant de verre et d'acier comme une sorte de paquebot, situé au bord du monde, dans lequel on monte pour des croisières plus ou moins lointaines, parfois sans retour.

Dans la poche de son manteau, sa main serre le petit bout de papier. Trente-neuvième étage, chambre cinquante-deux. Ce pense-bête est inutile. Dès l'instant où ses yeux se sont posés dessus, les informations se sont gravées dans sa mémoire.

La voilà à présent dans l'ascenseur, seule, trempée jusqu'aux os, avec cette sensation étrange que la cabine ne va pas seulement l'emmener au faîte du bâtiment. À chaque étage, un chiffre s'illumine au-dessus de la porte. Elle n'entend que sa respiration et des notes sans âme égrainées au piano. Plus elle s'élève, plus elle a l'impression que la cabine ralentit et que les sons s'éloignent. Ses pensées remontent spontanément le fil des années. Comme un film à l'envers.

Le premier nouveau-né qu'elle a déposé sur le ventre d'une mère, après l'avoir aidée à accoucher, le corps encore gluant mais émouvant de Jérôme sur le sien, l'odeur de peinture qui l'incommodait le jour où Nicolas lui a fait visiter leur nouvel appartement, le fou rire qui l'a saisie au moment d'échanger leurs alliances, la décoration feutrée du bar où ils se sont fixé leur premier rendez-vous. La petite lumière s'éclaire brièvement à mi-chemin. Les secondes s'étirent de plus en plus et les images se succèdent comme des diapositives, sans s'arrêter. La première nuit qu'elle a passée sous un carton. Les boulots pourris. Les centres d'accueil. Et ce mur qu'elle a dû escalader pour quitter l'enfance.

Trente-neuvième étage.

Les portes de l'ascenseur s'ouvrent sur un couloir plongé dans la pénombre. Ses pas résonnent sur un sol aussi lustré et nu que les murs. Aucune activité apparente. Il y a du monde qui s'affaire derrière ces cloisons lisses mais les gestes et les voix restent étouffés. On se fait discret pour ne pas attirer l'attention de la mort.

Les battements de son cœur retentissent jusque dans ses tempes. L'humidité qui traverse l'étoffe de ses vêtements la frigorifie. Elle se sent fatiguée. Ses cheveux sont collés par paquets sur son front. Heureusement qu'aucun miroir ne lui renvoie son image. Elle ne se reconnaîtrait pas dans cette femme à l'air perdu.

Tout en progressant vers le fond du couloir, les mots de Nicolas lui reviennent à l'esprit. Elle ne lui avait jamais raconté son histoire par peur de sa réaction, et quand elle lui a enfin tout révélé, forcée par les circonstances, c'est curieusement lui qui a su trouver les mots justes pour la convaincre de venir jusqu'ici.

Personne ne lui avait jamais parlé de cette manière. Elle l'a écouté sans broncher faire d'elle un portrait qu'elle n'aurait jamais soupçonné.

Elle a eu droit à une scène mais moins parce que Nicolas se sentait trahi que parce qu'il était choqué par son attitude vis-à-vis de Lucie Beaumont.

Bien sûr, il la connaissait. Lucie Beaumont avait été une vedette internationale. Personne ne l'avait oubliée. Mais sa notoriété n'entrait pas en ligne de compte dans les critiques de Nicolas. À ses yeux, Sarah n'avait pas le droit de se comporter avec autant d'égoïsme et d'intransigeance.

Nicolas a ensuite vidé son sac. D'un sermon à l'autre, ses reproches se sont étendus à leur vie de couple. Il disait enfin comprendre, à la lueur de ces révélations, pourquoi il avait toujours trouvé Sarah avare de sentiments. Comme si les exposer et montrer son engagement était honteux ou déplacé.

Il lui a fait comprendre qu'il était temps maintenant d'arrêter de se comporter comme un bloc de marbre, qu'il en avait assez. Certes, elle venait de fournir un effort gigantesque pour lui avouer son lourd secret mais cela ne suffisait pas.

Nicolas l'a mise à genoux. KO. Et quand il s'est tu, elle n'a rien trouvé à répondre. Les phrases de son mari ont retenti comme un ultimatum. Soit elle cassait ses résistances, apprenait à donner davantage et disait adieu à sa mère, soit leur famille éclatait.

Sarah s'est habillée sans un mot, est sortie de l'appartement puis a entré l'adresse de l'hôpital dans la mémoire de la voiture qui s'est mise en route aussitôt.

Plus que quelques pas avant de pousser la porte de la chambre cinquante-deux. Le trac lui coupe le ventre. Elle qui n'a jamais mis les pieds sur une scène, sans doute pour ne pas reproduire de près ou de loin l'exemple de sa mère, connaît à cet instant une peur identique à celle que la violoncelliste devait ressentir juste avant ses concerts.

La dernière image qu'elle garde de Lucie Beaumont, quand il lui arrive de penser à elle malgré ses efforts, est celle d'une femme d'une cinquantaine d'années. Son âge quand Sarah lui a tourné le dos. Mais ses souvenirs personnels se mélangent aux photos destinées au public, où l'artiste prend la pose pour des pochettes d'albums ou des affiches. Encore une preuve qu'elle ne lui a jamais appartenu complètement.

Mis à part son physique, dans quel état de conscience se trouve-t-elle ? N'est-il pas déjà trop tard ? Quitte à briser *in extremis* la promesse la plus solennelle de toute son existence, autant que ce ne soit pas pour rien. Autant qu'il y ait une confrontation.

Comment va-t-elle l'appeler ? Il y a certains mots qu'elle n'a plus prononcés depuis si longtemps qu'elle se demande si elle est encore capable de les dire.

Elle se retourne. Personne pour la voir pousser cette porte. Pour lui dire que l'heure des visites est peut-être dépassée, qu'il faudrait revenir demain. De toute façon, elle préfère ne pas être vue.

La porte coulisse sur une chambre aux dimensions impressionnantes. Les lumières sont éteintes, seule une veilleuse bleutée éclaire les environs du lit. Un lit unique qui trône au milieu de l'espace, face à la baie vitrée, à la ville endormie et sous le ciel opaque. Sarah a l'impression de pénétrer dans un sanctuaire aérien. L'antichambre d'un ailleurs.

Elle distingue une forme couchée dans le lit et une autre assise dans un fauteuil, que l'apparition de Sarah semble avoir réveillée et qui se lève pour venir à sa rencontre. La messagère de Lucie Beaumont. À mesure qu'elle s'approche, son visage entre dans le faible faisceau de lumière produit par la veilleuse. Sarah y perçoit un sourire.

— C'est bien que vous soyez venue.

Elle a chuchoté. Il faut faire le moins de bruit possible. Sarah tourne la tête vers le lit.

— Elle dort ?

— On ne sait jamais vraiment. Approchez-vous. Vous verrez bien.

Elle se dirige vers la porte de la chambre.

— Si vous avez besoin de moi, je serai au bout du couloir.

La porte glisse derrière elle, dans un soupir discret. Il ne reste plus que Sarah, penaude, face à la forme couchée sur le lit.

Elle se tient immobile, le souffle retenu comme une élève qui a été appelée dans le bureau du directeur et qui attend sa punition. Comme elle, dans la pièce et au-delà, rien ne bouge. Le temps n'est rythmé que par de lointaines notes de piano, les mêmes que dans l'ascenseur, et par le son répétitif des machines qui aident les organes défaillants à tenir encore un peu.

Sarah fixe le panorama devant elle. Ici, le temps semble en lévitation. Ouverte sur une nuit infinie, la chambre prend vraiment les allures d'une cabine d'engin subaquatique. Le lit n'en est plus un mais le poste de commande d'où un corps inerte, seul survivant d'une nef égarée, dirige la manœuvre grâce aux pulsations de son cerveau presque mort. Il suffirait qu'elle débranche deux ou trois câbles pour en prendre le contrôle et le ramener à bon port.

Sarah s'approche du lit, la reconnaît immédiatement. Ses mains, ses longues mains qui la fascinaient lorsqu'elle était enfant, reposent à plat sur la couverture, de part et d'autre du buste légèrement relevé. La noblesse et la dureté réunies dans un seul et même visage. Bien sûr, les rides l'ont transformé, les joues se sont creusées, les cheveux forment un halo de blancheur sur l'oreiller mais Sarah l'aurait reconnu n'importe où, à la seconde.

Les yeux de la vieille dame ne restent pas fermés longtemps. Son sixième sens l'a avertie.

Les yeux de Lucie Beaumont.

Cette couleur qui n'existe nulle part ailleurs. Ni bleus. Ni verts. Juste suffisamment clairs pour vous brûler à l'intérieur. Lucie Beaumont aurait très bien pu ne jamais parler. Ses yeux se chargeaient de transmettre à qui croisait son regard l'essentiel de ce qu'elle voulait dire, son humeur ou ses envies. On dirait presque qu'en s'ouvrant, ses yeux éclairent un peu plus la pièce.

Ils se posent sur Sarah qui se sait aussitôt reconnue. Ce regard la tétanise.

Mais la bouche craquelée de Lucie Beaumont ébauche un sourire. Sa longue main tachetée se replie, pouce à l'intérieur de la paume. Ce geste, Sarah a vu la vieille dame le faire très souvent, lorsqu'elle était agacée ou émue. Elle-même le reproduit dans des circonstances semblables, sans toujours s'en rendre compte.

Les deux femmes se regardent longuement. Retrouvailles stationnaires.

— Sarah…

Au prix d'un effort immense, la vieille femme laisse passer le seul son que ses cordes vocales lui autorisent encore.

— Je ne t'attendais plus, ma fille.

# 14

# J – 93 jours

Orpheline.

Ce mot est inscrit sur son front depuis presque vingt-cinq ans. Retirer l'étiquette risque de laisser des traces mais aujourd'hui, même si ce n'est que pour quelques heures, il faut qu'elle le fasse.

Le premier à ne pas s'en remettre est Nicolas. Il est minuit passé mais il presse Sarah de questions depuis qu'elle est revenue de l'hôpital.

— Qu'est-ce que vous vous êtes dit ?

— Rien.

— Même après tout ce temps ?

— Il est trop tard.

Depuis l'annonce de l'identité de sa belle-mère, Nicolas donne l'impression d'être tombé de la lune. C'est maintenant que les effets secondaires de la surprise se manifestent vraiment.

— Tu me l'as cachée parce que tu ne voulais pas être considérée comme « la fille de » ?

Sarah se sent lasse, peu disposée à affronter un nouvel interrogatoire.

— Lucie Beaumont ! Tu te rends compte ? Je n'y entends pas grand-chose à la musique classique mais elle, je la connais. Mon père était un fan absolu.

Sarah se débarrasse de son manteau imbibé d'eau. Bien que l'appartement baigne dans une température plutôt agréable, ses membres sont frigorifiés. Pendant que Nicolas continue à lui rappeler que sa mère était une des musiciennes les plus adulées de son époque, elle passe à la salle de bains pour se changer et se sécher les cheveux. Nicolas lui colle aux basques.

— T'en as encore beaucoup des surprises, comme ça ? Un père acteur de cinéma ou Premier ministre ?

Elle se tourne vers lui. Froide.

— Mon père est mort quand j'avais deux ou trois ans. Il s'appelait Charles et je n'ai aucun souvenir de lui.

Demi-orpheline. Demi-mensonge.

Les cheveux embroussaillés mais plus ou moins secs, Sarah bouscule Nicolas qui lui barre la sortie de la salle de bains. Il lui faut un verre.

— Pourquoi ne t'es-tu pas confiée à moi ? Il s'agit de ton passé, de ta famille, d'une partie considérable de ta vie !

Voilà, Nicolas en fait à présent une affaire de couple alors que cette dissimulation n'a rien à voir avec lui. Ce n'est pas seulement à lui qu'elle a caché l'existence de sa mère, c'est à la terre entière ! Sarah se sert un whisky sec et va s'asseoir dans le grand divan du salon. Nicolas la suit toujours mais son ton a changé. Seule subsiste la sidération.

— Comment peut-on rayer une mère de sa vie ? Ça me dépasse.

Sarah avale une gorgée d'alcool, fait la grimace. Par où commencer ? Par expliquer que ce statut d'orpheline lui a toujours donné une place à part et que ce n'était pas pour lui déplaire ? Au point qu'aux premières heures de ce mensonge, elle en a rajouté des tonnes, allant jusqu'à tuer ses parents dans un accident d'avion. Un scénario vite abandonné au profit d'un accident de voiture. Plus banal, certes, mais plus séduisant qu'une longue et pénible maladie ou une arête de poisson coincée dans la gorge. Et puis des parents unis jusque dans la mort, l'image est tellement romantique.

— Parce que pour moi, elle était vraiment morte. À seize ans, j'ai claqué la porte. Ce n'était pas un coup de tête. J'y pensais depuis longtemps. C'était comme si ma vie en dépendait !

— Comment en êtes-vous arrivées là ?

— Cette femme était un monstre ! Elle ne m'a jamais témoigné le moindre attachement ! Face à elle, je me sentais inexistante. Alors sa « fille » ? Ce mot n'a aucun sens pour moi.

Le souvenir que Nicolas a de cette femme est celui d'un talent comme il n'en existe qu'une poignée par siècle, capable de faire vibrer son violoncelle comme si elle en caressait l'âme, de vivre la musique dans ce qu'elle a de plus profond et de plus bouleversant.

— Comment a-t-elle pu exprimer des émotions aussi intenses et se montrer aussi inapte à aimer sa fille ?

À moins qu'il ne s'agisse d'une schizophrène, c'est incompréhensible.

— Cette femme avait deux visages : l'un sur scène, l'autre dans sa vie privée. Je ne l'ai jamais vue en concert, uniquement à la télé. Mais c'était amplement suffisant pour me rendre compte du gouffre qui séparait l'artiste de la mère. Il arrive que de grands artistes se révèlent décevants sur le plan personnel. Génies créateurs d'un côté, infréquentables de l'autre. Lucie Beaumont faisait partie de cette catégorie. Il n'y avait de place dans sa vie que pour la musique.

— Alors pourquoi être devenue mère ?

Bonne question. Sarah en profite pour vider son verre et s'en servir un autre.

— Pour se comporter comme une femme « normale », je suppose ?

Sans doute Lucie Beaumont avait-elle été élevée dans l'idée, encore tenace aujourd'hui, qu'une femme ne peut s'accomplir sans connaître l'expérience de la maternité. Il lui fallait peut-être réaliser ce que des générations d'épouses avaient accompli avant elle, notamment celles de sa famille, dont le regard devait peser lourd.

— J'imagine que ça ne cadrait pas avec sa vie de vedette. Difficile de faire le tour du monde des grandes salles de concert avec un bébé dans ses bagages. En tout cas, d'après l'histoire officielle, elle aurait repris sa carrière assez vite après ma naissance, avec le soutien de mon père.

Charles, l'homme de l'ombre.

— Qu'est-ce qu'il faisait, ton père ?

— Ça n'a jamais été très clair. Je pense qu'il s'occupait d'elle tout simplement, de sa carrière et de moi par la même occasion. Ma mère est toujours restée laconique à son sujet. Comme si ça l'ennuyait.

Lucie lui jetait des informations comme on lance une balle à un chien, en espérant qu'il ne la rapporte pas. Il était grand. Il avait un beau sourire, une voix chaude... Elle ne lui a même jamais montré une photo de lui. Il lui aurait fallu recourir à l'hypnose pour retrouver des images de son père enfouies dans son inconscient. Ramener le son d'une voix ou l'odeur d'une joue râpeuse.

— Et comme ma mère détestait que la presse s'intéresse à sa vie privée, il n'existe aucun cliché d'elle avec son mari nulle part.

Quant au caractère de Charles, l'imagination de Sarah a fait de lui un homme suffisamment patient et amoureux pour supporter de vivre aux côtés d'une femme qui vibrait d'une passion aussi exclusive.

— Elle a dû aimer ton père, quand même ?

— Tout ce que je sais, c'est qu'ils se sont rencontrés assez tard, qu'ils se sont mariés rapidement et que je suis arrivée dans leur vie alors qu'ils avaient passé la quarantaine.

— Généralement les gens qui font un enfant à leur âge l'aiment plus que les parents jeunes. C'est souvent l'enfant de la dernière chance, une espèce de messie.

— Je dois être une exception.

Sarah lève son verre comme si elle allait porter un toast. Nicolas s'en sert un et trinque avec elle.

Ils sont échoués sur le canapé. La lumière du salon s'est naturellement tamisée, s'adaptant au ton plus privé qu'a pris leur conversation. Les deux grandes fenêtres se sont aussi conformées à leur besoin d'intimité en s'opacifiant presque complètement.

Ça fait des lustres qu'ils n'avaient plus eu une vraie conversation, un échange qui dépasse la simple logistique du quotidien ou les politesses d'usage entre époux lorsqu'ils se retrouvent après le boulot. Il aura fallu attendre que Lucie Beaumont entre dans leur vie en forçant la porte.

— Il est mort comment, ton père ?

— Aucune idée.

Sarah ne sait même pas où il est enterré. Un mystère a toujours plané, entretenu entre autres par une biographie qui avait fait grand bruit à l'époque et qui prétendait qu'il ne s'agissait pas d'une mort naturelle. Lucie n'a jamais réagi à ces allégations. Tout cela lui était égal, elle n'appartenait déjà plus à ce monde.

La seule chose certaine est que la violoncelliste a mis un terme définitif à sa carrière peu de temps après la mort de son époux. Plus de concerts, plus de disques, plus d'interviews, toutes les tentatives pour la faire sortir de sa tour d'ivoire ont débouché sur des échecs. Elle n'apparaît plus nulle part, n'assiste plus à aucune première. Personne ne sait où elle s'est retranchée. Du jour au lendemain, Lucie Beaumont devient un fantôme, entrant ainsi prématurément dans la légende.

— Sur cet épisode de sa vie, on a dit tout et n'importe quoi. Qu'elle serait tombée dans la dépression, qu'elle aurait tenté de se suicider, qu'elle serait devenue alcoolique ou folle… Il y en a même qui ont écrit qu'elle aurait souffert d'une maladie nerveuse, provoquant une paralysie partielle de sa main gauche. Aucune de ces théories n'a jamais été confirmée officiellement. Moi, je n'y ai jamais cru. Renoncer à la musique signifiait pour elle l'abandon de son unique raison de vivre.

— C'est peut-être toi qui étais devenue son unique raison de vivre.

— Totalement improbable.

Ils se resservent un verre.

— Comment peux-tu être aussi sûre que ta mère ne t'aimait pas ?

Comme il lui est difficile d'exprimer ce qu'elle a ressenti au contact de cette femme pendant toutes ces années... Les mots sont si pauvres. Il y avait par exemple cette impression que la température baissait chaque fois qu'elle s'approchait d'elle.

— Imagine-toi une mère qui ne te prend jamais dans ses bras, dont tu ne sens absolument aucune tendresse ni dans le regard, ni dans aucun geste.

Il existe une seule photo « officielle » où Lucie pose avec son bébé dans les bras. Quand la star est devenue mère, les journaux l'ont tellement sollicitée qu'elle a fini par céder mais c'est elle-même qui a convoqué le photographe et qui a choisi la photo à envoyer à toute la presse. Elle contrôlait tout.

Et si on la regarde de plus près, on peut déceler une lueur au fond du regard de sa mère qui trahit comme un malaise.

— À part celle-là, je n'en ai jamais vu aucune autre. Ni exposée dans un cadre à la maison, ni collée dans un album.

La gorgée d'alcool qu'avale Nicolas lui fait faire la grimace. Son seuil de tolérance n'est pas loin.

Il soupçonne Sarah d'en faire trop, à force d'avoir ruminé, d'avoir brassé sa rancune pendant trop d'années.

— Tu veux d'autres preuves ? J'ai passé toute ma scolarité dans un internat, autorisée à rentrer chez moi seulement les week-ends et pendant les vacances. Sauf que mon régime était un peu spécial : un week-end par mois. Et la moitié de mes vacances, je les passais dans des camps, en colonie, à l'autre bout du pays. À faire du sport au grand air et à chanter des niaiseries devant un feu de bois.

De l'institution religieuse où elle a passé son enfance et une partie de son adolescence, elle garde le souvenir d'une sorte de château au milieu d'un immense domaine boisé, perdu près de la frontière orientale du pays, le bout du monde. Elle se rappelle un endroit sinistre. Une architecture hybride entre prison et église, de longs couloirs froids, un silence de fin du monde, une directrice horrible à qui personne n'ose se frotter, un personnel enseignant à l'avenant. Sa maigre famille, c'étaient les filles de son âge qui partageaient le même sort : des parents souvent aisés mais trop occupés pour se charger d'un enfant au quotidien.

— Pourtant à l'époque où je croupissais en internat, les activités de ma mère se réduisaient à faire de la chaise longue sur la terrasse de sa Villa.

Et que dire des rares moments où Sarah revenait passer quelques jours auprès d'elle ? Elle avait chaque fois le sentiment d'être accueillie comme une branche éloignée de la famille. Poliment. Avec le respect dû à une invitée.

Quand sa mère n'était pas enfermée dans la pièce qu'elle appelait son bureau, où il était strictement interdit à quiconque d'entrer, Sarah l'apercevait de loin, assise dans le jardin d'hiver, perdue dans ses pensées, le regard tourné vers l'horizon. Une méditation que la gamine n'aurait jamais osé interrompre.

Les repas se déroulaient dans le silence. Dès que sa curiosité d'enfant menaçait de déboucher sur des questions embarrassantes, la reine mère écartait le risque d'un geste et éludait la discussion par une moue ou une phrase sans appel.

— Le pire, c'est que j'ai fini par croire que c'était de ma faute ! Que je n'étais pas assez « aimable ». Tu ne peux pas imaginer la culpabilité que j'ai pu ressentir face à son attitude.

Nicolas ne dit plus rien. Il vide encore ce qui reste de whisky dans son verre.

Il est presque deux heures du matin. La logique voudrait qu'ils aillent se coucher. Ils sont fourbus. Mais ils savent que cette nuit le sommeil aura du mal à venir.

— Tu n'as aucun bon souvenir de ton enfance ?

Sarah s'est enfoncée un peu plus dans le divan.

— Si, j'en ai un. Il s'appelait Jacques.

— Un petit copain ?

Nicolas essaie vainement de détendre l'atmosphère.

— Non, mon parrain.

C'est Sarah qui l'a affublé de ce titre. Il n'était pas vraiment son parrain mais elle tenait à ce surnom affectueux.

Parrain Jacques. Sa seule éclaircie dans cet environnement familial lugubre. Il n'était même pas de la famille, juste l'homme à tout faire de Lucie. L'exact opposé de cette femme qu'il servait avec dévotion.

Autant l'une était minérale et glaciale, autant l'image que Sarah garde de Jacques est celle d'un homme solaire.

— Sans lui, ma mère aurait été perdue. Elle a toujours été éloignée des contingences matérielles. Après la mort de Charles et l'arrêt de sa carrière, c'est sur les épaules de Jacques qu'ont pesé toutes les charges : il était secrétaire, cuisinier, chauffeur, jardinier… La seule chose qu'il ne faisait pas c'était le ménage.

Et il était tout pour Sarah. Sans doute Jacques avait-il très vite deviné le désarroi de la gamine. À chacun de ses retours de l'internat, il s'arrangeait pour rendre son séjour le plus agréable possible. Les parties de cartes dans la grande cuisine ou les promenades le long de la mer qu'ils faisaient ensemble gardent encore une place à part dans sa mémoire.

Pour le reste, Jacques était un homme plutôt secret, apparemment sans attache familiale. Sans doute veuf ou divorcé, Sarah n'a jamais bien compris ce qui le liait à Lucie Beaumont. Malgré qu'il fût d'un dévouement sans faille, sa mère se montrait tout aussi distante envers lui. Quel plaisir trouvait-il à servir une femme aussi indifférente et méprisante envers son entourage ? Ressentait-il une forme d'admiration pour elle ? De l'amour ?

Si Jacques n'avait pas été là, c'est à onze ou douze ans que Sarah aurait fugué. À cet âge, elle avait déjà compris qu'il n'y avait plus rien à attendre d'une mère qui l'envoyait de plus en plus souvent loin d'elle pendant les vacances, sous le prétexte que voir du pays forgerait son caractère. Puis ses liens avec Jacques se sont distendus et son envie de liberté n'a cessé de croître.

— À quelques semaines de mon seizième anniversaire, j'ai sauté le pas. J'ai écrit une lettre à ma mère lui expliquant que je ne reviendrais plus et que je n'attendais rien d'elle, surtout pas d'argent. J'ai écrit une autre lettre à Jacques. Lui seul m'a répondu. Il me comprenait. Pour la forme, il me demandait si j'avais bien réfléchi et m'assurait de son aide, si j'en avais besoin. « Pour toi, m'a-t-il promis, je serai toujours là. »

Bien plus mature que les autres adolescents de son âge, Sarah avait décidé de devenir quelqu'un, toute seule.

Le scénario qu'elle avait écrit pour la suite n'était pas parfait mais sa volonté comblerait les vides et corrigerait les invraisemblances.

Il y aurait les jobs qui se présenteraient au petit bonheur la chance, les rencontres imprévues, les nuits où l'on dort n'importe où avec n'importe qui. Et puis un chemin qui commencerait à se dessiner, qui apparaîtrait au fur et à mesure, comme la brume se lève.

Sa vie serait consacrée à ces femmes qui un jour deviennent mères. Il y avait certes dans ce choix l'expression d'une vocation mais aussi la volonté de percer un mystère. Ce qu'elle voulait, c'était saisir cette étrange envie de se prolonger dans un autre corps, une autre existence. Qu'elle en soit consciente ou non, par l'observation quotidienne du désir et de la joie d'enfanter, c'est l'indifférence de sa mère à son propre égard qu'elle souhaitait comprendre.

— Tu ne les as plus revus depuis ?

— Jamais.

Un long silence s'installe entre eux. Dehors, la ville semble figée.

Les fortifications qu'elle a dressées entre sa mère et elles ont tenu bon près d'un quart de siècle, mais les événements de cette soirée donnent à Sarah la désagréable impression que ces remparts ont été bâtis sur du sable. Elle se sent en danger.

Il est trois heures du matin. Leur bouteille de whisky est presque vide. En deux heures, ils ont bu la quantité d'alcool autorisée pour toute une semaine.

Une petite lumière clignotante les sort de leur début de léthargie. Le portable de Sarah est allumé. Un message urgent.

Cette nuit, elle ne dormira pas.

# 15

## J – 92 jours

La vieille est morte.

J'avais raison. Elle était trop abîmée pour revenir à la maison. Ça fait quand même drôle de se dire qu'elle sera allongée pour la fin des temps dans une boîte.

Ce n'est pas ce qui m'embête le plus. Là où elle est, la vieille n'a plus rien à craindre. Nous, si. Maintenant qu'elle est dans le trou, c'est comme si quelqu'un avait laissé la porte de la Villa grande ouverte.

Ouverte aux loups.

Dehors est une jungle. Dehors ne règnent que désordre et sauvagerie. On se fait bouffer dès qu'on s'y risque. C'est la vieille qui répétait ça. Pour m'empêcher de sortir.

Lili dit qu'on va trouver des solutions, qu'il va peut-être falloir provoquer des changements. Je n'aime pas trop ça, les changements. Je ne sais pas si je vais les supporter.

Lili dit aussi qu'il va falloir être patient. Ça tombe mal : de la patience, je n'en ai pas beaucoup.

Ce n'est pas nous qui avons les bonnes cartes en main. Ce sont d'autres gens, dehors. Voilà ce qu'elle dit, Lili. Les cartes en main. Je ne sais pas de quelles cartes elle parle. Parfois, son vocabulaire est bizarre.

J'ai bien compris qu'elle essayait de me rassurer. Parce qu'au fond d'elle, même si elle est plus optimiste que moi, c'est clair qu'elle panique. Elle n'est pas sûre que les autres vont prendre la bonne décision. Elle va tout faire pour les convaincre mais c'est loin d'être gagné.

Le danger, c'est les autres. C'est pour ça qu'elle m'a gardé aussi longtemps près d'elle, la vieille.

Longtemps, elle m'a dit que le monde se limitait à ce que je voyais.

C'est pour ça qu'il faut absolument la garder, cette baraque. Si on ne pouvait plus parce que la vieille est morte, ce serait une catastrophe. C'est pour ça que Lili se démène.

On va devoir jouer serré, qu'elle a dit. Comme si c'était un jeu.

Le tout, ce sera de les faire venir dans la maison. Ceux qui ont les cartes en main. Pour qu'ils la voient. Pour qu'ils s'y sentent bien. Et surtout pour les convaincre de ne pas la vendre. De la garder.

De nous garder.

# 16

# J – 90 jours

La flèche de la petite église semble indiquer un chemin entre les nuages. Ses pierres grossièrement taillées donnent à la place sur laquelle elle veille des airs de vieux village oublié. Un enclos l'entoure, planté de quelques arbres centenaires. En sortant de la voiture, Sarah s'est crue sur une autre planète, alors qu'elle n'est qu'à une petite heure de chez elle.

Dans un quartier plus fréquenté ou plus central, cette église aurait été fermée ou détruite. La plupart des lieux de culte de la ville ont disparu du paysage ou ont été réaffectés en centres culturels ou de loisirs.

À l'heure où les funérailles et les mariages ont lieu loin de ces édifices religieux, le moins qu'on puisse dire est que Lucie Beaumont termine sa vie par un bras d'honneur aux usages en cours.

Une soixantaine de personnes sont venues assister à la cérémonie. Sarah n'en connaît aucune. Des hommes et des femmes d'un certain âge. Ils sont nombreux à se saluer en se retrouvant sur le parvis qu'une pluie fine a rendu glissant. Des regards, des connivences, des sourires tristes s'échangent. Sarah s'amuse à deviner ce qui reliait ces gens à la défunte, le métier qu'ils pratiquaient. Elle suppose qu'il doit y avoir des musiciens dans le lot, d'anciens directeurs de salles de concert ou de maisons de disques. Sans doute aussi quelques admirateurs. Ces inconnus dessinent de nouveaux contours à l'image de sa mère.

Il n'y a aucune trace de journaliste. Les consignes laissées par la défunte sur ce point étaient particulièrement claires.

Accompagnée de Nicolas et de Jérôme, Sarah remonte l'allée centrale. Au bout, devant l'autel, le cercueil de sa mère repose sur un socle, un portrait d'elle appuyé sur le couvercle. Les rubans des quelques couronnes de fleurs placées par les croque-morts au pied du cercueil rendent hommage à quelqu'un qu'elle ne reconnaît pas. Les formules lui apparaissent aussi artificielles qu'inappropriées. Il lui est difficile de croire que sa mort puisse provoquer des « regrets éternels » et autres foutaises du même tonneau. Qui peut pleurer sa disparition sinon des hypocrites ou des gens qui ne la connaissaient pas vraiment ? Quelle image Lucie Beaumont a-t-elle réellement laissée ?

Elle s'installe au premier rang, place réservée aux proches. Personne ne lui a adressé la parole. Tout au plus, une inclinaison de la tête en guise de salut. On ne sait pas qui elle est ni ce qu'elle vient faire là. Le petit monde rassemblé dans cette église la regarde presque comme une étrangère. Ce qu'elle est, du reste.

Nicolas et Jérôme sont assis à côté d'elle. Derrière eux, Aline est venue avec Cyril, son compagnon. Marc, l'associé de Nicolas, est là aussi. Tous ont découvert que leur amie n'était pas celle qu'ils croyaient.

Élise occupe une place sur la même rangée qu'elle, séparée de quelques sièges. Son émotion, manifestement profonde, interpelle Sarah. Après tout, elle n'était qu'une domestique. Mais ses pleurs ont l'air sincères. Étonnant pour une femme que Sarah a jugée aussi froide que celle qu'elle servait.

Le curé commence. On se lève. On se rassied. On se signe et, quand on connaît les paroles, on chante. Ce genre de simagrées a toujours exaspéré Sarah. Ce matin, encore plus que d'habitude.

Plusieurs fois durant la messe, des envies de rire lui viennent. À cause de ce curé, de ses manières, du ton qu'il utilise pour citer la parole du Très-Haut. Tout cela ressemble à un sketch. C'est tellement daté. Sans compter que les éloges qu'il prononce décrivent une personne qui n'existe pas ! Peut-être est-ce la règle quand on meurt : la dernière messe nous lave de toutes les saloperies qu'on a pu commettre de notre vivant.

L'assemblée se lève pour la énième fois. Le fracas amplifié des chaises qui raclent le sol devient insupportable. Une ombre entre discrètement dans l'église, se faufile derrière une des colonnes du fond. L'homme reste debout. Derrière la masse de granit, il semble autant intéressé par la cérémonie que par la jeune femme assise au premier rang.

Cette cérémonie dure une éternité. La défunte en aurait elle-même écrit le déroulement, allant jusqu'à choisir les intermèdes musicaux parmi ses propres enregistrements. Un comble.

Un vieil homme, de plus de quatre-vingts ans, encore svelte et élégant, a pris la place du curé derrière le micro pour évoquer la musicienne qu'elle était. Un trémolo d'affliction venant chatouiller de temps en temps ses cordes vocales, il raconte, se souvient du choc ressenti la première fois qu'il a entendu les notes jouées par Lucie Beaumont. « On reconnaissait la voix de son violoncelle entre mille. » Certains mots reviennent plusieurs fois dans son panégyrique. Talent, génie, grâce, virtuosité, inspiration. Soit, se dit Sarah. Mais aussi générosité. Et ce mot la fait sursauter. Comment ce vieillard ose-t-il qualifier Lucie Beaumont de généreuse ? À quel point la connaissait-il pour se présenter devant tout le monde et dire n'importe quoi ? Sa logique d'esthète est-elle capable de comprendre que la générosité dans l'art est une chose mais que celle dont on peut s'enorgueillir dans la vraie vie n'attend ni applaudissements ni « Vivat ! » en retour ?

Après deux autres interventions du même calibre, dont une de son ancienne attachée de presse, tellement émue elle aussi que personne n'a rien compris à ce qu'elle a marmonné, et quelques nouveaux extraits musicaux, le curé met fin aux hostilités, au grand soulagement de Sarah qui a failli fuir à plusieurs reprises.

Le cercueil sort de l'église, porté par quatre employés des pompes funèbres à la mine sombre. Tout le monde suit le mouvement, sur le trio pour violon, piano et violoncelle de Schubert. La vieille bique aura tout prévu pour tirer les larmes à son dernier public.

Une fois la boîte glissée dans le coffre du corbillard, quelques personnes s'approchent de Sarah et lui serrent la main, l'air compassé. D'autres lui demandent si elle est bien la fille de la défunte avant de lui présenter leurs condoléances. On commence à faire la file. Sarah ne se sent pas à sa place.

« C'était une femme comme on n'en fait plus », « La grande musique est orpheline » « Il va falloir entretenir l'immense héritage qu'elle nous laisse, on compte sur vous. » « Courage ! » Ses oreilles saturent de toutes ces banalités qui lui semblent adressées à quelqu'un d'autre. L'envie lui prend de leur crier : « Si aujourd'hui, la grande musique est orpheline, messieurs dames, moi je l'ai toujours été, d'une mère pourtant bien vivante, votre grande amie à tous qui, à vous croire, était un modèle unique dont le moule est cassé ! Quel dommage que je ne puisse rien vous dire sur elle ! J'aurais bien aimé mais, voyez-vous, je n'ai pas eu la chance de la connaître ! »

Qu'ils débarrassent tous le plancher et qu'on en finisse. Nicolas, qui a senti son exaspération, intervient alors que d'autres mains tachetées continuent de se tendre vers elle.

— Excusez-nous. Nous devons absolument partir au cimetière maintenant. Et ce n'est pas la porte à côté.

Tout en mettant un terme abrupt à cette procession de vieillards chagrinés, il entraîne Sarah, soulagée, vers la voiture. Quelques instants plus tard, ils suivent le fourgon noir qui se met lentement en route pour conduire Lucie Beaumont à sa dernière demeure, sur la côte, dans le village près duquel elle a vécu toute la seconde partie de sa vie. Une autre de ses volontés : être enterrée, alors qu'aujourd'hui être incinéré est devenu une obligation légale, par manque de place.

Sarah regarde la petite église s'éloigner dans le rétroviseur. Son œil enregistre une image furtive, un détail, quelque chose de familier, qu'elle ne parvient pas à identifier sur le moment et qui s'effacera dans les secondes qui suivent.

Resté à l'écart, près du porche, un vieil homme vêtu d'un long manteau gris a remis son chapeau pour se protéger de la bruine et cacher ses yeux. Immobile, il regarde s'éloigner le convoi. De loin, on dirait un chasseur de primes échappé d'un western du siècle dernier, le regard perdu dans le lointain. Puis il tourne les talons et disparaît sans avoir parlé à personne.

Depuis plusieurs kilomètres, les véhicules ont quitté la zone de contrôle urbain de sécurité, si bien que les conducteurs ont pu reprendre un rôle actif. Il faut un certain temps pour rejoindre la côte. Dans la voiture, aucun échange ne vient troubler les pensées des uns et des autres. Élise participe au voyage, assise à l'arrière, à côté de Jérôme qui est absorbé par la contemplation du paysage. Sarah occupe la place du mort et fait semblant de dormir pour qu'on lui foute la paix.

Une pierre pèse sur son estomac. C'est la première fois depuis des années qu'elle retourne là où a vécu sa mère.

Derrière ses yeux fermés, elle ressasse les événements de ces derniers jours.

« Sarah », « ma fille ».

Les mots prononcés par le souffle si fragile de sa mère, qu'elle n'a pu entendre qu'en se rapprochant du lit, ont provoqué en elle une émotion qu'elle n'aurait jamais crue possible. Comme si ce geste lui était naturel, sa main avait même fini par se glisser dans celle de la vieille femme.

Elle avait senti une pression, fugace, puis sa mère avait fermé les yeux, à bout de forces.

Sarah était restée plusieurs minutes, sans savoir exactement combien, enveloppée dans la pénombre de la pièce, sans oser bouger. Bien que tout en retenue, ce contact physique n'avait pas empêché qu'il se passe quelque chose. Ou plus exactement, que quelque chose passe. De l'une à l'autre. Comme un flux. Une impulsion.

Dix minutes avaient coulé ainsi, puis la fatigue l'avait emporté, Sarah avait lentement repris sa main.

Au bout du couloir, elle avait de nouveau croisé Élise qui buvait un mauvais café du distributeur. Elles avaient échangé quelques banalités, un peu gênées. Élise s'apprêtait à passer la nuit à l'hôpital. Elle lui avait demandé son numéro de portable, au cas où.

Après un peu plus de deux heures, les appareils autour de Lucie s'étaient mis à hurler et à clignoter. Comme si la vieille femme n'avait tenu bon que pour sentir la main de sa fille dans la sienne.

Il s'arrête de pleuvoir quand le corbillard et la voiture de Nicolas entrent dans le village de son enfance. Une légère éclaircie leur souhaite même la bienvenue.

Sarah ouvre les yeux en soupirant. Comme elle s'y attendait, retrouver ces paysages lui est pénible.

Rien n'a bougé. On n'a pas rasé l'ancien pour du moderne. Les innombrables transformations qui ont bouleversé le reste du monde ne semblent pas être arrivées jusqu'ici. Les rues sont toujours aussi étroites, les maisons penchées les unes contre les autres, comme si elles se soutenaient. La boulangerie n'a pas changé son enseigne ni sa place à côté de la poissonnerie. Les trois mêmes bistrots se partagent le territoire délimité par la petite place devant l'église. La Terre a tourné vingt-cinq fois autour du Soleil mais Sarah ne s'est absentée qu'une semaine. Elle a toujours quinze ans et cette impression lui serre encore plus les entrailles.

Dans le cimetière, l'inhumation se fait sans discours. À part les fossoyeurs, ils ne sont que quatre à s'être placés autour du trou dans lequel le cercueil s'enfonce peu à peu. Personne ne représente le village où elle n'avait sans doute aucun contact.

La boîte a touché le fond. Sarah se tourne vers Élise.

— Merci de vous être occupée de tout. Pour la suite, nous vous tiendrons au courant. Voulez-vous qu'on vous reconduise…

Elle a failli dire « chez nous » mais s'est rattrapée à temps. Du coup, elle ne sait pas comment finir sa phrase. « A la maison » est trop familier, l'expression sous-entendrait qu'elle y vit encore, sous le même toit qu'Élise. « Chez vous » n'est pas plus approprié, cette maison étant celle de sa mère jusqu'à nouvel ordre. « À la Villa » sonnerait tout aussi faux dans sa bouche. Trop bourgeois.

C'est la jeune femme qui la délivre de son embarras.

— C'est gentil à vous.

On retraverse le village en sens inverse. Sarah se souvient qu'enfant, elle venait de temps en temps se promener dans ces rues faire les courses avec Parrain Jacques. Ils y montaient à pied. Une fois sur deux, plutôt que de prendre la route qui zigzaguait à travers champs, ils rejoignaient l'église par la plage. C'était plus court et plus agréable, quand le temps le permettait. Lorsque, après une petite heure, la pointe du clocher apparaissait derrière une dune, ils bifurquaient et rencontraient rapidement les premières maisons.

À l'inverse de Lucie Beaumont, Parrain Jacques montait souvent dans ce bourg. Tout le monde le connaissait et semblait l'apprécier. En été, une fois les courses terminées, une halte apéritive dans le bistrot près de l'église s'imposait. En général, elle leur prenait plus d'une heure, le temps pour Parrain Jacques de s'informer des potins du coin autour d'un verre. Quand les bavardages s'éternisaient, Sarah sortait et s'asseyait sur les marches du parvis. Face à elle, la petite place qui surplombait une partie du village et ouvrait sur la mer lui offrait le plus beau des spectacles. Cette vue plongeante et dégagée lui donnait déjà des envies de lointain.

— C'est ici. Nous sommes arrivés.

La voiture de Nicolas s'arrête devant une vieille grille en fer forgé rouillée, entourée de deux murets dont l'un porte une inscription presque effacée : « Villa Arpeggione ».

— Nous y sommes. Voulez-vous monter quelques instants boire un café ou… ?

— Non !

Le refus sec de Sarah a fait sursauter tout le monde. Trois visages se tournent vers elle, en attente d'explications. Elle est elle-même surprise par sa réaction disproportionnée, presque animale, à la proposition d'Élise. Retrouver le village lui a déjà demandé beaucoup d'efforts, la perspective de revoir la Villa est au-dessus de ses forces. Elle tente de prendre un ton plus mesuré.

— On va vous laisser rentrer seule, Élise. Nous, on a du travail, des devoirs pour Jérôme. Je vous remercie pour tout ce que vous avez fait. Sans votre aide, j'aurais eu du mal. Mais ne me demandez pas de vous accompagner à l'intérieur. Cela m'est tout simplement impossible.

Malgré elle, elle a parlé comme une machine, sans respirer.

— Vous êtes sûre ?

— N'insistez pas, Élise. Au revoir.

La jeune femme sort de l'habitacle, en faisant claquer la portière un peu fort. Puis la voiture redémarre en abandonnant l'entrée de la Villa Arpeggione et Élise dans le rétroviseur.

L'autoroute n'est plus très loin. Le silence règne à nouveau tandis que les yeux de Sarah se perdent dans le paysage. La route étroite traverse une forêt de sapins noirs qui ressemblent à des soldats protégeant une frontière : celle qui séparerait ce monde du passé qu'ils laissent derrière eux, de la modernité suffocante vers laquelle la voiture les ramène sans qu'ils puissent choisir leur itinéraire.

— C'est la maison de quand tu étais petite ?

Jérôme est resté muet pendant la cérémonie à l'église et l'inhumation. Il est temps qu'il se rattrape.

Sarah lui sourit.

— Oui, mon grand. Mais je n'y dormais pas tout le temps.

— C'est là qu'elle vivait, ta maman ? C'est une belle maison ?

— Très belle, mon chéri. Elle est en plein milieu de la nature, face à la mer.

— Alors, pourquoi tu veux pas y aller ?

Les enfants raisonnent toujours selon une logique implacable.

— Tu es un peu petit pour comprendre.

— T'as qu'à essayer.

— Disons qu'avec ma mère, on ne s'entendait pas très bien.

Quelques jours plus tôt, l'annonce de l'existence d'une nouvelle grand-mère avait bien sûr surpris l'enfant, sans pour autant le traumatiser. Ça l'avait même plutôt amusé, cette histoire de vieille dame qu'on lui sortait d'un chapeau comme un lapin. Sauf qu'il avait fallu lui faire le coup de la bonne et de la mauvaise nouvelle.

Sans doute le spectacle des funérailles, une première pour Jérôme, avec le cercueil surmonté du portrait souriant de Lucie Beaumont avait-il provoqué un choc propice à l'apparition de nouvelles questions. Il faut reconnaître que voir sa grand-mère prendre vie le jour de son enterrement peut s'avérer perturbant.

— Elle était méchante ?

Au fond, il aurait été plus facile pour elle de répondre que Lucie Beaumont était foncièrement mauvaise. Mais non. Elle n'y croit même pas vraiment. Sarah soupire.

— C'est plus compliqué, Jérôme.

— Tu peux lui expliquer quand même.

Nicolas n'a pas quitté des yeux la ligne droite de l'autoroute. Son ton brutal déconcerte Sarah.

— Parce que je crois qu'elle ne m'aimait pas. Toutes les mamans n'aiment pas leur enfant aussi fort que moi.

L'enfant sourit. Un léger voile de tristesse au fond du regard.

# 17

## J – 80 jours

Il y a des semaines que l'on aurait préféré passer dans le coma.

*Lundi, début d'après-midi*

Deux voitures coiffées de gyrophares et un fourgon de police se garent devant l'école de Jérôme. Une dizaine d'agents sortent du fourgon et délimitent un périmètre de sécurité autour de l'établissement, interrompant la circulation et obligeant les passants à faire demi-tour ou à attendre.

Des autres véhicules descendent trois hommes et deux femmes, accompagnés de deux membres armés de la brigade anti-déviants.

Ils pénètrent dans l'école et font irruption dans le bureau du directeur. Celui qui paraît le plus âgé, un homme élancé aux traits anguleux, lui présente son badge et un mandat officiel. Ce qu'il y a écrit sur ce document doit être exécuté sur-le-champ. Il est le seul à parler. Le directeur proteste timidement mais se voit intimer l'ordre de les accompagner jusqu'à la classe de « l'individu » à appréhender. Celle de Jérôme.

De mauvaise grâce, le directeur s'exécute. Le regard fuyant, il précède les policiers dans des couloirs vides qui résonnent de leurs pas mélangés à des voix d'enfants. Il marque un temps d'arrêt devant une porte et prend quelques secondes avant de frapper. Sans attendre de réponse, les deux hommes armés poussent la porte et entrent dans la salle, suivis par les mandatés.

L'intrusion impose un silence immédiat dans la classe. Mme Françoise, l'institutrice, croise le regard du directeur, comprend tout de suite ce qui se passe. Son sang se fige.

Son papier toujours à la main, le flic aux cheveux blancs monte sur l'estrade, prononce le nom d'un élève. La première fois d'une voix neutre. Aucun enfant ne réagit. La seconde fois d'un ton plus autoritaire.

Le petit voisin de Jérôme lève une main timide. Maxime. Il est tout blanc.

— Range tes affaires dans ton cartable, Maxime, et accompagne-nous, s'il te plaît.

L'institutrice s'interpose, demande de quel droit. C'est un enfant, pas un criminel ! Et puis l'école est un lieu sacré ! S'ils veulent exécuter leur basse besogne, qu'ils le fassent ailleurs ! Le directeur lui demande gentiment de se calmer. Le ton de celui qui dirige l'opération est moins conciliant. Mais l'institutrice refuse de laisser cette abomination se dérouler sous ses yeux sans rien dire.

Pendant cette vive altercation, l'une des deux femmes est déjà occupée à rassembler les affaires de l'enfant dans son cartable. L'autre l'a pris par la main et se dirige vers la sortie. L'enfant avance, livide.

Mme Françoise hurle sa colère. Elle tente encore de s'interposer. Un des policiers l'en empêche. Le directeur ne sait plus où se mettre. Bien qu'il représente l'autorité, il ne semble visiblement pas assumer son rôle.

Maxime sort de la classe, encadré par les deux femmes. Dans le couloir, quelques enseignants se sont rassemblés, inquiétés par les cris de leur collègue. Ils comprennent immédiatement ce qui est en train de se passer. Certains s'indignent et crient au scandale, à la honte. Mais personne n'ose n'intervenir physiquement. Un ou deux, dépassés, regardent juste le bout de leurs chaussures.

Maxime disparaît au bout du couloir. Moins d'une minute plus tard, les véhicules ont vidé les lieux, rendant la rue à la circulation. Les passants qui s'étaient arrêtés pour profiter du spectacle reprennent le cours de leur vie.

Dans l'école, tout le monde est sous le choc. L'institutrice de Maxime n'a pas de mots assez durs à l'encontre de son directeur qu'elle traite de collabo et qui lui demande encore maladroitement de se calmer. Il se justifie en répétant qu'il est inutile de se rebeller contre ce type d'intervention qui, pour choquante qu'elle soit, est parfaitement légale. Les déviants doivent être appréhendés, quel que soit leur âge. Ce n'est pas lui qui a pris cette décision.

— Mais vous l'avez cautionnée en acceptant de conduire ces quatre flics jusqu'à Maxime ! Vous auriez dû résister davantage, leur dire par exemple qu'il était absent aujourd'hui !

Les enfants restent tétanisés sur leur chaise, l'air de ne rien comprendre. Certains pleurent silencieusement. Jérôme pas. Il s'est fait pipi dessus.

Moins d'une heure plus tard, Sarah est avertie qu'elle doit venir chercher son fils à l'école. Tous les enfants sont appelés à rentrer chez eux. On ne lui en apprend pas plus.

Quand elle arrive aux abords de l'établissement, un peu paniquée, elle aperçoit déjà des parents en pleine discussion. Très vite, les faits lui sont relatés. Le cœur de Sarah s'arrête. Elle pense au petit Maxime bien sûr mais aussi à son fils qui a assisté à la scène.

À l'intérieur de l'école, d'autres attroupements se sont formés. Les cours ont été suspendus. Les couloirs baignent dans un brouhaha informe. Elle entend quelqu'un dire qu'une réunion aura lieu le soir même, dans la cantine de l'école.

Sarah retrouve son fils devant sa classe. Jérôme a le teint d'un enfant malade. Devant l'entrée de la salle, quelques personnes entourent son institutrice en pleurs et tentent de la calmer. Sarah prend Jérôme dans ses bras en le serrant fort contre elle, pour l'emmener loin de cette confusion. Ce n'est que dans la voiture, ceinturé sur le siège arrière, que son fils desserre les dents et se met à pleurer. Il ne veut plus retourner dans cette école. Sarah fulmine.

Autour de vingt heures, le réfectoire de l'école s'est transformé en agora. Une cinquantaine de personnes ont répondu à l'appel. Quelques journalistes ont été invités. Le directeur, qui joue les grands absents, a bien tenté d'interdire cette réunion par peur de débordements et de mauvaise publicité pour son établissement, mais la menace d'une grève sauvage d'une partie de son personnel l'en a dissuadé.

Après que Mme Françoise a répété son récit pour la vingtième fois de la journée, les questions fusent. Connaît-on exactement les raisons de cette arrestation ? Que sait-on à propos des parents de Maxime ? Un des journalistes, qui a récolté des informations avant de venir, leur apprend que c'est apparemment un appel anonyme qui a averti la police de la déviance des parents. Maxime serait leur seul enfant déclaré. Ils en cacheraient deux autres. Les adultes ont été immédiatement interpellés. Et leurs enfants placés dans des institutions.

Cette information divise l'assemblée. Comme à chaque fois qu'il est question de déviance, les opinions se radicalisent. La brutalité et la proximité des événements ont pour effet de délier les langues.

Pour les uns, les parents de cet enfant se sont montrés inconscients, sachant tous les risques qu'ils lui faisaient courir en désobéissant à la Loi ! Pour d'autres, aucune circonstance ne justifie cette manière inhumaine de trancher une famille, quelle qu'elle soit, à la hache. Entre les deux, les funambules penchent une fois d'un côté, une fois de l'autre, soutenant ceux qui estiment que la Loi doit être respectée au nom du bien commun mais reconnaissant néanmoins qu'arrêter un gamin de sept ans comme un criminel est exagéré.

On pointe du doigt la direction. L'idée d'une démission circule. Mais on entend aussi qu'il n'y a pas eu mort d'homme, que l'événement sera oublié dans quelques jours. Des opinions nauséabondes s'expriment. Ce qui était une réunion d'information se mue en débat entre défenseurs et pourfendeurs de l'enfant unique, un débat dans lequel il n'est finalement plus question de Maxime.

Sarah a cessé d'écouter ce qui se dit autour d'elle. Elle pense au petit garçon, se demande où il est en ce moment et ce qu'il va devenir. Dans quelle institution va-t-il être placé ? Elle l'imagine, allongé dans un lit inconnu pour sa première nuit loin de sa famille.

Ça suffit. Elle en a assez entendu. Elle sent qu'on va noyer le poisson. Sa place n'est plus ici.

Les jours qui suivent lui donnent raison. L'arrestation de Maxime n'a fait l'objet que de quelques articles, jamais à la une. Pas d'indignation nationale. Aucune manifestation, pas même une pétition. Sans doute y a-t-il dans l'actualité des sujets plus importants que le sort d'un enfant de sept ans.

Il a fallu trois jours à Jérôme pour reprendre le chemin de l'école. Seule Mme Françoise s'est mise en arrêt maladie. Enfin, selon la version officielle.

La semaine aurait pu se terminer là. Mais non.

*Mercredi, huit heures trente du matin*

Comme un mauvais rêve qui se répète… Plusieurs fourgons de police et véhicules banalisés stationnent à l'intérieur d'un périmètre de sécurité dressé devant l'entrée de l'Institut.

Dans l'enceinte du bâtiment où Sarah a réussi à pénétrer en bipant sa carte d'identification, le comité d'accueil ne la surprend qu'à moitié : un groupe de policiers, comme deux jours plus tôt devant l'école. À peine arrivée à son étage, un agent en civil lui demande de décliner son identité et la raison de sa présence, sans s'encombrer de formules de politesse. Le cerveau du jeune homme étant apparemment programmé pour classer les personnes sondées dans deux catégories, celle des employés de la clinique et celle des visiteurs non désirés, Sarah doit à nouveau présenter sa carte. Après vérification, elle est priée de ne pas quitter les lieux.

Des collègues lui font un rapide résumé des épisodes précédents : une vingtaine de minutes plus tôt, une brigade a débarqué en prenant le contrôle de l'immeuble, toute activité professionnelle a dû être interrompue et le directeur convoqué sur-le-champ.

Sarah n'en croit pas ses yeux. Sans ménagement, elle est sommée avec le reste du personnel de se diriger vers la salle de conférences du rez-de-chaussée. Toutes les issues sont gardées, impossible à quiconque de sortir du rang. Qui refuserait de jouer les moutons de Panurge serait appréhendé aussi sec.

Le directeur rejoint le groupe qui doit compter une quarantaine de personnes, visiblement hors de lui. L'inquiétude ou l'irritation se lit sur les visages. Sarah aperçoit Aline près des ascenseurs. Les deux femmes s'échangent des regards d'incompréhension.

Une fois que l'effectif semble au complet, un policier, plus âgé que les autres, demande le silence et prend la parole.

C'est une dénonciation, évidemment. Encore une fois, un coup de téléphone anonyme aurait laissé entendre qu'au sein de la clinique, certains membres du personnel viendraient en aide à des familles déviantes et qu'on y pratiquerait des examens ou des accouchements illégaux. Cependant, aucun nom n'aurait été cité en particulier.

Les médecins s'indignent. Le directeur ouvre de grands yeux. Un brouhaha s'élève. D'un brusque haussement de ton, le gradé y met un terme, en précisant qu'aucune preuve n'a été fournie.

— Il ne s'agit pas des conclusions d'une enquête, indique-t-il. Seulement, je vous l'ai dit, d'une dénonciation. Nous sommes ici pour vérifier si ce qui nous a été communiqué est fondé et éventuellement lever ce soupçon, avec votre aide et votre coopération.

Puis il ajoute :

— Aujourd'hui, la clinique sera fermée. Et chacun d'entre vous interrogé au commissariat central. Ça ne vous prendra que quelques heures. Si cette maternité n'a rien à se reprocher, ce que j'espère sincèrement, elle rouvrira ses portes dès demain.

Cette nouvelle est saluée par des huées. On crie à des pratiques dignes de régimes totalitaires. En vain. Le gradé fait un signe à ses hommes qui dirigent tout le monde vers la sortie.

Dehors, les membres du personnel de la clinique embarquent dans les véhicules de la police. L'opération se déroule sans que personne ne soit bousculé ni menotté, ce qui n'atténue en rien le sentiment de Sarah de subir une véritable arrestation. Elle croise un ou deux regards de curieux qui assistent à la scène derrière les cordons de sécurité et se sent sale.

Une ville où le soleil n'arrive plus à s'insinuer défile derrière la vitre.

Après une demi-heure d'attente dans le couloir d'un étage consacré aux affaires de mœurs, Sarah s'assied dans un bureau minuscule, sans fenêtre, face à deux jeunes policiers en costume cravate impeccable. Elle remarque un dossier ouvert sur la table au milieu de la pièce, dans lequel l'un des deux prend des notes à chacune de ses réponses, et une petite caméra braquée sur elle. L'autre est debout au fond de la pièce.

C'est le policier assis qui lui pose les premières questions.

— Avez-vous déjà pratiqué un accouchement pour une famille déviante ?

— Non.

— Comment pouvez-vous en être sûre ?

— Je ne pratique d'accouchements que dans le cadre de la clinique. Pas en dehors. En principe, les déviants préfèrent la clandestinité.

— Vous avez l'air bien sûre de vous.

— C'est une question de logique.

Silence.

— Est-ce qu'un ou plusieurs de vos collègues ont déjà pratiqué des actes interdits ? Examens, accouchements ? demande l'autre.

— Pas à ma connaissance.

— Soupçonnez-vous certains de vos collègues de le faire ?

— Non.

Silence.

— Avez-vous déjà été sollicitée par quelqu'un pour pratiquer des actes interdits ?

*« Oui bien sûr, ma meilleure amie, Aline. Elle veut faire un second enfant et m'a demandé de l'aider à accoucher ! »*

— Jamais.

Les questions fusent. Du tac au tac. Il faut qu'elle garde son sang-froid. Malgré leur jeunesse, ces types doivent avoir l'habitude de faire le tri entre vérité et mensonge. Et leur zèle à défendre la Loi est sans limite, parce qu'ils n'ont rien connu d'autre.

— Vous en êtes absolument certaine ? insiste celui qui prend des notes. Vous savez, madame, nous ne pouvons rien laisser passer, cela mettrait tout le système en danger. La Loi doit être la même pour tout le monde.

— Je vous dis que cela ne m'est jamais arrivé.

Sa voix ne tremble pas. Le policier pose son stylo et détourne la caméra d'elle pour la mettre en confiance.

— Il existe une organisation qui vient en aide aux familles déviantes. Une sorte de groupuscule qui travaille dans l'ombre et recrute régulièrement dans les milieux de l'enseignement et de la santé. Connaissez-vous quelqu'un qui en fasse partie ?

Sarah sourit doucement.

— Vous pensez vraiment que je vous le dirais si c'était le cas ?

Ce n'est pas le genre de réponse que les deux flics attendent. Mais Sarah ne peut pas s'en empêcher. Le ton se durcit aussitôt. Le policier qui se tenait debout adossé au mur remet la caméra en place, face à elle.

— Répondez à la question, madame. Connaissez-vous quelqu'un… ?

— Non.

Les deux agents suivent une liste de questions rédigées à l'avance.

— Avez-vous été approchée par des recruteurs de cette organisation ?

Elle revoit le couple en imperméable qui l'avait abordée dans le parc.

— Jamais.

— Et si cela devait arriver, quelle serait votre réaction ?

— Je refuserais.

Vrai.

— Et j'appellerais vos services pour essayer d'en donner le signalement.

Faux.

Les deux coéquipiers se regardent. Sarah se sent de plus en plus oppressée.

— Une dernière question. Est-ce que vous trouvez que la Loi unique est une bonne chose pour la collectivité ?

Sarah s'attendait à ce qu'on ne lui demande que des faits, pas un avis. L'interrogatoire s'aventure sur un terrain privé et elle en éprouve un profond malaise.

— En quoi cela peut-il être utile à votre enquête ?

— Veuillez répondre à cette question, s'il vous plaît.

Ils y tiennent. Sarah se sent tout à coup en danger. Les propos alarmants d'Aline lui reviennent en mémoire. Il est clair que son interrogatoire a franchi une limite mais si elle leur oppose un silence, ils le prendront pour un avis négatif.

— Je suppose.

— Vous supposez quoi, madame Vasseur ?

— Que la Loi est une bonne chose.

Les mots ont eu du mal à sortir. Peut-être les policiers s'en sont-ils aperçus ? Leur dernière question semble plutôt servir à constituer un dossier sur elle.

— Merci, ce sera tout. Vous pouvez rentrer chez vous.

Sarah quitte le commissariat central avec un mal au crâne et une furieuse envie de se laver. Si elle en avait le courage, elle leur enverrait la facture du taxi qu'elle va devoir prendre pour aller rechercher sa voiture dans le parking de la clinique.

*Jeudi*

La clinique rouvre ses portes. Aucun membre du personnel n'a été arrêté ou maintenu en garde à vue. Sans doute le carnet d'adresses de Julien Cadet a-t-il bien fonctionné.

Avant d'accueillir les patients, ce dernier a réuni le personnel dans la cafétéria du bâtiment. Mise au point de crise, dans le style « pas de fumée sans feu ».

Il leur assure un soutien total. L'incident de la veille aura des suites. On ne salit pas impunément la réputation d'un établissement comme son Institut. Il a des amis haut placés qui interviendront pour réparer l'infamie.

Toutefois.

Son soutien inconditionnel comprend une condition évidente : que ses employés soient dignes de la confiance qu'il a placée en eux. Si jamais il s'avérait que la dénonciation anonyme était fondée, il se ferait un plaisir de conduire lui-même le ou les responsables aux autorités.

Un lourd silence succède à ses déclarations. Il n'aurait pas obtenu un autre résultat en lançant : « Il y a un traître parmi nous ! »

— Avant de reprendre vos activités respectives, je vous demande une dernière chose. Si l'un ou l'une d'entre vous détient des informations concernant cette organisation ou bien si vous êtes un jour approchés par des gens qui en font partie, votre premier réflexe devra être de venir m'en parler. Mon bureau vous sera toujours ouvert. Je compte sur vous.

Il a semblé à Sarah que le regard de Julien Cadet s'était arrêté sur elle pendant son laïus. Une fraction de seconde.

Mais cette semaine n'aurait pas mérité la palme de la plus atroce de l'année sans un dernier chapitre.

*Vendredi*

L'apothéose. Le bouquet final. Sarah est convoquée chez le notaire de sa mère.

# 18

# J – 78 jours

La boîte à biscuits est à nouveau ouverte sur la table en formica. Le vieux commence à se prendre au jeu.

La première photo, avec cette phrase compassée écrite au dos, c'était juste un coup de tête. Rien de sérieux.

Il se demande quelles réactions a suscitées son premier envoi.

Que la mort de Lucie se soit invitée dans la partie n'était pas prévu. La coïncidence est troublante. Mais le vieux ne croit plus au hasard. S'il y a eu télescopage, c'est un signe, une invitation à poursuivre.

En étalant les clichés sur la toile cirée, voilà qu'une histoire se dessine devant lui.

Les acteurs sont presque toujours les mêmes. Trois ou quatre personnes. Au soir d'une vie, ça ne pèse pas lourd. Mais ceux-là importent davantage que les mille autres qui n'auront fait que le croiser sans laisser d'empreintes.

Il ne s'inclut pas parmi eux.

D'après les cadrages approximatifs, voire complètement ratés, ça ne pouvait être qu'elle qui regardait dans le viseur. Elle ne prenait jamais le temps de la pose, si bien que le sujet, surpris par l'objectif, est toujours un peu flou, quand il ne lui manque pas un bras ou la moitié de la tête, perdus dans le hors-champ. Prises par un professionnel, on leur trouverait du style. Par un amateur, elles sont juste ratées. Mais d'une émouvante spontanéité, quand on apprend qu'elles sont l'œuvre d'une enfant, raison pour laquelle le vieux ne s'en est jamais débarrassé.

Ses vieilles mains touchent la surface encore brillante de ces vestiges du temps passé. Ses doigts frôlent des visages, des sourires.

Sa concentration lui donne l'allure d'un tireur de cartes, même si l'avenir lui demeure obscur.

Son plus grand plaisir consiste à imaginer sa réaction quand elle découvrira le contenu de cette nouvelle enveloppe.

Une deuxième photo. Un deuxième message. Comme elle n'a aucun moyen direct de remonter jusqu'à l'expéditeur, il faudra qu'elle se débrouille autrement, qu'elle décode les détails, qu'elle fasse des déductions et qu'enfin elle accepte de s'intéresser à son histoire.

« *Ne tourne pas le dos à ton passé.* » Ce soir, il regrette la phrase qui accompagnait le premier courrier. Trop donneuse de leçons, une réplique digne d'un mélo de série B.

Aujourd'hui, le digital a tout bousillé. Rien à voir avec ces merveilles argentiques. Les photos saturent des mémoires virtuelles, perdues dans les nuages, que plus personne ne regarde. On lègue des maisons, des propriétés, des voitures, des comptes en banque mais comment transmet-on vraiment un récit familial ? Et quand on n'a reçu aucun passé en héritage, le futur ne perd-il pas toute consistance ?

Sa main survole lentement les photos. Comme un planeur dominant un paysage. Elle atterrit doucement sur une surface chaude et meuble. Ses pieds s'enfoncent dans le sable. C'est marée basse. Le son des vagues qui gagnent du terrain est encore loin. Derrière lui, le vent frais transporte un rire.

Tout à coup, il est sûr de lui. Dans sa tête, une phrase vient de naître, pour continuer le jeu. Son doigt pointe une photo, au milieu de la table.

# 19

# J – 75 jours

Il peut arriver que des cordonniers soient mal chaussés. Que des notaires soient mal logés, plus rarement. Pourtant.

Maître Maeghe.

La convocation. Papier à en-tête, enveloppe à armoiries, style ampoulé d'avocat raté.

La bâtisse. Quartier huppé, à la lisière de la grande forêt qui borde la partie ouest de la ville, sur la route qui mène à la côte. Une sorte de pièce montée pour mariage qui abrite à la fois ses appartements et son étude. Un baba au rhum avec une porte et des fenêtres. Indigestion garantie !

L'intérieur ne dépare pas.

La décoration tente d'imiter la mode bourgeoise du siècle passé mais sans y parvenir. Un papier peint chargé de motifs floraux criards, des meubles trop lourds, le sol entièrement recouvert de tapis. Tout dans cette demeure sent l'excès de mauvais goût et donne la nausée. Il ne manque plus que les trophées de chasse accrochés au mur.

Nicolas est à la torture.

— Ça sent le rat mort ici, lui glisse-t-il à l'oreille.

Il n'a pas été personnellement invité mais Sarah lui a demandé de l'accompagner. Ce type de cérémonie est une première pour elle et la perspective de découvrir ce que lui réserve le testament de sa mère ne la rend pas des plus sereines.

Depuis qu'ils sont arrivés, une dizaine de minutes avant l'heure fixée par la convocation, quelque chose d'autre la perturbe : la présence d'Élise dans la salle d'attente.

Tout le monde s'est salué poliment. Sarah et Nicolas se retrouvent assis en face de la jeune femme et cette confrontation s'avère gênante. La domestique de Lucie Beaumont est habillée comme le jour des funérailles. Une tenue triste, dénuée de fantaisie, qui la vieillit d'au moins vingt ans. Son petit sac posé sur ses genoux bien parallèles, elle regarde droit devant elle, dans le vide. Son visage ne trahit aucune émotion.

La pièce dégage une odeur d'humidité. Il n'y a rien d'autre à lire que le mensuel des notaires. Il peut se les garder, ses prospectus, se dit Sarah, tendue.

Plusieurs minutes à regarder la poussière voler, c'est long. Alors, le cerveau de Sarah part en « roue libre » et très vite, une question revient de manière lancinante : qu'est-ce que la domestique de Lucie Beaumont fout là ?

Lucie Beaumont l'aurait donc couchée sur son testament.

Grâce à ses années de service, la domestique doit avoir comptabilisé plus de temps qu'elle aux côtés de sa mère.

L'attente devient insupportable. Sarah continue de s'interroger.

Si la voilà face à Élise, convoquée « à égalité » avec elle en quelque sorte, c'est peut-être qu'Élise a réussi là où elle a échoué. Comme elle a plus ou moins le même âge que Sarah, elle a dû jouer le rôle de fille unique dont elle-même a abandonné le costume.

La culpabilité réflexe de Sarah se réveille comme une vieille allergie. Si ça n'a pas collé entre sa mère et elle, ce ne peut être que de sa faute. Mais son mauvais esprit lui glisse en douce que Lucie Beaumont n'aurait jamais pu avoir une fille de substitution aimable, présente et fidèle sans verser un copieux salaire mensuel en retour. On se rassure comme on peut.

L'irruption de la secrétaire dans la salle d'attente, les invitant à la suivre, interrompt Sarah dans un cheminement d'idées qui allaient devenir indignes d'elle.

Première surprise dans cet environnement daté : alors que tout le monde s'attendait à voir surgir un être bossu, chauve et malodorant, le maître Maeghe qui les accueille dans son étude a la trentaine élancée et relativement élégante. Habillé plutôt pour un cocktail mondain que pour la lecture des dernières volontés d'une vieille dame.

Sans que personne le lui ait demandé, il explique qu'à l'époque où Lucie Beaumont a rédigé son testament, c'est son père qui s'occupait des affaires de la musicienne puis qu'il a pris sa retraite. Le passage de relais a pu se dérouler sans changer l'en-tête du papier à lettres. Il n'y a pas de petites économies.

Une ouverture de testament s'effectue toujours selon un certain cérémonial. Il convient d'installer une atmosphère, une mise en scène. Une lumière du jour filtrée par d'épais rideaux, un éclairage feutré diffusé dans quelques lampadaires répartis dans les coins reculés de la pièce, un silence uniquement troublé par le tic-tac d'une horloge que Sarah n'arrive pas à situer, quelques diplômes enfermés dans des cadres, une bibliothèque où sont alignés d'épais volumes rappelant que le respect des lois imprègne chaque parole prononcée dans ce bureau. Tout le monde est là, confortablement enfoncé dans des sièges de ministres. Quelqu'un désire-t-il un café ? Non ? Un verre d'eau ? Non plus ? Autre chose ? Bien.

Les trois coups sont frappés, le spectacle peut commencer.

Le notaire détaille le patrimoine de la défunte en quelques phrases. Plusieurs comptes en banque, des titres et actions, et comme unique bien immobilier, la Villa Arpeggione et les quelques hectares de terrain qui l'entourent. Pas de dettes.

— La situation financière de Lucie Beaumont est parfaitement saine.

Avec des gestes d'acteur qui a longtemps répété son rôle, le jeune homme sort de son dossier une enveloppe qu'il ouvre d'un seul mouvement de coupe-papier. Ça ne devrait pas durer trop longtemps, la lettre tient en une page.

La diction de maître Maeghe est celle d'un comédien. Sans doute surjoue-t-il quelque peu la solennité du moment.

— À Élise Martin est allouée une rente mensuelle jusqu'à la fin de ses jours, pour tous les services qu'elle m'a rendus depuis de nombreuses années.

La somme annoncée dans la phrase suivante est coquette, pense Sarah. Sans plus.

— À ma fille Sarah, je lègue l'ensemble de mes biens, en formant le vœu qu'elle accepte ce dernier geste de ma part.

Le notaire marque une pause, regarde l'intéressée puis replonge dans sa lecture.

— Pour qu'elle hérite de mes biens, ma fille devra toutefois se soumettre à une condition.

C'était trop beau.

— Qu'elle fasse la promesse solennelle de ne jamais vendre la Villa Arpeggione. Qu'elle demeure, au moins quelques semaines par an, dans cette maison qui l'a vue grandir. Qu'elle en fasse sa seconde résidence.

Sarah laisse échapper un éclat de rire nerveux. Les bras lui en tombent. Comment sa mère ose-t-elle ? Maître Maeghe lui lance des éclairs de désapprobation. On dirait vraiment un comédien forcé d'interrompre sa tirade parce que quelqu'un a toussé trop fort au deuxième rang.

— Ce n'est pas terminé, madame Vasseur.

— Excusez-moi, répond-elle avec ironie.

Il poursuit mais son ton a changé, comme si Sarah avait cassé la magie de l'instant.

— Dans le cas où cette condition ne serait pas remplie, l'ensemble de mes biens, mobiliers et immobiliers, reviendrait alors à des œuvres dont la liste exhaustive se trouve en annexe. Dans le cas contraire, ce que je souhaite par-dessus tout, je demande à ma fille de garder Élise à son service, afin qu'elle puisse s'occuper de la Villa pendant son absence. La rente mensuelle qui lui est allouée devrait constituer un salaire suffisant.

Sarah se tourne vers la jeune femme qui n'a pas quitté le notaire des yeux. C'est quoi, ce testament qui semble uniquement tourner autour de la domestique ? Dans tous les cas de figure, c'est elle qui en sort gagnante. Alors que Sarah ne veut pas et n'a jamais voulu de cette maison. Si Lucie Beaumont espérait humilier sa fille une dernière fois, c'est parfaitement réussi.

Sarah se lève de son siège avant même que le notaire n'ait terminé sa lecture.

— Il est hors de question que j'accepte les termes imposés par ma m… par la défunte. Cette comédie m'a assez fait perdre mon temps. Veuillez m'excuser.

— Madame Vasseur, je n'ai pas fini.

— C'est inutile, maître. J'ai compris les termes du marché et je ne les accepte pas. Jamais je ne retournerai dans cette maison. Il n'y a rien à rajouter.

— Si. Votre mère semblait avoir prévu la scène que vous êtes en train de nous jouer.

Il y a tellement de mépris dans sa réponse que Sarah se retient presque de le gifler. C'est qu'elle ne rigole pas, la gravure. C'est lui et lui seul qui croit décider quand on peut se lever et vider les lieux ? Sentant peut-être son irritation, le jeune notaire lui fait plus poliment signe de se rasseoir. Elle ne part pas mais reste debout.

— Les dispositions dont je viens de vous faire lecture ne sont pas exécutables immédiatement. Mme Beaumont a prévu de vous laisser un délai de réflexion pour accepter ou refuser ce qu'elle vous propose. Trois mois, pour être précis. Si, passé ce délai, votre position reste inchangée, alors toute la fortune de Lucie Beaumont sera redistribuée à des œuvres.

Sarah reste interdite. Élise regarde toujours devant elle. Une image arrêtée. Nicolas tente de prendre la main de son épouse dans la sienne mais elle esquisse un geste de repli.

Trois mois. Ou quatre. Ou six. Le délai ne changera rien à sa décision de refuser ce marché de dupes. La simple idée de pénétrer dans cette maison, vue sur la mer ou pas, lui retourne l'estomac. Le chemin qu'elle vient de parcourir, sa visite à l'hôpital et, pour finir, ces simagrées notariales lui ont déjà demandé un effort surhumain dont elle se serait avouée incapable il y a encore quelques années. La promesse solennelle qu'elle s'était faite de ne plus jamais rien avoir à faire avec cette femme a été rompue au-delà du raisonnable. C'en est assez. Que Lucie Beaumont sorte de sa vie définitivement, et pas dans trois mois, tout de suite.

— La loi m'oblige à respecter les volontés de la défunte et de vous convoquer toutes les deux dans ce cabinet à la fin du délai fixé. À ce moment-là, madame Vasseur, vous me ferez part de votre décision définitive. D'ici là, si vous décidez d'accepter les conditions du présent testament, le délai de quatre-vingt-dix jours n'aura évidemment plus cours.

Il semble vain de lui préciser que tout cela ne sert à rien. Ce type est un notaire, son boulot consiste à appliquer des règles.

Après une poignée de main moite et un peu molle, le jeune homme se dit navré que ce genre de clause suspensive ralentisse la procédure. Mais la défunte, assure-t-il, était totalement saine d'esprit lors de la rédaction du présent document.

Sarah, qui espérait être débarrassée de cette épreuve en seulement une séance, en est pour ses frais.

Sur le trottoir, Élise Martin serre à son tour la main de Nicolas puis celle de Sarah qu'elle garde prisonnière dans la sienne plus longtemps.

— Ne refusez pas. La Villa vous revient de droit, et je ne vous dis pas ça pour…

Sarah retire sa main brutalement.

— Au revoir, Élise.

Elle tourne les talons et entraîne Nicolas vers la voiture.

Moins d'un quart d'heure plus tard, ils se retrouvent attablés dans le coin le plus discret d'un bistrot anodin proche de la clinique. À cette heure, la consommation d'alcool n'est pas bien vue mais Nicolas a gagné la sympathie du barman. Situation exceptionnelle, sa femme vient d'apprendre la mort d'un proche. Elle a besoin d'un remontant. L'état de fébrilité dans lequel se trouve Sarah rend ce mensonge tout à fait crédible.

Ils boivent leur scotch sans trinquer. L'atmosphère est redevenue calme mais sombre, comme après un orage.

Le refus exprimé par Sarah dépasse l'entendement de Nicolas. Ce n'est pas qu'il soit fâché ou contrarié. Plutôt déçu.

— Tu ne crois pas qu'il serait temps de faire la paix avec tout ça ? Ta mère est morte, bon sang, elle te lègue une maison et une petite fortune. Tu ne vas tout de même pas laisser tout ça à des œuvres ? Juste pour une question de…

— D'orgueil ? C'est ça que tu penses ? Je me suis construite en dehors de cette femme, alors appelle ça comme tu veux mais ça me rend assez fière.

Chacun marque une pause. Nicolas regarde le fond de son verre, Sarah repousse le sien. Trop tôt pour avaler un whisky, même si ça peut aider à se remettre les idées en place.

— Tu n'es pas obligée d'accepter les termes du testament de ta mère. Mais je crois que ce serait bon pour toi de revoir cette maison, ne fût-ce qu'une fois, pour t'aider à faire ton deuil.

— Mon deuil, je l'ai fait il y a des années, de son vivant.

— Écoute, Sarah. Cette maison, j'ai envie de la visiter et de la montrer à notre fils. Indirectement, elle fait partie de notre histoire, ce n'est pas anodin pour moi. Je ne te demande pas d'y habiter. Juste de la *voir*. Après tu en feras ce que tu veux.

C'est une manière habile de lui signifier qu'elle se montre égoïste dans cette affaire. Les propos de Nicolas semblent sincères, sans calculs. Sarah le regarde d'un air las, sans répondre. Elle sait qu'il n'en démordra pas et qu'au fond, il n'a peut-être pas tout à fait tort.

— Ce n'est jamais qu'un tas de briques, Sarah. Je suis bien placé pour le savoir. De la brique et du béton. Et si tu décides de ne jamais y remettre les pieds, cette maison continuera à te hanter.

# 20

# J – 60 jours

— Quatre ! Trois ! Deux ! Un !

Au-dessus de l'esplanade des musées, point culminant de la ville, éclate le traditionnel feu d'artifice.

La terrasse de leur appartement haut perché offre une vue imprenable sur les déflagrations de lumière. La température est douce. Chacun crie une joie de circonstance, qui sonne faux chez certains, chaque fois que le ciel se colore de bleu ou de tourbillons dorés qui éclairent la nuit. De loin, quand la brise est favorable, leur parviennent des notes des musiques qui ponctuent le spectacle.

La mort de Lucie Beaumont, il y a quelques semaines, n'a pas empêché que l'on fête le réveillon chez eux, comme prévu.

Les derniers feux du bouquet final sont retombés sous les applaudissements. Ne restent dans l'immensité du ciel que des nuages de poudre que le vent froid balaie mollement.

Tout le monde retourne dans le salon. Les conversations reprennent, réchauffées par l'alcool.

Après avoir mis au lit et embrassé son fils, Sarah se mêle aux invités qui discutent de banalités : dernières vacances, prochains projets... Le souhait qu'elle a exprimé est respecté. On ne parle pas de sa mère. Cependant, dans les sourires qu'on lui adresse, elle ressent comme une réserve, une hésitation à trop se réjouir ou à rire trop fort en sa présence. Un fantôme plane au-dessus des têtes.

Un peu trop bu, un peu trop de bruit. Le calme de l'étage l'appelle. Elle se sert un verre, le dernier se promet-elle, s'éclipse par l'escalier en colimaçon et pousse la porte de son bureau. La pénombre l'avale. Enfin seule.

Les échos de la fête lui parviennent étouffés. Ses yeux s'habituent vite à l'absence de lumière. C'est chez elle ici. Son domaine. La pièce n'est pas grande. Le désordre qui y règne n'est qu'apparent, elle connaît la place exacte de tout ce qui s'y trouve.

Ses doigts décèlent sans hésiter l'interrupteur de sa lampe de bureau. Elle s'assied et pose son verre entre deux piles de dossiers en équilibre instable. Du tiroir du bas, elle sort une petite enveloppe dont elle extrait plusieurs photos qu'elle manipule avec délicatesse.

La poste lui en a délivré quatre en moins d'un mois. Les deux dernières étaient plus rapprochées dans le temps, comme si l'expéditeur anonyme, sans conteste la même personne, ressentait une urgence de plus en plus grande. Mais de quoi ?

Les photos semblent avoir toutes été réalisées à la même époque.

Le premier envoi avait failli finir au fond de sa poubelle. Ça ressemblait plus à une mauvaise blague qu'à un vrai courrier. Mais un détail avait retenu son geste. Une expression dans le regard de la gamine qui dardait l'objectif. Comme si la petite voulait lui dire quelque chose d'important. À elle en particulier.

Après avoir rangé l'image de cette fillette éloquente dans son tiroir, Sarah n'en avait parlé à personne. Cela lui était presque sorti de la tête lorsqu'une enveloppe identique avait atterri dans sa boîte aux lettres, deux semaines plus tard, peu après les funérailles de Lucie Beaumont. Même parfum de mystère, avec un nouveau message digne d'un roman à l'eau de rose : « *Tout le monde a une histoire.* » Pour oser une telle ânerie, son auteur devait passer l'essentiel de ses journées devant les pires programmes du petit écran. Cependant, il fallait admettre qu'il touchait juste.

Le deuxième cliché représentait la même enfant, un peu plus jeune. Mais cette fois, une femme se tenait à ses côtés. On la devinait accroupie. Le cadre, un plan serré, ne laissait rien voir d'autre. Un détail laissait tout de même penser que la prise de vue s'était déroulée dehors : les cheveux étaient balayés par le vent. Les visages étaient proches mais les joues ne se touchaient pas. Les regards neutres. Aucune joie ne transparaissait.

Cette femme, bien sûr, c'était sa mère. Et elle, la petite fille au sourire flou. À l'évidence, celui ou celle qui voulait jouer avec elle la connaissait bien.

Le troisième envoi ne s'était pas fait attendre aussi longtemps. Heureusement. Si les deux premiers avaient provoqué en elle une sorte de malaise, un début d'addiction l'avait à présent gagnée. Sans doute comme pour l'expéditeur.

Cette fois, l'enfant avait une dizaine d'années. Elle était assise, à table, dans une pièce que Sarah avait identifiée immédiatement : la cuisine de la Villa. La photo semblait prise à son insu. Elle regardait ailleurs, le visage tourné vers la fenêtre, source de lumière. De profil, on ne distinguait pas son humeur mais il y avait quelque chose de perdu dans son attitude. Sarah avait aussi noté que le pull qu'elle portait était affreux, rayé bleu et rouge. Elle ne se souvenait plus avoir porté une telle horreur. Comment avait-on osé la vêtir de la sorte ? La mémoire est un animal curieux.

Au dos de ce troisième cliché, une nouvelle phrase aussi inspirée que les deux précédentes. « *Sans passé, pas d'avenir.* »

Dans le petit bureau faiblement éclairé, les yeux de Sarah s'attardent à présent sur le dernier cliché qui lui a été envoyé. Elle l'a trouvé ce matin. C'est de loin celui-ci qui la trouble le plus.

Elle tient sagement la main de Lucie Beaumont, pieds nus dans le sable, mais cette fois, à l'avant-plan, on perçoit l'ombre du photographe et derrière, la Villa Arpeggione parfaitement découpée sur un ciel clair. Avec ses trois étages et sa partie centrale qui se termine par une petite tour, presque un phare, avec ses grandes fenêtres rondes, ouvrant sur les quatre points cardinaux d'un paysage inépuisable.

Revoir la Villa majestueusement dressée sur la plage, après tout ce temps, provoque une émotion à laquelle elle ne s'attendait pas et qu'elle ne souhaitait pas. Comme lors de retrouvailles où surgit cette impression classique que l'on ne s'est jamais vraiment quittés.

L'expéditeur n'a rien écrit au dos de la photo d'autre que trois petits points de suspension, comme s'il avait compris que cette fois l'image suffisait. C'est exactement l'état dans lequel ce cliché a mis Sarah : en suspension.

— Qu'est-ce que tu fais toute seule dans le noir ?

Nicolas se tient debout, dans le cadre de la porte, en ombre chinoise, un verre à la main. Sarah, trop absorbée, ne l'a pas entendu venir. Le sang lui monte aussitôt au visage. Elle se sent comme une gamine prise en flagrant délit de comportement exhibitionniste devant le miroir de sa chambre. Les photos sont renvoyées dans le tiroir que le genou de Sarah referme de la manière la plus naturelle et la plus anodine qui soit.

— Je voulais juste un peu de calme. Le bruit me fatigue. Je descends dans deux minutes.

Elle a menti d'un air faussement détaché.

— Arrête de me prendre pour un imbécile. Qu'est-ce que tu lisais ?

— Rien.

Il pénètre dans la pièce, avance de deux ou trois pas, franchit une frontière invisible, connue d'eux seuls. Il n'avait jamais osé auparavant, respectant son territoire. Elle non plus n'est jamais entrée dans son bureau, au bout du couloir. Ce sont leurs espaces privés, où ils peuvent s'isoler de leur vie de couple et de parents. Une concession nécessaire à leur équilibre, que Nicolas vient de piétiner.

— Je t'ai vue, Sarah. Tu as jeté quelque chose dans ce tiroir.

Il s'est suffisamment approché du bureau pour que le faible halo de lumière qui l'entoure vienne éclairer son visage. Ses traits, comme le timbre de sa voix, atténuent la violence de l'intrusion. Ils n'expriment ni colère ni agressivité. Juste une forme de lassitude peut-être en partie due à l'alcool. Il n'est pas encore soûl mais Sarah le sent proche de ses limites.

— Tu vas continuer encore longtemps à me cacher des choses ?

D'autres limites semblent atteintes chez lui. À sa place, comment réagirait-elle face à une dissimulation qui dure depuis des années, à un tel manque de confiance ? Que ferait-elle si elle voyait son mari glisser une enveloppe dans un tiroir, en jurant ses grands dieux qu'il n'en est rien ?

Sarah sort les photos et les tend à Nicolas. Après avoir déposé son verre sur un des rares coins vacants du bureau, il les examine, les yeux plissés.

— C'est toi ?

— Oui, avec ma mère.

Il relève la tête, incrédule.

— Je les ai reçues par la poste. Quelqu'un m'en envoie régulièrement depuis quelques semaines.

— Qui ?

— Les enveloppes ne portent pas le nom du destinataire. Il y a juste un message écrit au dos de chacune des photos.

Nicolas retourne aussitôt les clichés. Il ne peut réprimer un gloussement.

— La première enveloppe est arrivée à peu près au même moment que j'ai eu des nouvelles de ma mère.

— C'est peut-être Élise.

— Pourquoi ferait-elle une chose pareille ?

— Elle voulait peut-être te persuader de voir ta mère. Elle a l'air tout de même étrange, cette fille, non ?

— Ça ne tient pas. La dernière photo a été postée après les funérailles.

— Alors elle veut te convaincre de reprendre la maison.

— Je n'y crois pas.

— En tout cas, celui ou celle qui t'envoie ces photos connaît ton histoire. Tu ne t'es pas sentie observée, ces derniers temps ?

Nicolas retourne à sa contemplation des photos. Après un long moment de silence, la question lui brûle les lèvres.

— Cette maison, là derrière...

— C'est la Villa Arpeggione.

Les yeux de Nicolas, soudain brillants, semblent aimantés par la vaste demeure plantée au milieu des dunes.

— Elle est magnifique. On dirait un tableau de...

— Edward Hopper, oui.

Sarah s'agace de l'intérêt manifeste de son mari. Son excitation réveille un paradoxe qu'elle n'a jamais été capable de résoudre. Malgré tout ce que cette maison peut représenter de sombre et de négatif dans sa vie, elle ne peut s'empêcher de reconnaître qu'elle est objectivement sublime.

La comparaison avec une maison peinte par l'artiste américain saute aux yeux. Il s'en dégage à la fois une force calme, la douceur d'une villégiature et un mystère. On a envie d'en forcer la porte pour mettre au jour un secret. Sarah comprend la fascination que cette résidence exerce sur son mari. La même qui a poussé Hitchcock à s'inspirer d'une toile du peintre pour la maison d'un de ses films. Il n'empêche que, malgré toutes ces bonnes raisons, la réaction de Nicolas l'exaspère et l'inquiète car elle sait ce qu'elle va immanquablement impliquer.

— Sarah ?

— Oui.

— Il faut absolument que je voie cette villa.

# 21

## J – 59 jours

Le calendrier de cette année est spécial. Y en a qu'une fois tous les quatre ans.

L'année qui vient de commencer est bissextile. Tellement rare que j'ai tagué le chiffre du jour en plus, pour m'en souvenir.

Lili est optimiste. Elle dit que cette année va être très importante. Parce que des choses se préparent. Je pense que, de toute façon, ça ne pourrait pas être pire que l'année qui vient de se terminer. Ça, c'est mon avis.

Lili croit que la mort de la vieille, c'est comme un passage d'un moment de notre vie à un autre. Que même si la mort c'est triste, la sienne n'est pas inutile. Toujours le même optimisme.

Au loin, il y a des détonations. Ça vient du village. Ça ne dure jamais longtemps. Une dizaine de minutes. Puis, le silence et le noir de la nuit reviennent.

C'est une nuit spéciale. Comme l'année qui vient de commencer. Lili pense qu'une nouvelle année efface tout ce qui s'est passé avant. Le bien comme le mal.

## *J – 59 jours*

Les choses nouvelles que je veux, je pense que Lili les veut aussi. Les choses nouvelles, ça fait toujours un peu peur. Lili dit que si c'est bien préparé, ce sera une réussite.

Le gâteau était bon. C'est Lili qui l'a préparé. Mais il me reste un peu sur l'estomac.

Pour faire passer ça, il n'y a que la gymnastique qui fait du bien. Transpirer. Suer des litres. Dans la cave, je tire sur mes bras pour soulever mon corps trop lourd, pour que mes pieds ne touchent plus le sol. Tout me fait mal. Mes doigts, mes bras. Mon cœur cogne à l'intérieur de mon crâne.

Plus mon corps est douloureux, plus ma colère s'éloigne.

On est le 1er janvier. C'est écrit sur le calendrier accroché à côté de mon lit. Je compte les jours jusqu'à ce que le chiffre que j'y ai identifié s'affiche enfin.

Ça va être une année exceptionnelle, pense Lili.

Je crois qu'elle a un plan.

# 22

# J – 47 jours

Depuis qu'elle est montée dans la voiture, Sarah affiche un air renfrogné. Le corps et la mâchoire crispés.

Bernée comme une débutante. Nicolas lui a tendu un piège et elle s'est empressée de tomber dedans. Quelle imbécile.

Si au moins il l'avait joué à la loyale. Mais utiliser Jérôme pour arriver à ses fins… Franchement, c'est une honte.

— Ça te ferait plaisir d'aller à la mer voir la maison où maman a grandi ? On pourrait ce week-end si tu veux.

Il avait lancé cette offre à leur fils, au petit déjeuner, conscient de l'effet qu'il allait provoquer. Sarah n'avait rien pu faire ni dire pour le contrecarrer. Le bonheur qu'il y avait dans le « Oui ! » de son enfant empêchait tout refus. Elle serait passée pour une vraie rabat-joie. Même la météo semblait s'être ralliée au camp du piégeur. La radio venait d'annoncer un temps exceptionnel pour le week-end à venir, un record de température pour la saison.

Pour une fois, ces crétins avaient vu juste. Il n'y avait pas un nuage qui flânait dans le ciel, la chaleur était presque estivale. Une lumière magnifique rayonnait, comme rarement au mois de janvier.

— Des architectures de ce genre, il n'en existe plus nulle part, Sarah. Même pendant mes études, je n'en ai vu qu'en photos, dans des expos ou des vieux bouquins.

Il s'était quasiment mis à ses genoux, dans le bureau de Sarah, pendant que leurs invités vidaient les bouteilles. Puis il avait insisté pendant près d'une semaine. Pour une raison obscure, visiter cette maison lui était devenu vital, tournait à l'obsession. Derrière les murs qu'elle avait bâtis pour se protéger de son passé, Sarah se sentait comme une forteresse assiégée.

Jusqu'à ce coup bas qui avait permis à Nicolas de gagner, mais Sarah lui en voudrait longtemps.

Visage détourné, elle regarde le panorama se transformer et attend de voir surgir les premiers arbres de la forêt du Nord qui annonce l'approche de la côte. Intérieurement, elle a fait vœu de silence pour toute la durée du voyage. Une heure et quart.

Ce matin, elle n'a rien pu avaler et maintenant, elle se sent vide.

Derrière son volant, Nicolas rayonne. Il conduit ! Depuis quelques kilomètres, leur voiture a quitté la zone de prise en charge des commandes par le centre de sécurité routière, ce qui lui donne le sentiment d'avoir doublement le contrôle : celui du véhicule et, ce qui ne gâte rien, celui de sa destination. La veille, c'est lui qui a téléphoné à Élise pour l'informer de leur arrivée. Sarah n'en aurait pas été capable. Cela serait revenu à avouer sa défaite au premier témoin de sa détermination.

Les paysages plats de la campagne déserte défilent à toute vitesse. De temps en temps, un rayon de soleil vient frapper un champ ou une bourgade oubliée dans le lointain. Depuis que les grandes industries ont racheté la majorité des terres cultivables, la population a déserté ces grands espaces. Ne subsistent que quelques villages de repos pour retraités fortunés.

Une fois qu'ils ont quitté l'autoroute, il ne reste qu'une dizaine de kilomètres à parcourir avant d'arriver au village de son enfance et découvrir la mer qui semble avoir mis ses colères hivernales en sommeil. Après les rangées d'arbres à la cime desquels le soleil joue à s'éclipser, les premières maisons dans le style du siècle dernier apparaissent puis la ligne bleu roi à l'horizon. La voiture passe devant l'église. Le cimetière n'est pas loin.

Villa Arpeggione. Le cœur de Sarah cogne jusque dans ses tempes. La grille de fer forgé est ouverte. La voiture s'engouffre dans le chemin de terre étroit qui traverse un sous-bois tellement compact qu'il y fait presque nuit même en plein jour. Une jungle miniature servant de cocon ou de repoussoir, censée tenir les curieux à distance, une zone d'ombre que Sarah a toujours eu du mal à traverser sans ressentir une certaine angoisse, même lorsque Parrain Jacques l'accompagnait pour aller au Village.

Au bout du chemin, la lumière revient d'un coup. La voiture débouche sur une clairière un peu pentue. Dans son souvenir, Sarah l'appelait le « jardin ». La maison est encore invisible. Plus pour longtemps.

Derrière les hautes herbes, une tour apparaît, puis un toit, les étages supérieurs et enfin la Villa tout entière. À l'approche de la demeure, le chemin s'élargit en une cour dont les pneus de la voiture écrasent le gravier. Sur le perron, devant la porte ouverte, Élise les attend. Depuis combien de temps ? Les bras le long du corps. Comme au garde-à-vous, et le visage neutre. Enfin, presque. Sarah a cru déceler un vague sourire au moment où son regard a croisé le sien.

— Soyez les bienvenus, leur lance-t-elle alors qu'ils sortent de la voiture. Je suis heureuse de vous accueillir !

Cette fois, son sourire est franc, mais Sarah ne peut s'empêcher de le trouver fabriqué. Sans doute l'état de tension dans lequel elle se trouve la rend-elle paranoïaque. Nicolas semble ne rien avoir remarqué, tout absorbé qu'il est par la contemplation de la maison. On dirait un collectionneur qui vient de mettre la main sur la pièce unique qui lui manquait.

La voilà enfin. La Villa Arpeggione n'est plus une image ou un souvenir. Elle se dresse crânement devant Sarah, exactement dans le même état que lorsqu'elle l'a quittée. Elle ne fait pas son âge, une bonne centaine d'années au moins. Sarah n'a jamais su si elle appartenait à la famille de Lucie avant qu'elle n'y habite ou si c'est elle qui l'avait achetée.

Une grosse maison bourgeoise qui se donne des airs de château, avec sa partie centrale flanquée de deux ailes en forme de tour, surmontées chacune d'un toit pointu, et sa tour principale, trônant au sommet du toit en forme de trapèze. Enfant, elle trouvait qu'elle avait plutôt de l'allure. Aujourd'hui, elle ne voit plus qu'une maison prétentieuse.

Nicolas et Jérôme se dirigent déjà vers le perron. Sarah reste collée à la voiture.

— Maman, tu viens ?

Élise et Nicolas sont à l'intérieur. Jérôme l'attend en haut des marches, devant la porte ouverte. Sarah ne peut détacher son regard de la façade. Un vertige la cloue sur place. Elle a l'impression que si elle fait un pas pour s'éloigner de la voiture, ses jambes vont la lâcher et qu'elle va s'étaler sur le gravier.

— Viens, maman !

En se tournant vers Jérôme, son regard a capté un mouvement. L'image est furtive, elle n'a duré qu'une poussière de seconde. Mais le temps de s'en rendre compte, tout est redevenu immobile. Ses sens l'ont sans doute trompée.

— Ma... man !

Sarah se détache de la voiture, ses talons crissent dans les cailloux. Sa tête tourne encore un peu. Elle aurait dû manger quelque chose ce matin. Après une profonde inspiration, elle rejoint Jérôme. La main de l'enfant se glisse dans la sienne, ils franchissent le seuil agrippés l'un à l'autre.

La porte se referme derrière eux. Il lui faut quelques secondes pour que ses yeux s'habituent au changement de lumière.

Rien n'a bougé. Le hall d'entrée est tel que sa mémoire l'a conservé. Les meubles, les boiseries, le grand lustre, l'escalier tournant qui conduit à l'étage des chambres, tout est resté en l'état.

À droite, la salle à manger. À gauche, le salon et le jardin d'hiver. Droit devant, la grande cuisine où

Sarah passait l'essentiel de son temps. Elle ne lâche pas la main de son fils. Retrouver ce décor provoque en elle des sensations profondément contradictoires.

Nicolas exulte. Il ne s'exprime que par superlatifs. Tant mieux s'il occupe le terrain, Sarah n'a aucune envie de parler.

Élise les invite à la suivre.

— Je vous ai préparé un petit verre de bienvenue.

Sarah décline. Les garçons sont ravis. Pendant qu'ils trinquent, Sarah regarde autour d'elle.

Le salon, en forme de « L », remplit une bonne moitié du rez-de-chaussée. Elle avait oublié combien cet endroit ressemble à un club privé pour hommes d'affaires. Tout y est : le bar, la table de billard, les canapés, les bibliothèques.

Pas de télévision, ce meuble n'a jamais été le bienvenu chez Lucie Beaumont. En revanche, la pièce regorge de musique, sous toutes ses formes. Une vie entière ne suffirait pas pour écouter les milliers de CD, vinyles et bandes magnétiques rangés avec soin.

Sur le mur d'en face s'étale l'autre passion de la maîtresse des lieux : la lecture. Connaissant sa méticulosité, chaque livre doit avoir une place précise, classé par thème ou par ordre alphabétique.

La baie vitrée ouvre sur une terrasse, profonde de plusieurs mètres, au bout de laquelle un escalier donne accès à la plage. Du salon on peut aussi accéder au jardin d'hiver, sorte d'immense véranda qui fait à la fois office de serre et de petit salon. Elle s'ouvre sur le même panorama. Au milieu des plantes et de quelques arbres en pot, des meubles de jardin et une chaise longue entourent une petite table où traînent encore quelques livres.

— Votre mère y passait le plus clair de son temps. Elle lisait beaucoup. Des romans, du siècle dernier pour la plupart. Et des revues aussi, pour se tenir un peu au courant de l'actualité du monde. Elle vivait entre passé et présent.

Élise se comporte comme le guide d'un musée consacré à la vie et à l'œuvre de la grande Lucie Beaumont. À votre gauche, l'endroit où elle se reposait. À votre droite, l'immense bibliothèque de l'artiste. Et juste là, devant vous : sa fille, qui se sent comme une simple touriste, dans cette demeure où elle a sans doute fait ses premiers pas.

— Je suppose que vous allez rester pour la journée ? Je me suis permis de vous préparer quelque chose à manger.

— C'est très aimable de votre part, Élise.

Euphorique, Nicolas dirait oui à tout, alors que Sarah éprouve des difficultés à quitter son sas de décompression. Partout où se pose son regard, des images l'effleurent, floues et désordonnées. Et puis il y a cette odeur qu'elle a identifiée dès qu'elle a franchi le seuil, une odeur unique, propre aux murs de cette maison. Est-ce le parfum que sa mère a laissé au fil des ans, comme une empreinte ?

— Je vous laisse faire le tour du propriétaire, lance Élise après avoir vidé son verre. Vous êtes chez vous, après tout. Si vous avez besoin de moi, je suis dans la cuisine.

*Tour du propriétaire ?* Si Élise espère l'amadouer avec son vocabulaire de soubrette dévouée, sa déception sera terrible !

Élise disparaît. Sarah sent immédiatement deux regards posés sur elle.

— Oh non, pas question. Ne comptez pas sur moi. Visitez la maison si vous voulez mais moi, je reste ici.

Visiblement déçu, Nicolas prend son fils par la main. Sarah se retrouve seule au milieu du salon.

Se calmer, se raisonner. Ce n'est qu'une maison après tout, pas un monstre.

Sarah tourne lentement sur elle-même. Son cœur bat plus normalement. Maintenant qu'elle est là, autant essayer de renouer le contact avec un pan de sa mémoire.

Le salon est figé dans un silence plus profond que dans son souvenir. Autrefois, il flottait toujours un fond sonore, composé de musique ou de bruits venant de la cuisine. En ce moment précis, c'est un peu comme si elle se trouvait dans une forêt qui retiendrait son souffle avant une catastrophe. Plus étrange encore, elle se sent observée. Il n'y a pourtant qu'elle dans la pièce, aucune autre présence humaine, pas même en photographie : pas de portrait exposé au mur ou placé sur le guéridon qui pourrait lui donner l'illusion d'un regard posé sur elle avec insistance. Cette sensation n'en est pas moins prégnante.

L'exploration des deux grandes bibliothèques lui offre une diversion.

Parmi les disques soigneusement rangés, elle n'en trouve aucun enregistré par sa mère. Mais les plus célèbres pièces pour violoncelle sont toutes présentes, des trios, des sonates, des quatuors et des lieds. Bach, Mozart, Chostakovitch, Brahms, Liszt, et puis Schubert, Schubert et encore Schubert. Pas une version de *La Jeune Fille et la Mort* ne manque à l'appel.

Les classiques de la littérature forment une tour de Babel où voisinent essentiellement des écrivains du siècle passé.

La violoncelliste n'est pas plus présente dans ces rayonnages de livres que dans sa discothèque. Sa postérité ne la préoccupait donc pas outre mesure.

Sur l'étagère la plus basse semble régner une douce anarchie qui lui paraît familière, des tranches de petits livres dans un état désastreux, témoin d'une joie de malmener. Sarah s'accroupit pour découvrir des ouvrages pour enfants.

Elle en extrait quelques-uns et, à la seconde, sa mémoire libère des couleurs, des images, des histoires. L'écureuil et son costume trois-pièces, la princesse avec son bouton sur le nez et tous les autres. Elle est assise en tailleur. Certains de ces livres ont eu une vie si intense qu'ils ne tiennent plus que par un fil. La plupart des pages sont cornées ou barrées de dessins qui témoignent d'une lecture plutôt active. Chacune des couvertures porte, tracée par une main maladroite, l'identité de la propriétaire : Sara, sans « h ».

En lisant son prénom mal orthographié, Sarah retrouve ses cinq ans. Dans sa poitrine, grandit une étrange douleur. Lucie Beaumont n'a jeté aucun de ses livres.

# 23

## J – 47 jours

J'ai bien compris. Les visiteurs qui sont dans la maison, c'est la première étape du plan de Lili.

C'est donc un jour très important.

Si elle savait ce que je suis en train de faire, elle me dirait que je prends trop de risques.

— Chaque chose en son temps, Junior !

Mais c'est plus fort que moi. Depuis qu'elle est entrée dans la maison, mon cœur cogne comme s'il allait exploser. Il résonne jusque dans mes doigts. Et dans les murs que touchent mes doigts.

Celui qui me sépare d'elle est bien trop épais pour qu'elle m'entende. J'ai quand même bloqué ma respiration, on ne sait jamais.

Elle est là, à quelques mètres de moi. Je la vois, elle pas. Elle a quand même tourné sa tête par ici, comme si elle m'avait senti. J'ai écarté mon œil du mur. Je ne bouge plus d'un cil.

Depuis que Lili m'a appris qu'elle venait, je ne tiens plus en place. J'ai fait des heures de gym pour me calmer. J'ai mal partout maintenant mais je ne suis toujours pas calmé.

Ce matin, Lili s'est levée tôt pour tout préparer. Elle est nerveuse aussi mais elle ne montre rien.

Pour moi, les instructions sont claires : interdiction formelle de sortir. Imagine qu'on te découvre, ce serait une catastrophe. Il faut attendre. Il y a d'abord certaines choses à organiser.

Quand ils sont arrivés, je l'ai vue sortir de la voiture et regarder la maison. Elle ne semblait pas dans son assiette. J'avais envie de hurler, de frapper mon poing sur le mur, cogner ma tête à la fenêtre. Je me suis retenu. Lili aurait été furieuse.

Elle le sait pourtant : je suis capable de me déplacer dans la maison sans être vu. J'ai mes petits trucs. Par contre, on peut toujours m'entendre. Alors je ne respire presque pas.

Mon cœur bat moins vite. On dirait que ça me calme d'être à quelques pas d'elle.

Mon œil est collé sur un des murs du grand salon. Le trou est juste assez grand.

Elle est dans mon champ de vision. Elle passe sa main sur des livres.

J'ai souvent imaginé ce moment. C'est pour ça que je n'ai pas pu résister à l'envie de sortir.

Quand elle est entrée dans la maison, je l'ai trouvée fermée, en colère. Ça, je ne l'avais pas imaginé. Mais depuis que l'homme est parti avec l'enfant, ça a l'air d'aller mieux.

Elle n'a plus l'air fâchée. Plutôt triste. Elle regarde les disques et les livres de la vieille. Peut-être que sa tristesse ne sort que quand elle est seule. Elle est peut-être comme ces gens qui gardent plein de trucs à l'intérieur et ne le montrent pas. Je suis un peu comme ça aussi.

## *J – 47 jours*

On dirait qu'elle cherche quelque chose dans les bibliothèques. Je me demande bien quoi. Elle s'approche du mur derrière lequel je la regarde.

Tout à coup, j'ai un flash. Elle a penché un peu la tête, sur le côté. Son visage est moins bien éclairé. Et là, ce n'est plus elle que je vois dans le salon, en train de chipoter aux livres, mais la vieille. La vieille, jeune, sans les rides, sans les cheveux blancs. La vision ne dure que quelques secondes. Elle a redressé la tête et la vieille a disparu.

Elle s'est abaissée pour voir les livres qui se trouvent en bas de la bibliothèque. Pour continuer à l'espionner, je dois poser mon œil sur un autre trou dans le mur, plus bas. Il y en a plein des trous dans les murs. C'est pratique.

Elle est assise par terre. Sa tristesse est évidente maintenant.

Soudain, je comprends. Elle a trouvé les petits livres qui ne tiennent plus ensemble. Elle en a fait un tas sur ses genoux. Elle les touche comme si c'étaient des objets précieux. Elle les ouvre en faisant attention à ce que les pages ne tombent pas sur le sol. Je les reconnais. Ce sont les livres de quand j'étais petit.

## 24

## J – 47 jours

— Élise, Mme Beaumont avait bien de la chance de vous avoir en cuisine !

L'enthousiasme de Nicolas coupe tout appétit à Sarah.

— Vous n'aimez pas ?

— Je n'ai pas très faim.

— Je comprends. Ça doit être troublant de retrouver votre maison d'enfance.

Pas de commentaires. Pourquoi Sarah irait-elle déballer tout ce qu'elle a sur le cœur à cette parfaite inconnue ?

Sa présence la gêne. C'est Nicolas qui a insisté pour qu'elle reste avec eux, dans la salle à manger.

— Ça me fait tout drôle. C'est la première fois que je mange à cette table.

Entre l'emballement puéril de Nicolas et les minauderies de la domestique, l'atmosphère guindée de ce déjeuner devient irrespirable. La décoration de la pièce n'y est pas étrangère, austère à vous dissuader de mettre les coudes sur la nappe en dentelle.

— Vous travailliez pour Mme Beaumont depuis combien de temps ?

Sarah aurait bien balancé un coup de pied dans le tibia de Nicolas pour qu'il arrête d'entretenir une conversation. N'a-t-il pas compris qu'une fois cette journée derrière eux, ils ne remettront plus jamais les pieds dans cette maison ?

— Un peu plus de quinze ans.

— Elle vous a engagée comment ?

— Elle m'a plutôt recueillie.

Ces mots ont été prononcés sans intention de nuire ou de blesser. Pourtant, Sarah les a reçus comme une gifle.

— Mme Beaumont m'a adoptée, en quelque sorte.

Disparaître, maintenant. Profiter de ce court silence entre deux phrases pour se lever de table et fuir. Mais Sarah hésite. Et c'est trop tard.

— Adoptée ? Expliquez-nous ça !

Mais oui, faites comme si je n'étais pas là. Prenez le grand couteau qui a servi à découper la viande et fourragez dans ma plaie ! Qu'elle nous explique comment une femme peut ignorer sa fille unique pendant vingt ans et adopter, *en quelque sorte*, une parfaite inconnue.

— J'avais quinze ans, j'étais perdue. Je n'avais ni argent ni travail. Je dormais dans des endroits à l'abandon.

Son insistance à fixer Sarah pendant qu'elle raconte son histoire installe un malaise, comme si elle savait qu'elles ont vécu plus ou moins la même chose au même âge.

— Un soir, il pleuvait, je suis entrée dans la Villa. J'ai pensé qu'elle était vide. Je suis tombée nez à nez avec votre mère. J'ai cru qu'elle allait appeler la police. Quand je lui ai expliqué ma situation, elle a accepté de m'héberger. Je ne devais rester que quelques jours, puis je me suis rendue utile et elle m'a proposé de rester pour lui faire à manger et entretenir la maison. La personne qui s'en occupait avant moi était partie depuis peu, elle n'avait pas encore trouvé de remplaçant. Le contrat entre nous était simple : elle ne me payait pas, j'étais logée et nourrie. Ce qui ne devait durer que quelques semaines est devenu ma vie.

Elle n'a quasiment pas respiré pendant son laïus. On dirait qu'elle passe un examen oral devant un jury.

— Je la considérais presque comme ma propre mère.

Sarah n'a pas cillé. Une statue de sel. Il lui est difficile d'avaler ce joli conte. Comment croire qu'une fugueuse de quinze ans ait accepté de jouer les boniches et qu'elle se soit montrée à la hauteur des exigences d'une vieille gloire ayant connu les palaces les plus luxueux de la planète ?

Le repas se termine dans un silence pesant.

Pendant que Nicolas et Jérôme font le tour extérieur de la Villa, Sarah décide finalement de visiter les étages.

En haut de l'escalier, elle prend machinalement à droite, en direction de sa chambre. Lucie Beaumont a beau ne plus être de ce monde, Sarah considère encore l'aile gauche de la demeure comme la partie réservée à sa mère.

Les vieilles appliques en forme de bougies diffusent une lumière si faible qu'elle plonge le couloir dans un climat lugubre.

Elle pousse la porte de sa chambre. Les volets sont fermés, les rideaux tirés. La pièce semble avoir été figée dans le temps, comme un sanctuaire érigé à la mémoire d'un enfant mort. Les moments qu'elle a passés ici n'ont laissé aucune trace. À quelques détails près, ce pourrait être la chambre de n'importe quelle petite fille. L'ordre y est tellement strict qu'elle ne touche à rien. Elle quitte la pièce après seulement quelques minutes.

Juste en face, se trouve la chambre qu'occupait Parrain Jacques. Elle n'y est entrée qu'en de rares occasions. Elle se souvient vaguement d'un mobilier réduit au strict minimum : un lit, un fauteuil et une table où elle l'avait un soir surpris en train d'écrire à la lueur d'une petite lampe. Elle se demande si tout est resté en l'état, comme dans sa chambre mais la porte ne s'ouvre pas.

Au fond du couloir, la trappe qui mène au grenier n'est pas fermée à clé. Alors qu'elle monte lentement le vieil escalier de bois, Sarah se revoit empruntant le même chemin pour aller fouiner dans les affaires dont sa mère s'était débarrassée.

Ses pas font gémir le plancher. La poussière danse en suspension dans les rayons de lumière qui quadrillent l'espace. Au-dessus d'elle, le sous-bois de poutres lui souhaite la bienvenue en craquant. Elle avance presque sur la pointe des pieds pour ne pas troubler le sommeil des armoires, des malles, des vélos rouillés, des poupées dormant les yeux ouverts dans un rocking-chair crasseux, ou des lustres qui n'éclairent plus rien depuis une éternité.

Au centre de la pièce s'élève un escalier en colimaçon par lequel on accède à la petite tour qui domine le paysage. Le phare.

Au sommet, le spectacle est toujours aussi grandiose : trois cent soixante degrés de vue imprenable sur un paysage fouetté par le vent, avec la mer pour ultime frontière.

L'intérieur de la tour lui paraissait plus grand autrefois. En revanche, le vertige qu'il lui arrivait d'y ressentir a disparu. À l'époque, elle pensait le moindre assaut du vent capable d'emporter toute la structure. Aujourd'hui, elle prend son temps et profite du spectacle.

Tout à coup, les paroles de Jacques lui reviennent : « Tout cela sera à toi, un jour. » Maintenant qu'on le lui offre, elle ne sait pas quoi en faire.

De retour dans le couloir du premier étage, un vieux réflexe la fait hésiter à franchir la frontière invisible qui séparait jadis la partie strictement réservée à sa mère du reste de la maison. À presque quarante ans, le courage lui manque encore. À cela s'ajoute la désagréable sensation que cette maison l'observe et qu'elle pourrait la dénoncer.

Une longue inspiration lui est nécessaire avant de faire le premier pas dans la direction proscrite. À mesure qu'elle s'approche de la chambre et du bureau de sa mère, son cœur s'accélère. Sarah a six ans et s'aventure dans l'inconnu.

Dans la chambre, le lit est fait avec une précision millimétrée. Les placards sont peuplés de vêtements parfaitement alignés dont certains portent encore le parfum de leur propriétaire. Sur la coiffeuse, une brosse retient quelques longs cheveux blancs. Mais ces objets, comme tout ce qui touche de près ou de loin à sa mère, la laissent de marbre.

L'atmosphère est très différente dans le bureau de Lucie. Il y règne un surprenant capharnaüm. À l'inverse des autres pièces, cet endroit où sa mère s'enfermait le plus clair de son temps est digne d'une chambre d'adolescent.

Des journaux, des livres ouverts, des papiers noircis de notes jonchent le sol. Aux quatre coins de la pièce sont abandonnées de grandes tasses au fond desquelles collent encore des sachets de thé séchés. La face cachée de Lucie Beaumont : un désordre comparable à celui qui existe dans le coin privé de Sarah. La preuve que le fruit n'est sans doute pas tombé loin de l'arbre.

Sarah se fraye un chemin jusqu'au bureau et s'installe dans le fauteuil en cuir, sorte de trône d'où elle domine l'espace. Un vrai champ de bataille !

Au pied du vieux meuble, une bouteille de gin à moitié vide. Dépassant de la paperasse, un verre encore sale qui avoisine un cendrier où gisent des mégots tordus. Non seulement Mme Beaumont ne sirotait pas que de la camomille mais elle était fumeuse ! Ces cachotteries la rendent plus humaine.

Assise à la place de sa mère, Sarah tente d'entrer dans la peau du personnage, de voir à travers ses yeux, d'imaginer vers quel objet ses pensées l'auraient attirée.

Elle penche le dossier de son fauteuil en arrière. Derrière ce bric-à-brac se dessine une espèce de musée, sans doute l'unique endroit au monde où se cache la véritable personnalité de Lucie.

Dans une vitrine traînent différents trophées : disques d'or, statuettes de récompense, croix du Mérite, médaille de chevalier des Arts et Lettres, une Légion d'honneur.

La quasi-totalité de la surface murale disponible est couverte de photos d'elle posant avec une multitude de personnalités du monde des arts et de la politique, dont Sarah, impressionnée, reconnaît la plupart.

Dans un coin, en partie dissimulé par une tenture, son violoncelle. Posé sur un pied, tourné vers le mur, il semble puni.

S'il n'y a aucune trace de sa mère ou de son œuvre dans le salon, c'est parce que tout est rassemblé dans son bureau. La bonne centaine d'albums qu'elle a enregistrés et tous les livres qui ont été écrits sur elle.

Sarah repère aussi quelques titres qu'on a du mal à trouver en librairie ou en bibliothèque, parce qu'ils ont le malheur de véhiculer des références à un modèle familial obsolète : Dostoïevski, Graham Greene, Balzac. Les avoir gardés atteste d'une volonté de narguer l'autorité dont Sarah ne croyait pas sa mère capable.

Ce qui prend le plus de place dans la pièce, ce sont les journaux. Jetés ici et là, encore repliés sur le dernier article consulté, découpés, annotés. Lucie Beaumont faisait partie des derniers 25 % de la population à encore lire les nouvelles sur papier. Les plus récents datent de quelques mois avant sa mort.

# *J – 47 jours*

Sarah parcourt rapidement les articles qui sont étalés sur le bureau. La plupart traitent de la Loi et du sort réservé aux déviants, dénoncent le manque de transparence des centres de « soutien psychologique » ou l'impuissance des familles à obtenir des informations sur leurs proches dispersés. Certains parlent aussi de disparitions inexpliquées, évoquent sans preuve des manipulations sur les enfants de condamnés, destinées à modifier leur mémoire et leur créer de nouvelles identités. Des titres sont entourés, des phrases soulignées, des points d'exclamation ajoutés, barrant le texte au feutre rouge.

Un des six tiroirs du bureau est entrouvert. Sarah est tentée mais à nouveau, l'œil noir qu'elle ne cesse de sentir dans son dos retient sa main. Après quelques instants, elle cède.

À l'intérieur, il y a des photos, un passeport, des lettres, des dossiers, de la paperasse. Un vrai foutoir. Et, occupant à eux seuls un des deux tiroirs du bas, quelques cahiers reliés par un gros élastique.

Il lui suffit de feuilleter deux-trois pages du premier carnet pour comprendre qu'elle vient de découvrir le journal de sa mère.

# 25

## J – 45 jours

— Mais tu es folle !

— Sarah, si je me confie à toi, ce n'est pas pour entendre un sermon.

Dans le sous-sol de la clinique, les deux jeunes femmes parlent à voix basse, assises sur un banc devant la piscine endormie. Tout est silencieux. À cette heure, personne n'accomplit son heure de sport hebdomadaire et quasiment obligatoire. C'est le moment idéal pour les confidences.

— Je suis enceinte.

Si une angoisse soudaine s'est emparée de Sarah pour son amie, celle-ci ne paraît pas plus agitée que d'habitude. Elle a même l'air plutôt calme. Sarah la presse de questions, sans parvenir à masquer son état de panique.

— De combien ?

— Quatre ou cinq semaines.

— Cyril est au courant ?

— Non. Je ne sais pas comment lui dire. Tu es la seule à le savoir.

Il reste une dizaine de minutes avant que les premiers groupes ne descendent à la piscine.

Les questions se télescopent dans la tête de Sarah.

— On pourrait dire que tu ne t'es rendu compte de rien. Que…

Aline l'interrompt.

— Je veux garder cet enfant, Sarah.

Sarah lit dans les traits d'Aline ce qu'elle a déjà constaté chez de nombreuses femmes enceintes : une forme de sérénité. Il serait vain de la dissuader de prendre un risque aussi fou.

— Que veux-tu que je fasse ?

— Rien. J'avais juste besoin d'en parler à quelqu'un. Je commencerai à m'inquiéter dans deux ou trois semaines. Pour l'instant, j'ai envie de profiter des derniers moments de calme qui me restent.

Elle mime un ventre proéminent. Sa capacité à garder la tête froide est impressionnante.

— Tu devrais en parler à Cyril.

Comment lui expliquer qu'il lui faudra le temps d'une vie pour dissimuler l'existence de cet enfant ? Sarah est consternée.

De retour à l'étage, les deux femmes se souhaitent une belle journée, comme si elles venaient de parler de l'émission qu'elles avaient regardée la veille.

Ajoutées à la découverte du journal de sa mère deux jours plus tôt, les révélations que vient de lui faire Aline hantent Sarah pendant toute la journée.

Au-delà de son anxiété, sans doute Sarah envie-t-elle la liberté dont Aline se montre capable.

Mais le plus troublant pour elle est d'avoir perçu l'intensité du désir d'enfant qui s'est emparé de son amie, une nécessité qui la dépasse, la renvoie à l'origine du monde, répond à un instinct qu'aucune loi n'a pu souscrire en elle. Cette force-là la questionne sur son propre besoin d'être mère.

Sarah s'est-elle posé au moins une fois la question de savoir pourquoi elle a eu un enfant ?

L'idée que Jérôme ne fasse pas ou plus partie de sa vie lui est insupportable. Cet enfant à lui seul remplit toute son existence. Et pourtant, face au désir presque animal exprimé par Aline, il lui semble qu'elle n'a rien vécu d'aussi fort. Pour elle, fonder une famille lui permettait de rentrer dans le rang et de prendre une revanche sur son passé, se créant l'occasion de prouver qu'elle serait une meilleure mère que la sienne.

L'image d'un petit bout de papier, avec un numéro de téléphone écrit dessus, se glisse dans ses pensées. Un bout de papier qui doit traîner dans sa voiture, au fond du bac de rangement de sa portière, mélangé à des tickets de parking périmés.

# 26

# J – 40

Pendant plusieurs jours, elle a tourné autour. Finalement, deux verres de vin lui ont donné le courage de l'ouvrir.

Le journal de sa mère.

Sa première réaction, quand elle a compris ce qu'elle venait de découvrir, avait été de le remettre dans le tiroir du bureau et de quitter la pièce comme une voleuse.

En fin d'après-midi, au moment de monter dans la voiture, elle avait prétexté un oubli pour retourner à l'étage et embarquer les carnets dans son sac.

Une dizaine de petits cahiers, écrits par une jeune fille qui semble savoir exactement ce qu'elle veut dès les premières lignes. Douze ans : c'est son âge quand elle en débute la rédaction.

Allongée dans le canapé de son salon, deux coussins dans le dos, Sarah reste longtemps obnubilée par cette première page. L'écriture est soignée : l'enchaînement des lettres, la manière de dessiner les virgules, les accents, les majuscules. Sarah imagine la main de sa mère suivre la ligne avec son stylo, sans dépasser, comme on le lui a appris à l'école.

La petite fille ne se lâche jamais. Même lorsqu'elle exprime une colère ou une déception, c'est toujours avec maîtrise et élégance.

Elle n'écrit pas pour raconter ses journées. Il peut se passer plusieurs semaines sans qu'elle éprouve le besoin de se confier. Seul l'exceptionnel la motive à prendre la plume. Et ce qu'elle raconte, c'est ce qu'elle ressent davantage que ce qui lui arrive.

Sarah feuillette les pages avec lenteur. Au fil du journal, s'esquisse un portrait. Lucie porte encore le nom de son père, Grangez. C'est une enfant au caractère bien trempé. Chez elle, tout prend des proportions immenses, ses colères comme ses rêves. Elle en a un qui occupe toute la place : la musique.

P. 12 du premier cahier : *Maman m'a répété pour la millième fois que je devais me trouver d'autres idées de métier. Que veut-elle que je fasse ? Institutrice, comme elle ? Elle me dit qu'il faut choisir un métier sérieux. Je ne sais pas ce que cela veut dire. Cela ne lui suffit pas qu'un de mes frères veuille devenir médecin et l'autre avocat ? Deux enfants sur trois qui choisissent des métiers soi-disant sérieux, c'est une bonne moyenne, non ? Pourquoi ne me laisse-t-elle pas me consacrer à la seule chose qui me rende heureuse ? Papa ne dit rien, comme d'habitude. Je crois qu'il m'approuve. En silence.*

Ce n'est pas seulement la jeune fille que découvre Sarah, c'est aussi sa famille : ses grands-parents, ses deux oncles, l'aîné et le cadet. Une famille nombreuse, que sa mère lui a cachée. Sarah n'en revient pas. Tous sont de parfaits inconnus pour elle.

Pour se les représenter, son imagination supplée le peu d'informations que le journal de Lucie lui fournit à leur propos. Sa mère ne fait qu'évoquer ses frères. Visiblement, elle est déjà très centrée sur elle-même.

Sarah tourne les pages.

Les années passent. La passion de sa mère pour la musique ne la quitte pas. Un professeur croit en elle.

Lucie travaille d'arrache-pied, entend prouver à ceux qui doutent de sa vocation qu'ils se trompent. Sa détermination est considérable. Sa passion pour la musique exclusive. La jeune fille a peu d'amis.

Puis, une phrase, sans doute dictée par la colère qu'elle éprouve vis-à-vis de sa mère, accroche le regard de Sarah.

P. 41, Lucie a quatorze ans : *Elle continue à croire que je fais fausse route, elle me voit en secrétaire ou en traductrice. Je la hais. Quand j'aurai des enfants, jamais je ne les empêcherai de vivre leurs rêves, quels qu'ils soient.*

« Quand j'aurai des enfants » ?

Sarah ne peut s'empêcher de lire plusieurs fois ces mots tracés d'une main nerveuse.

Plus loin, un autre extrait vient confirmer cette impression. Elle a quinze ans.

P. 63 : *Je sais que je devrai faire des sacrifices. C'est déjà le cas. J'ai fait une croix sur la plupart des loisirs que connaissent les jeunes de mon âge. La musique est un art exigeant. Je le sais. Mais il y a une chose à laquelle la musique ne me fera pas renoncer. Je veux des enfants. Pas un. Des. J'attendrai le temps qu'il faudra mais qu'on ne me demande pas de faire ce sacrifice-là.*

Lucie reconnaîtrait-elle ses propos si on les lui faisait lire aujourd'hui ? Une égale détermination l'anime dans la réalisation de ces deux projets, l'un privé, l'autre professionnel. Pourtant l'adulte qu'elle deviendra n'en assumera qu'un seul. Comment Sarah pourrait-elle concevoir que l'adolescente qui écrit ces pages et sa mère sont une seule et même personne ?

Elle passe d'un cahier à l'autre.

Au fil des ans, le talent de Mlle Beaumont explose. Elle devient une grande interprète. La presse est enthousiaste. Elle confie à son journal ce nouveau bonheur : se retrouver sur une scène, face à un public. Tout va très vite.

À dix-sept ans, son premier disque, les contrats, les concerts… Sa réputation dépasse les frontières. Un agent la prend sous son aile. Elle gagne de l'argent, devient indépendante. Sa famille s'éloigne, sa mère ne s'oppose plus à ses choix mais quelque chose s'est brisé entre elles. L'enfant a grandi trop vite.

Quelques garçons traversent sa vie mais pas celui qu'elle attend. Lucie a des exigences.

Page après page, Sarah se forge l'image d'une femme qui veut tout contrôler. Son agent n'est là que pour prendre des notes. Elle se fixe des échéances. Être mère avant quarante ans, par exemple. Ce désir revient régulièrement dans ses confidences. Elle n'a pas encore trouvé celui qui sera le père de ses enfants mais prétend qu'elle le reconnaîtra au premier regard.

Et ce jour-là arrive. Elle a vingt-huit ans, le monde entier la réclame et l'acclame mais bientôt, dans la foule, elle n'en voit plus qu'un seul. Charles. Charles Beaumont.

Le cœur de Sarah fait un bond en le lisant. Dans un peu plus de dix ans, cet homme va devenir son père.

Il est l'homme de sa vie, Lucie le sait immédiatement. Elle planifie leur histoire comme un joueur d'échecs déploie ses pièces, en prévoyant une dizaine de coups d'avance.

Charles approuve. La star, c'est elle. Il l'épouse, accepte tout, jusqu'à devenir son plus proche collaborateur. L'agent est remercié. Leur union est fusionnelle. Lucie Grangez devient Lucie Beaumont. Une nouvelle femme voit le jour, amoureuse, exaltée.

Sarah dévore ces pages. Elle a soif de découvrir qui était son père. À quoi sa vie aurait-elle ressemblé si elle ne s'était pas retrouvée seule avec Lucie ? Les informations qu'elle a obtenues de sa mère sont si minces. Cet homme semble avoir tout emporté avec lui dans sa tombe. Les photos, les lettres, son souvenir.

Comment était-il : doux, nerveux, colérique ? À quoi ressemblait-il ? Grand, chauve, enveloppé ? Quel timbre avait sa voix ? Quelle était son odeur ? Portait-il une barbe ou était-il rasé de près ? Faisait-il du sport ? Aimait-il la littérature, la cuisine asiatique, les voyages ? Avait-il peur des araignées ou de prendre l'avion ? Jouait-il d'un instrument de musique ? Était-il capable de rester des heures devant un tableau ou une sculpture ?

Cela fait bientôt quarante ans que Sarah se pose ces questions et même si le journal de Lucie reste évasif, les détails qu'elle consent à révéler représentent un trésor.

Juriste de formation, Charles Beaumont était bel homme, grand, curieux de tout et surtout des autres. Entre autres particularités, il avait une abondante chevelure noire et un rire à faire trembler les murs d'un théâtre.

Sarah s'accroche à toutes les informations qu'elle trouve, le portrait demeure encore flou, une image n'aurait pas été de trop.

À plus de trente ans, Lucie continue à se livrer à ses cahiers comme le ferait une enfant. Elle vole d'un succès à l'autre, effectue plusieurs fois le tour du monde. Il ne manque qu'une chose à son bonheur : une famille.

L'âge que la violoncelliste a programmé pour avoir son premier enfant approche. Même si cette perspective la submerge de bonheur, elle garde toujours la tête froide et organise cet événement comme s'il s'agissait d'une tournée de concerts. Charles la suit. Lucie veut une fille pour commencer. Elle l'appellera Sarah.

Sarah attaque le dernier cahier avec fébrilité.

Lorsque Lucie annonce qu'elle attend un enfant, c'est comme si son corps avait respecté les échéances qu'elle lui avait fixées.

Elle lance tout de même un cri de victoire dans son journal. Ce sera une fille, comme elle l'a décidé. Un bonheur total la submerge.

Fidèle à son tempérament, Lucie construit déjà l'avenir de sa fille comme elle a bâti le sien : études, sport, métier… Sa volonté de tout régenter est effrayante. Elle joue à la poupée avec l'être humain qui pousse dans son ventre.

## J – 40

La précision avec laquelle la date de son accouchement est devinée est quasi divinatoire. Des calculs savants aboutissent au 29 février, une date qui la remplit de fierté. Décidément, elle ne fait jamais rien comme les autres.

Les deux premières années, elle veut juste voir grandir sa fille. Ensuite, elle envisage une année de come-back. Elle veut que la petite la voie sur scène, depuis les coulisses. Une fois cette année de musique terminée, elle pense à son deuxième enfant. Elle rêve d'un garçon puis d'une nouvelle parenthèse de deux années, au terme desquelles elle devrait, à l'âge de quarante-six ans environ, et à moins d'un contretemps qu'elle n'envisage même pas, reprendre le cours normal de sa carrière.

Quand soudain, au beau milieu d'une page, le récit s'arrête. Les dernières lignes que Lucie écrit évoquent un rendez-vous chez son gynécologue puis plus rien.

Quelle est la fin de l'histoire ? Qu'en est-il de la fin de la grossesse ? Et de sa naissance ?

La frustration de Sarah est énorme. Elle referme le dernier cahier du journal de sa mère. Elle se sent flouée, comme lorsque la fin d'un thriller n'est pas à la hauteur de son attente.

Il est tard. L'appartement est plongé dans le silence. Sarah ressent une intense fatigue. Sa lecture a duré plusieurs heures. Elle ne l'a interrompue que pour allumer une cigarette trouvée dans les affaires de sa mère ou boire un verre de vin. Elle a mal aux yeux et n'arrive plus à réfléchir. Le dernier coup tordu de sa mère l'a vidée.

C'est comme si un jeu pervers s'était installé entre elles depuis toujours, comme si à chaque question que lui posait Sarah, Lucie lui répondait par un mystère.

Sarah ferme les yeux. Une chaleur oubliée lui caresse la plante des pieds. Deux, trois mèches de ses cheveux ondulent sous l'effet d'une brise gonflée d'embruns. Derrière elle, quelqu'un crie son prénom. Elle se retourne. Le soleil l'aveugle. Au loin, des silhouettes allongées se dirigent vers elle. Trois ombres floues qui titubent sur le sable fin.

Dans son demi-sommeil, Sarah distingue parfaitement cette image. À son réveil, le lendemain matin, elle l'aura oubliée.

# 27

# J – 27

La première étape est franchie. Lili dit que ça se présente plutôt bien mais que le plus difficile reste à faire. Il faudra du courage.

Lili a bien vu que la fille de la vieille a mis un paquet dans son sac, avec son air de ne pas y toucher. Elle s'imagine qu'elle a commis une sorte de vol, comme si Lili ne s'était rendu compte de rien ! C'est elle qui a rangé les carnets dans le tiroir du bureau pour qu'elle puisse les trouver plus facilement.

Avec ces carnets, Lili dit que la fille de la vieille a mis le doigt dans l'engrenage et qu'elle sera bientôt de retour dans la maison.

Maintenant, il faut attendre la suite, compter les jours.

Ce que l'on fait n'est pas mal, dit Lili. On recolle juste des morceaux. C'est dommage que la vieille ne soit plus là parce qu'elle aurait bien aimé voir ça. En même temps, sa mort, c'est le point de départ du plan de Lili. On ne peut pas tout avoir.

C'est un peu comme un sacrifice. Lili m'a expliqué ça. Même si elle est tombée toute seule de son fauteuil, sans que personne la pousse : la vieille est morte pour qu'une autre chose puisse arriver, pour qu'on puisse aller de l'avant.

Il y aura d'autres sacrifices, a dit Lili. C'est obligé. Pas la fille de la vieille, bien sûr : elle fait partie du plan. Mais les deux autres doivent disparaître. Le type qui parle fort et le gamin ne font pas partie du plan.

Elle me dit que c'est logique, je la crois même si je ne comprends pas vraiment pourquoi.

En tout cas, je compte les jours.

# 28

# J – 21

Huit cents personnes, peut-être mille, manifestent dans les rues du centre-ville pour réclamer des institutions parlementaires qu'elles ne votent pas la prolongation de la Loi pour dix nouvelles années. Ils demandent aussi, dans le cas où elle serait abrogée, l'amnistie pour celles et ceux qui ne l'ont pas respectée.

La marche est silencieuse mais la tension est palpable.

Lorsqu'elle croise la procession, Sarah accélère le pas. La foule la met mal à l'aise. C'est le mauvais jour et la mauvaise heure pour venir en ville faire ses recherches.

Plus tard, elle lira les comptes rendus dans la presse, elle verra les images sur la chaîne d'info nationale, le décompte des blessés, des arrestations.

Pour l'heure, Sarah entre dans l'immeuble qui abrite les bureaux d'un des plus vieux organes de presse du pays. Section archives.

Pour quelqu'un qui ne s'est jamais intéressé à l'actualité, ce qu'elle entreprend ressemble fort à une cure de rattrapage.

Ce n'est pas tout à fait ça.

Depuis qu'elle a refermé les cahiers de sa mère, le silence de leurs dernières pages l'obsède, au point d'avoir échafaudé toutes sortes de théories, des plus vraisemblables aux plus farfelues. Il faut nécessairement une bonne raison pour s'être tue aussi brutalement.

Et puis, un rapprochement lui a sauté aux yeux. Une concordance de chiffres : la dernière date où Lucie se confie à son journal et celle de la promulgation de la Loi unique. La Loi a précédé la venue au monde de Sarah de quelques semaines à peine.

Sarah s'est installée dans la cabine de consultation qu'on lui a attribuée. Un carnet ouvert devant elle, elle regarde défiler des centaines de millions d'articles. Grâce aux quelques mots-clés qu'elle a encodés, la machine lui propose une sélection de contenus.

Les premières références à la Loi apparaissent environ un an avant sa promulgation. C'est une époque de grands bouleversements. La civilisation occidentale peine à trouver des solutions pour enrayer les débordements démographiques, écologiques et économiques qu'elle a provoqués.

Au début, les articles sont plutôt discrets et espacés dans le temps. Personne n'y croit ou ne veut y croire. Puis, après quelques semaines, ils commencent à faire la une et, comme si cette « promotion » avait tout à coup réveillé les consciences, de nombreuses voix s'insurgent au sein de la nation. Il n'est pas question que l'on touche à cette liberté fondamentale qui consiste à choisir sans contrainte le nombre de ses enfants. À lire les cartes blanches et autres billets d'humeur de l'époque, la Loi a été au centre du débat médiatique pendant de très longs mois.

De cette Loi, Sarah ne s'était jamais ni émue ni plainte. Si un référendum avait été organisé sur le sujet, nul doute qu'elle aurait fait partie de ce qu'il est convenu d'appeler la majorité silencieuse. Tout comme Lucie Beaumont finalement, quelques décennies plus tôt, dont le journal ne fait aucune allusion à cette Loi qui pourtant risquait de compromettre ses propres projets.

Croyait-elle, au fond, qu'elle ne serait jamais votée ? Ce qui est clair, et le tapis de journaux annotés que Sarah a trouvés dans son bureau en atteste, c'est que sa mère ne pouvait, à la fin de sa vie, être soupçonnée d'indifférence à propos de cette décision politique.

Sur le boulevard, non loin de là, les premiers heurts surviennent lorsque des vitrines de magasins volent en éclats. Personne n'a vu qui a jeté la première pierre. Mais les a priori ne sont jamais en faveur de ceux qui défilent.

Devant son écran, Sarah ne perçoit aucun écho de ce qui se passe dehors. Elle est immergée dans un passé pas si éloigné.

Le projet de faire une loi qui limiterait le nombre d'enfants à un par famille est né dans le cerveau d'un député qui voulait se faire un nom. Un croyant qui, après avoir donné six enfants à sa femme, un beau jour, en privé, énonce cette première idée d'interdire à tout couple non marié de se reproduire. L'homme est aussi controversé que ses idées mais une frange de plus en plus grande de la population y adhère, en vertu du principe que plus les programmes politiques sont simplistes, plus ils sont susceptibles de séduire.

Certains partis en perte de vitesse suivent le mouvement sans se poser trop de questions. Au Parlement, la bataille se livre davantage sur le terrain électoral que philosophique. Certes, quelques députés expriment tout le mal qu'ils pensent d'un projet dangereux pour la démocratie, où les libertés individuelles sont de plus en plus fragiles. Mais ces paroles sont noyées dans la masse. Le sentiment d'urgence règne sur le débat. On pense surtout aux prochaines élections.

Dans les médias et les réseaux sociaux, les gens choisissent leur camp. Sur les plateaux de télé, il arrive même qu'on en vienne aux mains. Les défilés noircissent les grands boulevards. Manifestations et contre-manifestations.

Les citoyens favorables à cette Loi sont à peu près les mêmes que ceux qui ont toujours défendu l'idée de fermer les frontières à une majorité d'étrangers, mais pas seulement. Leur argument est d'abord écologique : la planète doit être préservée de la surpopulation galopante, soulagée de besoins nutritionnels et énergétiques qui l'asphyxient. Voter une telle loi aura pour conséquence d'enrayer les crises qui touchent l'école et la santé. Enfin, son influence sur les chiffres de la délinquance ne pourra être que bénéfique.

On répond « foutaise » du côté des « contre » pour qui la Loi aura pour effet un vieillissement de la population, donc un ralentissement de l'activité économique et une baisse générale de richesse pour le pays. Et puis on ne touche pas à une liberté aussi fondamentale que celle qui consiste pour chacun à pouvoir fonder une famille comme il l'entend, on parle des dérives dans les pays d'Asie, comme la Chine qui a fait marche arrière. Si l'on veut à tout prix préserver l'équilibre écologique, il y a d'autres solutions, comme le développement d'énergies alternatives dont beaucoup font déjà leurs preuves.

Les deux camps sont irréconciliables. Les dérapages sont nombreux et font des victimes. On commence à dénombrer des morts lorsqu'il est décidé de mettre un terme aux débats et d'agir.

La Loi est finalement votée dans la précipitation. Pour calmer les esprits, un article prévoit qu'elle aura une durée de vie limitée. Vingt ans minimum, tout de même. Après ce délai et suivant l'analyse qui sera faite de son impact, elle pourra être abrogée ou prolongée par un vote au Parlement pour une nouvelle durée de dix ans.

Une grande partie de la population est choquée. Bon nombre de citoyens n'auraient jamais cru que le Parlement allait oser.

À l'extérieur de l'immeuble, dès que les premières vitrines se répandent sur les trottoirs, les forces de l'ordre chargent les manifestants, comme si elles réagissaient à un signal. Il y a tellement de gens qui courent dans tous les sens qu'on ne distingue plus qui participe à la manifestation et qui en est simple témoin. Les coups pleuvent à l'aveugle.

Pendant ce temps, Sarah a noirci une dizaine de pages. Le sujet, pour la première fois, la passionne. Son regard se fixe sur le titre d'un quotidien publié le jour où Lucie abandonne la rédaction de son journal.

« Un changement de civilisation ».

L'article développe l'idée que voter une telle loi équivaut à toucher à une espèce d'interdit, à tourner une page inédite dans l'histoire de l'humanité. Le journaliste conclut par une mise en garde : « Si cette loi passe, il y aura désormais un avant et un après. » Lucie a-t-elle lu cet article ?

Un avant et un après.

Sarah fait partie de cet après qui ne se pose plus de questions. Certes, des intellectuels et quelques politiques de la jeune génération font régulièrement entendre leur voix pour dénoncer l'obsolescence de la Loi, souligner qu'elle n'a atteint aucun de ses objectifs économiques, qu'une grande partie des gens, du fait même de son existence, persistent dans des comportements de consommation et de gaspillage aussi désastreux que décomplexés, et enfin que la population vieillit de manière inquiétante. Mais une forme d'indifférence étouffe ces contestations, les réduisant à un bruit de fond.

La jeune femme tombe des nues en découvrant le texte original et intégral de la Loi publié le jour de sa promulgation dans une édition spéciale du journal qu'elle consulte.

Dans le style froid et clinique d'un mode d'emploi, les premières lignes du texte spécifient que ses effets sont immédiats et rétroactifs. De sorte que toute femme enceinte au moment de sa mise en œuvre est déjà concernée par ses mesures. Tant pis pour elle si elle l'est de son deuxième ou troisième enfant !

La règle est d'une simplicité effrayante : toute femme et tout homme ne peuvent être géniteurs qu'une seule fois dans leur vie. En revanche, les fratries déjà constituées sont tolérées, même si le dernier enfant est né la veille de la mise en application de la Loi.

Encore heureux.

Lucie ne vit que sa première grossesse mais cette nouvelle législation détruit ses projets. Sarah est de plus en plus persuadée que la Loi a eu un impact sur le comportement de sa mère.

Dans les rues avoisinantes, la marche pacifique s'est muée en foire d'empoigne. Des véhicules ressemblant presque à des tanks sont entrés en action, balayant de puissants jets d'eau des rangées de manifestants comme des feuilles mortes dans un caniveau.

Devant les yeux incrédules de Sarah se révèle toute la stratégie du pouvoir de l'époque. Une lecture à donner la nausée.

Au moment de son entrée en vigueur, les sanctions que la Loi entend appliquer aux contrevenants sont recouvertes d'un vernis censé la rendre acceptable à la population.

Ainsi, une mère qui met au monde l'enfant de trop perd tout droit sur sa progéniture, laquelle est placée, sous un nom différent, dans des familles incapables d'enfanter. C'est ce que la Loi appelle le principe de « juste répartition », formule positive et parfaitement hypocrite. Les enfants replacés sont ensuite soumis à des programmes visant à limiter les éventuels traumatismes. Les termes choisis confèrent au législateur le rôle de celui qui souhaite le bien de la collectivité.

Une fois la Loi votée et installée, de nombreux amendements viennent, au fil des mois, durcir sournoisement la répression. La Loi ne veut plus seulement punir mais faire des exemples. Elle étoffe son vocabulaire.

La déviance.

Le mot existait avant la Loi mais avec elle, il va désormais désigner une catégorie honteuse de la population.

Même si la grossesse illégale lui a été cachée, le père est considéré comme complice et dès lors passible de sanctions. Qui plus est, la stigmatisation engendrée par de telles mesures a des conséquences tant sur le plan professionnel que privé. Difficile, lorsqu'on a été désigné comme déviant, de reprendre une vie normale, de trouver facilement un travail ou garder son cercle d'amis.

Dans le centre-ville, la situation est de plus en plus chaotique. Les gaz lacrymogènes lancés à présent par les forces de l'ordre y contribuent largement. Entre deux nuages, une jeune femme apparaît dont le corps recroquevillé est traîné par deux policiers. Dans l'encoignure d'une porte cochère, trois formes noires et casquées s'acharnent sur une quatrième gisant à leurs pieds. Les fourgons emmènent les manifestants par dizaines.

Sarah affronte, elle, la violence des mots, celle qui transpire dans la formulation de la Loi. Sa lecture s'enlise dans des sables mouvants de sa propre conscience.

Car la Loi n'a pas oublié les « accidents » de la nature. Si elle ne les assimile pas à proprement parler à des actes illégaux, le sort qu'elle réserve à ces cas particuliers n'en glace pas moins le sang : une femme enceinte de jumeaux ou de triplés qui décidera d'aller jusqu'au bout de sa grossesse ne pourra garder qu'un seul enfant ! Si Sarah connaissait cette règle, elle ignorait en revanche que, selon la lettre de la Loi, ce sont les parents eux-mêmes qui doivent choisir l'enfant qu'ils auront décidé de garder !

Que Sarah ne se sente pas concernée par le monde qui l'entoure est une chose. Qu'elle ait, en connaissance de cause et parce qu'elle a toujours considéré la Loi comme un fait acquis et utile, effectué un certain nombre d'interruptions de grossesse multiple mécaniquement, comme un bon technicien penché au-dessus de sa machine, en est une autre. Que dire des rares accouchements qu'elle a pratiqués de jumeaux ou de triplés en se préoccupant davantage de la viabilité des nouveau-nés que du sort que la Loi leur réservait ? Cette attitude la place, certes, dans la catégorie des professionnels consciencieux mais aussi dans celle, moins glorieuse, des êtres humains insensibles à la détresse psychologique de leurs contemporains.

À la lecture de ces textes légaux, Sarah éprouve une forme d'écœurement pour la manière dont elle a exercé son métier depuis toutes ces années. Comme une autruche, la tête dans le sable. Elle s'est parfois formalisée lorsqu'un futur père se montrait déçu d'apprendre que sa femme ne donnerait pas naissance à un fils, est passée à côté de dizaines, voire de centaines de drames muets, vécus dans son cabinet, sans s'en émouvoir outre mesure. L'angoisse de certains visages, des pleurs qu'elle ne cherchait pas vraiment à comprendre lui reviennent brutalement en tête.

Comment assumer qu'il ait fallu les révélations de son amie, la mort de sa mère et ce qu'elle vient de lire, noir sur blanc, pour que quelque chose qui ressemble à de la compassion frémisse enfin au fond d'elle ? Elle en ressent une honte cuisante.

Dehors, les dernières résistances sont vaincues. Les fourgons repartent avec des dizaines de manifestants à interroger, qui finiront la journée fichés. Il ne reste presque plus rien de la marche pacifique et silencieuse.

Sarah referme son carnet. Elle ne sait pas à quoi vont servir toutes les notes qu'elle a prises mais les deux heures qu'elle a passées devant cet écran l'ont sonnée.

Avant de ranger son carnet, elle a écrit : « Nul n'est censé ignorer la loi », suivi par trois points d'interrogation.

Quand elle quitte l'immeuble, le centre-ville est redevenu calme.

# 29

# J – 15

Il y a une vingtaine d'années, les derniers centres commerciaux qui attiraient les foules ont fermé. Personne ne sortant plus de chez soi pour faire ses courses, les enseignes ont baissé leur rideau les unes après les autres, transformant ces ensembles en véritables cités fantômes. Nombre d'entre eux ont été détruits pour faire place à des tours d'habitation. Mais quelques-uns ont bénéficié d'un sursis, voire d'une seconde vie.

La boutique que recherche Sarah se situe dans l'ancienne Halle de la périphérie sud, l'une des plus grandes de la capitale. Bien sûr, le clinquant du passé a disparu, les escalators sont rouillés et immobiles, la nature a repris ses droits dans certains recoins, mais l'abandon et la désaffection dans lesquels cet endroit est resté durant plusieurs décennies lui ont donné la patine caractéristique de ces villes-musées qui témoignent d'époques et de pratiques révolues.

Aujourd'hui, ce lieu est devenu le repaire des chineurs et autres nostalgiques. Répartis sur trois étages, tous les espaces ont été réinvestis par une forme de commerce alternatif qui intéresse surtout les collectionneurs. Ils regorgent d'engins désuets, indispensables aux générations précédentes mais complètement inadaptés aux besoins et aux technologies modernes.

C'est dimanche, tout est ouvert. Le public flâne, en nombre. Le soleil se faufile régulièrement entre les nuages et vient frapper l'immense verrière qui donne l'impression au visiteur qu'il se promène dans un décor à ciel ouvert.

Sarah tient Jérôme par la main. L'enfant la ralentit en s'arrêtant presque à toutes les devantures. Ce sont les vieux jouets qui l'attirent. Comme il est étrange qu'un cheval à bascule en bois puisse avoir un tel effet sur un enfant qui a été sevré à la réalité virtuelle.

L'humeur de Nicolas est morose. Il les a accompagnés à contrecœur. Ce genre d'errances dominicales l'ennuie. Mais il devait bien ça à Sarah.

L'idée vient d'elle et cette proposition de promenade en famille n'est pas innocente, ce dont il se doute. Un nom est inscrit dans la tête de Sarah, celui d'un spécialiste de la généalogie qui consulte dans les parages.

La lecture du journal de sa mère a attisé en elle une curiosité insatiable.

Le plus simple serait bien sûr de se plonger dans quelques-unes des biographies consacrées à Lucie mais ce qu'elle cherche, ce n'est pas de la littérature, ce sont des noms. Ce qui manque dans le journal. Lucie Beaumont ne nomme ni ses parents, qu'elle appelle juste Maman et Papa, ni ses frères à qui elle n'a donné que des surnoms.

L'idée s'est donc imposée de chercher de l'aide auprès d'un spécialiste d'une science démodée. Cette boutique lui a été suggérée par un de ses collègues amateur de vieilles histoires de famille.

— Si tu veux savoir qui sont tes ancêtres, va voir ce type. C'est le plus fort.

Sarah finit par tomber en arrêt devant une vitrine dont le désordre invite plutôt à passer son chemin.

L'intérieur échappe à toute tentative de description logique. Au mur, quelques publicités jaunies rappellent qu'il y avait ici un magasin d'électroménager. Les modèles de lave-vaisselle, d'aspirateurs ou de télévisions à écran plat prêtent à sourire.

Éclairés par un néon clignotant, des milliers de publications, livres et ouvrages s'élèvent en piles jusqu'au plafond, imprégnant chaque centimètre cube de leur odeur de vieux papier à la limite de la moisissure, sans aucun classement ni organisation logique.

Sarah s'enfonce dans cette jungle, laissant Nicolas et Jérôme un peu penauds à la lisière. Tout au fond, dans un recoin éclairé par une lumière plus chaude, elle a repéré une silhouette penchée sur un petit bureau encombré de livres. À son approche, l'homme lève vers elle un regard étonné, surmonté de sourcils froncés et grossi par des lunettes rondes aux verres épais.

— C'est pour quoi ?

L'intrusion l'a visiblement dérangé dans sa lecture ou sa sieste.

— Un renseignement.

— Quel genre ?

— Du genre dont on m'a dit que vous étiez un des derniers spécialistes dans cette ville.

Derrière les tessons de bouteille, les deux yeux semblent vouloir percer l'enveloppe charnelle de Sarah.

— Vous avez perdu un proche récemment ?

La question déstabilise la jeune femme.

— Comment savez-vous cela ?

— Classique. C'est souvent de cette façon que naît l'intérêt pour la généalogie. Sinon, tout le monde s'en moque.

Un léger sourire anime son visage, on dirait que quelqu'un lui a taillé ses rides au cutter. Sarah sort son cahier de son sac.

— Ma mère est morte dernièrement.

Le visage du vieux arbore à présent un sourire entendu.

— J'ai retrouvé une sorte de journal qu'elle a écrit quand elle était jeune et dans lequel elle mentionne ses parents et ses frères sans les nommer. Je me demandais si…

— … la généalogie pourrait vous être utile ? Ça dépend.

Nicolas et Jérôme se sont rapprochés sans dire un mot.

— Regardez autour de vous, mademoiselle !

Le geste du vieux dessine un cercle dans lequel entre toute sa boutique.

— Mon disque dur ! Des centaines, pour ne pas dire des milliers, de registres d'état civil. Tous rédigés à la main. Récupérés quand l'Administration a décidé de se passer définitivement de papier.

Ils pourrissaient dans des caves. Tout le monde les avait oubliés. Je me demande même si quelqu'un s'est rendu compte de leur disparition. Donc, ça dépend si les membres de votre famille dorment ou non au cœur de ces registres, mademoiselle.

Sarah jette un regard circulaire et dubitatif sur le domaine poussiéreux du vieil archiviste.

— Je vous rassure, ce désordre n'est qu'apparent. Proposez-moi un nom. Une date et un lieu de naissance.

— Lucie Beaumont. Née Grangez.

— C'est une plaisanterie ?

— Pas du tout.

— Mademoiselle, mon temps est précieux. Je ne consens à le perdre que pour rendre service à des gens qui en ont vraiment besoin.

— Lucie Beaumont était ma mère.

— La violoncelliste ?

— Vous la connaissiez ?

— Je l'ai vue plusieurs fois sur scène. Cette femme avait du génie. Sa façon de…

Sarah se penche vers le vieil homme et lui pose la main sur le bras.

— Je ne suis pas venue jusqu'à vous pour entendre vos souvenirs personnels. C'est une démarche qui m'est difficile. J'ai besoin de savoir qui étaient ses frères et s'ils sont toujours vivants aujourd'hui.

Vexé, le vieux se lève et se dirige dans un coin de la pièce inaccessible sans un brevet d'escalade.

— Revenez dans une heure !

Sarah prend Jérôme par la main et fait signe à Nicolas que, pour l'heure, il n'y a rien d'autre à faire que patienter dans les allées de l'ancien centre commercial.

Quand on n'a pas l'âme passéiste, déambuler dans un temple dédié à tout ce qui est démodé peut vite lasser. Plutôt que de tourner en rond, ils décident de se poser dans un salon de thé d'une nature particulière. L'établissement porte toujours le nom d'une ancienne chaîne de magasins de produits culturels dont il a réinvesti l'espace. Les présentoirs de l'époque ont été récupérés pour porter des milliers de CD introuvables. Les baffles diffusent la musique de groupes qui avaient du succès il y a quelques dizaines d'années.

Un des trois trentenaires qui s'activent derrière le bar prend leur commande et leur signale que la clientèle est autorisée à choisir elle-même la musique qu'elle désire entendre. Il n'en faut pas plus à Jérôme pour se mettre en chasse et fouiller dans les caisses remplies de vieux boîtiers.

Après une gorgée de café, Nicolas desserre enfin les dents.

— Tu crois vraiment que ce vieux farfelu va pouvoir t'aider ? Les services de l'état civil existent, non ?

— Ils ne sont plus autorisés à répondre à ce genre de demandes. Tout ce qu'ils peuvent te délivrer, c'est une copie de ton extrait d'acte de naissance.

Un ange passe.

— Pourquoi tu ne me parles jamais de tes recherches ? Il faut que je t'accompagne dans cette boutique pour apprendre que tu veux retrouver des membres d'une famille dont tu ne voulais plus entendre parler.

— Donne-moi du temps. Je ne sais pas où tout cela va me mener. Si je trouve des réponses, c'est moi qui viendrai vers toi pour t'en parler. Je te le promets.

Le silence se réinstalle. Le café est trop chaud dans les tasses mais on le boit quand même, pour se donner une contenance.

Une note de violoncelle envahit l'espace. L'attention de Sarah est aimantée par la source du son. Jérôme se tient fièrement devant elle, une pochette de CD entre les mains. Le patron semble être dans la confidence.

— C'est votre fils qui a demandé de passer ce disque. Il dit que c'est pour vous.

Jérôme lui tend la pochette : un vieil enregistrement de sonates pour violoncelle et piano de Beethoven. Sur la photo, Lucie Beaumont doit avoir une trentaine d'années. Sarah ne sait pas quoi dire. Elle sourit à son fils mais n'arrive pas à articuler quoi que ce soit. Nicolas comprend qu'il est temps de retourner chez le généalogiste.

Le vieux ne lève même pas la tête de sa feuille lorsqu'ils entrent dans la boutique.

— Je vous l'avais dit : une heure ! J'ai trouvé tout ce qu'il vous faut et même un peu plus, si ça vous tente. Je n'ai pas pu m'empêcher de fouiller. Déformation professionnelle. On a tous nos petites manies, non ?

Sarah est tendue comme si elle attendait les résultats d'une biopsie. Il lui présente un bout de papier. Elle essaie de déchiffrer les hiéroglyphes que le vieux a tracés. S'il y a une logique dans cet imbroglio de prénoms et de flèches, elle ne la trouve pas.

— C'est qui, Mathieu ?

— Votre cousin. Il vit toujours, il a une quarantaine d'années mais il a émigré dans un autre pays. Si vous m'aviez donné plus de temps…

Sarah est noyée d'informations. Le vieux lui reprend la feuille.

— Regardez, vos oncles sont ici.

Il lui montre deux prénoms presque illisibles.

— Bertrand, c'est l'aîné de la fratrie, le grand frère de Lucie. Et le père de Mathieu.

Une date de décès annule tout espoir de le rencontrer.

— Et là, c'est son autre frère.

Le cadet.

— Celui-là n'a pas d'enfant. Enfin, je n'en ai pas trouvé.

Jacques.

Une douleur se réveille en elle. L'image du seul Jacques qu'elle a jamais connu se superpose à la feuille chiffonnée par le vieux.

Parrain Jacques.

L'homme qui lui a toujours été présenté comme étranger à leur famille.

Une sonnerie de téléphone déchire le silence. Sarah a un nouveau message.

Machinalement, elle sort l'appareil de son sac : Aline.

Elle a du mal à se concentrer sur ce qui est écrit dans le message.

Parrain Jacques. Une date de naissance. Aucune date de décès.

# 30

# J – 10

La rencontre est prévue dans une brasserie à l'intérieur de la gare centrale, à une heure de grande affluence.

« Soyez là à seize heures précises. Ne commandez pas d'alcool. Ne vous faites pas remarquer. Et attendez. Nous arriverons quand nous aurons la certitude qu'il ne s'agit pas d'un piège. Si c'est le cas, vous le regretterez. »

Le message que Sarah leur a laissé quelques jours plus tôt sur leur répondeur était laconique :

« Vous m'avez donné ce numéro sur une carte il y a quelques semaines. J'ai besoin de vous. »

Le jour même, une voix d'homme lui fixait le rendez-vous.

Cinq minutes avant l'heure dite, Aline et Sarah entrent dans la salle pleine, emplie d'un bruit de fond assourdi, mélange de musique relaxante et de conseils audio pour détendre les voyageurs, de machines à café qui frémissent, de conversations étouffées, de téléphones qui vibrent et d'annonces de départ et d'arrivée qui leur parviennent entre deux appels d'air de trains à vitesse grand V.

Il ne reste que quelques places libres dans le fond. Elles s'installent, passent commande et attendent.

Aline a bien sûr décidé de garder cet enfant. Et même si elle ne l'approuve pas, Sarah a accepté de lui venir en aide, quels que soient les risques.

L'heure du rendez-vous est dépassée de dix minutes. Personne ne s'est manifesté. Sarah balaie la salle du regard. On ne leur prête pas attention mais elle sent qu'on les observe.

Son portable s'allume. Numéro masqué. La voix à l'autre bout du fil est cassante.

— Pourquoi n'êtes-vous pas venue seule ?

— C'est mon amie qui a besoin de vous. Pas moi.

— J'avais demandé…

Sarah ne lui laisse pas terminer sa phrase.

— Vous ne m'avez rien demandé du tout, sinon de ne pas vous tendre un piège. Alors si dans cinq minutes, vous n'êtes pas là, on lève le camp et on s'adressera à quelqu'un d'autre.

Sarah raccroche avant que son interlocuteur n'ait eu le temps de répondre. Aline la regarde, surprise. Son aplomb l'étonne elle-même.

Quelques secondes plus tard, Sarah reconnaît le couple qui entre.

Peter Sellers ! En voyant l'homme s'approcher, Sarah a enfin retrouvé le nom du vieil acteur à qui il lui faisait penser. Un Peter Sellers jeune, sans ses lunettes et moins drôle que l'original.

À peine installé en face de Sarah, ce dernier passe commande et entame la discussion, comme si leur rencontre était minutée.

— D'habitude, une rencontre ne se déroule jamais ainsi, c'est trop dangereux.

— Mon amie ne représente aucun danger, sauf pour elle-même.

— Nous ne la connaissons pas.

— Vous me connaissez moi, puisque vous avez essayé de me recruter.

— Nous pensions que c'était la raison de votre appel. D'où notre surprise.

— Ce n'est pas directement pour moi que je vous ai contactés ni pour répondre à votre proposition de l'autre jour.

— Dans ce cas…

— Je pensais que vous portiez secours aux gens qui prennent un risque par rapport à la Loi. Il est temps de le prouver.

Un serveur les interrompt. Sa présence fait diversion. Dès qu'il s'éloigne, Peter Sellers fixe Sarah dans le blanc des yeux.

— Très bien, mais si vous essayez de nous doubler, je vous assure que…

Exaspérée, Sarah fait mine de se lever mais le jeune homme l'arrête.

— Ne partez pas et écoutez attentivement. Vous ne réalisez pas bien la situation. Ceci n'est pas un jeu. Si la police nous coince, nous irons en prison. Ceux de nos camarades qui se sont fait prendre n'en sont jamais ressortis. Nous ne pratiquons pas un passe-temps pour occuper nos loisirs : c'est une guerre.

Les traits tirés, le visage pâle, Aline accuse le coup, n'ayant sans doute pas pris la mesure exacte des risques encourus.

— De quoi s'agit-il ?

Sarah se tourne vers son amie, l'invitant à présenter la situation. Mais Aline lui indique d'un geste qu'elle n'est pas en état de prendre la parole. La détermination semble momentanément être passée de l'une à l'autre.

— Nous travaillons au sein de la même clinique. Elle a décidé de faire un enfant. Son deuxième. Maintenant qu'elle est enceinte, moi seule, je ne peux pas lui être d'une aide suffisante.

Le couple se tourne vers Aline. La jeune femme lui adresse un sourire timide.

— Êtes-vous bien sûre de votre décision ?

— Oui.

La voix d'Aline se perd dans un souffle.

— Désirez-vous cet enfant au point de vivre dans l'illégalité ? Au point de bouleverser toutes vos habitudes ? De cacher son existence à tout votre entourage, parents, amis, collègues ?

Son laïus est presque récité sur le ton d'un officier d'état civil procédant à un échange de consentements.

— Aline, êtes-vous consciente du danger que vous courez ? demande-t-elle plus doucement.

Aline secoue la tête en signe d'approbation.

— Et du danger que vous faites courir à vos proches ?

— Ils ne sont pas au courant.

— Pas même votre mari ?

— Mon compagnon ne sait encore rien.

La jeune femme boit une gorgée de café puis se penche vers Aline.

— Les enfants que nous prenons en charge ont deux existences. Une réelle, qu'ils vivent avec leurs parents et exige une prudence de tous les instants. Et une officielle que nous lui inventons de toutes pièces. Dans la première, vous serez ses parents mais vous ne pourrez le dire à personne. Dans la seconde, il aura d'autres parents, fictifs. Nous avons des complices à l'état civil qui nous donnent accès à des identités de gens disparus. Ce système est le meilleur que l'on connaisse. Mais il est fragile et requiert la plus grande prudence.

Aline affronte ce flot d'informations en silence.

— Si votre décision est prise, vous allez devoir changer de ville, quitter votre emploi, couper tous les liens. Vous aurez de nouveaux voisins, de nouveaux collègues à qui vous devrez mentir en permanence. Vos enfants devront fréquenter des écoles différentes, dans des villes différentes. Nous conseillons de ne pas rester au même endroit plus de deux ans. Dans certains cas, il vaut mieux que les parents changent aussi d'identité.

Sarah se demande comment son amie sera capable d'endurer de telles contraintes.

— Personne ne devra vous voir avec vos deux enfants ensemble. Jamais. Vous devrez limiter vos contacts avec l'extérieur au strict minimum. Ne jamais avoir d'ennuis avec personne. Pas de contraventions, pas de factures en retard de paiement, pas de conflits de voisinage. Vous devrez être des citoyens modèles, c'est-à-dire transparents. Vous vivrez comme des témoins placés sous haute protection. En dehors de vous, personne ne devra entrer dans votre maison. Vous n'aurez pas d'amis, pour éviter tout risque d'introduire des gens trop curieux sous votre toit ou de devoir répondre à des questions embarrassantes.

La voix de la jeune femme ne traduit aucune émotion.

— Vous devrez être vigilante, attentive à tout, méfiante. À la moindre erreur, au moindre relâchement, de votre part ou de la part de votre conjoint, c'est tout le château de cartes qui s'écroulera. Le risque que vous courez est de vous retrouver séparée pour toujours de vos enfants. Alors, vous sentez-vous prête à faire une croix sur votre vie telle que vous la connaissez aujourd'hui ? Êtes-vous prête à supporter tout cela et à le partager avec le père de cet enfant ?

De plus en plus pâle, Aline ne répond pas.

— Le tableau est certes sombre mais de nombreuses familles vivent une pareille situation. C'est difficile mais ça marche. Vous ne serez pas seuls. Le réseau que nous représentons prend en charge beaucoup de tâches administratives. Toutes les falsifications, tous les changements d'identité, renouvellements de documents officiels, c'est le réseau qui s'en occupe. En quarante ans, il est parvenu à tisser des complicités à tous les niveaux de pouvoir. En cas de problèmes, vous pourrez toujours faire appel à nous. Mais le plus dur, c'est vous et vous seuls qui devrez l'assumer.

Peter Sellers n'est pas intervenu pendant les explications de sa compagne. Leur numéro semble bien rodé. Sans qu'un seul regard soit échangé entre eux, il sait que c'est à lui de parler.

— Vous êtes enceinte de combien de semaines ?

— Presque deux mois.

— Vous pouvez encore renoncer.

— Je veux le garder, même après tout ce que vous m'avez décrit.

Leur présentation est terminée. Comme par mimétisme, ils vident tous les deux leur tasse de café.

Maintenant que le silence s'est à nouveau installé, Sarah ne peut s'empêcher de réagir sur un détail qui l'a fait tiquer.

— Votre organisation existe depuis quarante ans ?

Peter Sellers lui répond.

— Oui. Cela représente plusieurs dizaines de milliers d'enfants nés dans l'illégalité dont les plus âgés ont aujourd'hui l'âge du réseau. Il s'est créé dès la promulgation de la Loi. Des médecins, des enseignants, des intellectuels et même certains politiciens scandalisés se sont très vite organisés dans la clandestinité pour venir en aide aux femmes qui étaient déjà enceintes de leur deuxième ou troisième enfant. Depuis, nous n'avons pas arrêté de prendre de l'ampleur.

La première impression que ce petit couple lui avait faite, dans le parc, était désastreuse. Aujourd'hui, Sarah éprouve de l'admiration.

— Vous êtes combien dans le réseau ?

— Moins vous en saurez, mieux vous vous porterez.

La jeune femme se penche vers elle.

— Même nous qui en faisons partie ne savons pas tout de son fonctionnement. Les informations dont nous disposons sont limitées aux tâches qui nous sont prescrites. Chaque membre a son rôle, ses responsabilités. Nous avons tous quelques contacts pour relayer l'information ou la recevoir. Mais à part cela, nous ne connaissons rien. Il se pourrait que certains de nos proches fassent partie de ce réseau sans que nous le sachions.

— Et vous…

— Plus de questions maintenant. Ça suffit, coupe cette fois l'homme brutalement.

— Pensez-vous que votre compagnon acceptera tous ces sacrifices ?

— Il est opposé à la Loi…

— Ce n'est pas suffisant. Entre désapprouver une loi et la violer, il y a une marge. Vous devez être sûre de lui et lui en parler ainsi qu'à votre enfant. Quel âge a-t-il ?

— Sept ans.

— Vous devrez lui expliquer exactement le risque encouru par toute votre famille.

— Mais il est si jeune !

— Il va devoir grandir avant l'âge. Sans le vouloir, un enfant peut tout faire échouer. C'est déjà arrivé.

Dans l'esprit de Sarah s'imprime le visage de Maxime que la milice a emmené comme un criminel.

Les mines sont sinistres. Les yeux rivés sur sa tasse, légèrement voûtée, Aline semble accuser physiquement le poids des nouvelles responsabilités à venir. La volonté de révolte exaltée qu'elle affichait l'autre jour s'est à présent effondrée.

Il semble qu'elle n'ait pas pesé toute la gravité de son projet. Sarah pose ses mains sur les siennes.

— Prenez encore un peu de temps pour réfléchir. Disons une semaine. Si, passé ce délai, nous n'avons pas de nouvelles, on comprendra que vous renoncez.

Elle marque une pause. Le sourire qu'elle lui envoie déborde d'empathie.

— Par contre si vous nous rappelez, la machine se mettra en route et personne ne pourra plus l'arrêter. Dans ce cas, nous exigerons de vous une obéissance aveugle.

Aline acquiesce sans mot dire. Peter Sellers reprend les choses en main.

— Vous allez passer commande de deux autres cafés. Seulement deux. Nous partons en premier. Vous ne sortirez d'ici qu'après avoir payé et bu vos tasses. N'essayez pas de nous suivre.

Après une pause.

— Nous ne venons jamais seuls à ce type de rendez-vous.

Le couple se lève et quitte l'établissement.

Aline et Sarah restent rivées, silencieuses, à leur chaise. Presque surnaturelle, cette rencontre ressemble à un mauvais rêve. Mais l'impression de pesanteur qui plane indique qu'elle était bien réelle.

Sarah n'en tient toutefois pas compte : cet entretien a fait naître en elle une idée aux contours flous.

# 31

# J – 7

Quand le téléphone a sonné, c'est Lili qui a décroché. C'est toujours elle qui répond, jamais moi. Interdiction formelle.

La conversation n'a duré qu'une ou deux minutes. Lili n'a presque rien dit. Des « oui », des « bien », des « c'est parfait ». Et un « au revoir ».

Une fois la communication terminée, il y a eu beaucoup de joie. Des rires. Ce n'est pas souvent qu'on entend ça dans la maison. Même quand la vieille était vivante, ça ne rigolait pas souvent.

Mais là, c'est spécial : la fille de la vieille revient, sans qu'on lui ait rien demandé. Et pas pour un seul jour, pour toute une semaine !

Lili dit que ça ne pouvait pas mieux tomber pour les dates. Pendant la semaine où il est prévu que la fille revienne, il y a le jour que j'ai tagué dans mon calendrier. Le 29 février. Lili dit qu'à cette date, tout devrait rentrer dans l'ordre.

Depuis le coup de téléphone, Lili est rassurée. Elle ne croyait pas trop que la fille de la vieille allait mordre à l'hameçon aussi facilement. L'hameçon, c'est une image. En fait, ce sont les carnets de la vieille qu'elle a emportés dans son sac.

La fille de la vieille a demandé que Lili lui prépare une chambre pour qu'elle reste dormir. Elle a bien dit : pas la chambre de la vieille. Lili comprend très bien. Elle va préparer la bleue, celle qu'on réservait aux amis, même s'il n'y avait jamais d'amis qui venaient dormir. On l'appelle comme ça à cause de la couleur des tentures et du papier peint au mur. De la fenêtre, on voit très bien la plage et la mer, au bout.

La maison a été nettoyée de fond en comble. Il faut que la fille s'y sente bien. Après tout, c'est aussi un peu la sienne. Il faut lui prouver que sa vie est ici et qu'elle doit absolument la garder. Ce serait une catastrophe si elle décidait de la vendre.

La seule chose qui ennuie Lili, c'est qu'elle ne vient pas seule. En fait, ce qui l'ennuie vraiment, c'est qu'elle n'EST pas seule. Le mari et l'enfant sont encombrants, toujours à se balader partout, à fouiner. Surtout le mari. Elle n'aime pas sa manière de faire comme s'il était déjà chez lui ici. Ce n'est pas sa maison, ça ne le sera jamais.

Je dois encore rester prudent pendant les prochains jours. Ne me montrer sous aucun prétexte. Je pourrai sortir quand Lili l'aura décidé. Quand son plan l'aura prévu.

C'est la vieille qui m'a enfermé ici. Elle disait que, de toute façon, il n'y avait rien à voir à l'extérieur, qu'au-dehors, c'était le néant. Un grand trou noir, qui pourrait m'avaler si j'essayais de m'en approcher. Maintenant je sais que c'est faux, qu'elle disait ça pour que j'obéisse.

Aujourd'hui, je sais qu'il y a un monde dehors, d'autres gens que nous. J'en ai déjà vu. Ils ne me font pas peur. Ils n'ont pas l'air bien terribles. Quand mon heure sera venue, je pourrai sortir et me mélanger au monde.

Ils arrivent dans quatre ou cinq jours. Il faut convaincre la fille de la vieille qu'elle sera bien avec nous dans notre maison.

Rien que nous, Lili et moi.

Lili est confiante.

Moi aussi.

# 32

# J – 2

Nicolas n'a toujours pas compris.

Lorsque Sarah lui a annoncé qu'il fallait absolument qu'elle retourne à la Villa, il a cru qu'elle ironisait. L'expression de son visage lui a apporté un rapide démenti.

C'est sans broncher qu'il a accepté, trop heureux de pouvoir déambuler à nouveau dans cette maison qui lui a immédiatement tapé dans l'œil.

Le moment qu'elle a choisi ne pouvait pas mieux tomber. Le congé de printemps leur offre une semaine entière de liberté !

Et hasard du calendrier, l'anniversaire de Sarah tombe en plein milieu de cette période.

Sarah a d'autres préoccupations. Elle se dit qu'elle a mis le doigt dans un engrenage. La rencontre avec le couple Sellers dans la brasserie lui a inspiré le début d'un scénario plausible. Et c'est dans la Villa qu'elle espère en trouver la confirmation.

Que personne ne se méprenne : la demeure la met toujours autant mal à l'aise et il n'est pas question pour elle d'y vivre, même pour de brefs séjours. En revanche, son besoin de comprendre son passé la presse de plus en plus. Elle pense avoir rassemblé les principaux morceaux du puzzle, il lui manque juste la pièce maîtresse, qu'elle espère trouver dans les vieilles affaires de sa mère.

À Nicolas, elle s'est contentée de dire qu'ils ne se verraient vraisemblablement qu'au moment des repas et le soir, pour dormir. Mais cette réflexion, pourtant énigmatique, n'a pas eu l'air de le contrarier. Pendant qu'elle jouera les détectives, ses journées à lui seront bien remplies.

Ce que Sarah ignore, c'est que Nicolas n'a pas cessé de penser à la Villa depuis qu'il l'a découverte.

Il ne s'agit pas uniquement de déformation professionnelle. Son engouement pour la vieille propriété tient presque du coup de foudre. Il a des projets pour la transformer car il la trouve trop sombre, il rêve d'y faire entrer cette lumière que l'on ne trouve qu'ici.

Lorsque leur voiture se gare devant la Villa, des trombes d'eau les accueillent. Le temps de franchir les quelques mètres qui les séparent du perron, Sarah est trempée.

Une fois à l'abri, c'est à peine si elle ose enlever son manteau ou secouer ses cheveux. Tout semble avoir été récuré et rangé comme dans un sanctuaire. Cet excès d'ordre réveille aussitôt l'inquiétude que cette maison lui inspire.

— Élise, vous n'avez tout de même pas fait du rangement dans le bureau de ma mère ?

— Non, madame.

— Rien jeté ?

— Non, madame, rien ! L'accès à son bureau m'a toujours été interdit. C'est la seule pièce de la maison dans laquelle je ne suis jamais entrée.

L'empressement d'Élise à les accueillir comme des chefs d'État en visite officielle a le don d'irriter Sarah au plus haut point. Comment lui faire comprendre que ses efforts sont vains, que même si sa colère est retombée, Sarah ne tient toujours pas à endosser la tenue de la parfaite héritière ? Et surtout que sa manière de l'appeler « madame » est horripilante ?

L'installation se déroule au pas de charge, comme s'il n'y avait pas une minute à perdre. Sarah et Nicolas dormiront dans la chambre d'amis, voisine du bureau de sa mère. Jérôme occupera celle où elle dormait enfant.

Si le temps le permet, après le déjeuner, Nicolas ira se promener avec lui pour découvrir les environs, avec peut-être une petite pointe jusqu'au village voisin.

Aux alentours de midi, le ciel propose une trêve. La perspective de se plonger directement dans les archives de sa mère décourage Sarah. Pour l'heure, elle préfère contempler le paysage, face à la baie vitrée du salon.

Cette pièce, où l'intérieur communique presque directement avec l'extérieur, est la plus respirable de la maison. Elle offre à la vue l'immense plage vide et la mer, seul élément vivant dans ce tableau figé. Sarah reste un long moment absorbée par le ressac, l'étendue de sable sous le ciel encore chaotique et les brefs souvenirs de son passé qui s'y superposent. Il faut admettre que si son enfance avait été différente, elle aurait trouvé cet endroit, enclave hors du commun dans le monde moderne, extraordinaire.

L'annonce du repas la ramène brutalement au présent. En découvrant la table dressée par Élise, on se croirait à un banquet de mariage. Si Sarah ne freine pas ses ardeurs maintenant, leur semaine va se transformer en marathon gastronomique et elle trouve ça grotesque.

— Voilà une table impressionnante, Élise.

— Merci, madame.

— Mais il y a trop, beaucoup trop.

L'expression d'Élise passe de la fierté à la déconvenue.

— Nous considérons cela comme un repas de bienvenue et nous vous en remercions, mais pour le reste de notre séjour, je souhaiterais que vous ne preniez pas tant de peine.

Déjà installé à la même place qu'il occupait la dernière fois, Nicolas semble hypnotisé par l'étiquette de la bouteille de blanc qu'il tient entre les mains.

— Par contre, pour le vin, ne changez rien.

— Ça vient de la cave de Mme Beaumont, monsieur.

— La cave ?

— Oui. Mme Beaumont appréciait les grands crus. Une centaine de bouteilles doivent encore y traîner, pour les occasions spéciales. Comme votre venue.

Décidément, les efforts que déploie la domestique insupportent Sarah. À imaginer qu'elle puisse éventuellement changer d'avis et garder la maison, ce genre de simagrées suffirait à l'en dissuader.

Lorsque Nicolas fait mine de lui servir du vin, elle pose sa main sur son verre.

— De l'eau pour moi.

Sa réponse donne le ton au repas qui se déroule dans un recueillement monacal.

L'impression d'être surveillée submerge à nouveau Sarah. Cette pièce dégage des ondes, comme un flux organique, comme s'il y avait un convive supplémentaire, invisible. Cette sensation absurde dont elle ne peut se débarrasser lui coupe le peu d'appétit qui lui reste.

À la manière qu'ils ont de dévorer, Nicolas et Jérôme ne semblent pas partager son sentiment.

Les nuages laissent passer un peu de lumière. La salle à manger s'éclaire. C'est le signal. Jérôme piaffe d'impatience. Il est temps de chausser les bottes. Nicolas vide son verre, remercie Élise, embrasse Sarah sur le front en lui demandant, pour la forme, si elle ne veut pas les accompagner.

Les deux femmes restent seules à table. Un troupeau d'anges passe au-dessus de leur tête.

— Vous désirez encore quelque chose ?

— Non merci.

Les doigts de l'austère jeune femme jouent avec des miettes invisibles sur la nappe en tissu. Sarah a la tête tournée vers la fenêtre. La question qui démange Élise résonne dans toute la pièce. Mais elle ne la posera pas. Ça tombe bien, Sarah n'avait pas l'intention d'y répondre.

— Je vous aide à débarrasser.

Ce n'était pas une question. Sarah est déjà debout et emporte une pile d'assiettes dans la cuisine. Le rangement se fait en silence.

Du coin de l'œil, Sarah épie la domestique. Ses gestes sont précis, elle travaille à l'économie, toujours aussi effacée, sans aucune marque de coquetterie, comme si son dévouement à cette maison et à cette famille supposait qu'elle se rende invisible.

Sarah s'assied à la grande table, continue de l'observer avec plus d'attention. Certains adultes portent encore sous leurs rides le visage qu'ils avaient quand ils étaient petits. D'autres n'en gardent aucune trace et portent un masque. Élise est de ceux-là.

Sarah sort une enveloppe de la poche de son gilet.

— Venez vous asseoir, Élise.

La jeune femme termine son nettoyage et s'installe en face de Sarah.

— Ces photos vous disent quelque chose ?

Au premier coup d'œil, un sourire éclaire le visage d'Élise.

— Vous étiez mignonne là-dessus.

Sarah ne relève pas le compliment, ni le fait que la jeune femme l'ait tout de suite identifiée.

— Vous les aviez déjà vues ?

— Non, je reconnais juste les paysages et la maison. Je me doute qu'ici, c'est vous, petite.

— Retournez-les.

Élise découvre les messages écrits à l'encre noire.

— Et cette écriture, elle ne vous rappelle rien ?

— Non.

— Ce ne serait pas vous qui m'avez envoyé ces messages ?

— Je vous assure que non !

L'étonnement de la jeune femme semble sincère.

— Même si ces photos ressemblent à celles qu'il y a dans les albums de votre mère, ce n'est pas moi qui vous les ai envoyées !

— Et ils sont où, ces albums ?

Le visage de la domestique se referme.

— Dans le bureau de Mme Beaumont.

— Je pensais qu'il vous était interdit d'y aller !

Le ton de Sarah reste étonnamment calme.

— Je suis désolée.

Son embarras, soudain apparent, ferait presque pitié.

— La curiosité m'a poussée, l'autre jour. Mais je n'y suis restée que quelques minutes et j'ai tout remis en place.

— Ça n'a pas d'importance. Dites-moi juste où sont rangés ces albums.

— Au-dessus de la bibliothèque.

Il faut sans doute une chaise pour y accéder, ce qui implique qu'Élise soit restée dans cette pièce plus que quelques minutes. Mais Sarah décide d'arrêter les tergiversations.

L'essentiel, c'est de savoir que Lucie Beaumont a gardé des images de son passé. Bouleversée par la découverte de son journal, Sarah n'avait même pas pensé à chercher des albums photo.

— Très bien. Merci, Élise.

Sarah a remis les photos dans l'enveloppe. Au moment de sortir de la cuisine, elle marque un temps d'arrêt et se tourne vers la domestique qui a toujours le regard braqué sur elle.

— Puis-je vous poser une question personnelle ?

Sarah vient se rasseoir à la grande table.

— Comment définiriez-vous ma mère ?

— Ce n'est pas simple, madame. Je ne sais pas quoi vous dire.

— Diriez-vous qu'elle était chaleureuse ? Sympathique ?

Dans quel autre piège la fille de Lucie Beaumont veut-elle l'entraîner ? Au jeu du chat et de la souris, Élise se voit d'un coup à la place du rongeur.

— Mme Beaumont était quelqu'un de secret. Elle parlait peu, ne voyait personne. Elle passait ses journées à lire ou à regarder la mer. Je crois qu'elle vivait dans le passé.

— Et comment était-elle avec vous ? Autoritaire ? Accommodante ?

Le visage d'Élise s'illumine à nouveau.

— Sans votre mère, je ne sais pas ce que je serais devenue. Alors qu'elle ne se soit pas montrée très démonstrative sur le plan des émotions…

— Froide, c'est ce que vous voulez dire ? s'anime à son tour Sarah, soulagée que, pour la première fois, une personne confirme les sentiments éprouvés durant son enfance.

— Je n'utiliserais pas ce terme. C'est trop sévère. Je dirais plutôt qu'elle était pudique. Mais cela m'a toujours été égal. À chacun son caractère.

Sarah hoche la tête, doucement.

— Est-ce que ma mère buvait ?

— Quelle question !

— J'ai trouvé plusieurs bouteilles dans son bureau. Et pas de ce bon vin qui sommeille dans sa cave : du whisky, de la vodka. Je suppose que ce n'est pas elle qui allait les chercher au supermarché du coin. Vous devez donc être au courant du rythme de sa consommation.

— Vous voulez savoir si elle était alcoolique ?

— On ne peut rien vous cacher, Élise.

— Certains soirs, elle buvait plus que de raison.

— Au point de devoir l'aider à monter les escaliers jusqu'à sa chambre ?

Le silence d'Élise tient lieu de réponse. Sarah a ouvert une brèche.

— Vous faisait-elle des confidences quand elle était ivre ?

— Ça ne lui arrivait pas si souvent.

— Mais l'alcool délie les langues les plus tenaces à ce qu'on dit.

— Pas la sienne. Je suppose qu'elle se sentait seule. Quand les gens boivent, c'est souvent pour cette raison, non ?

Un petit reproche, en passant, l'air de rien.

— Il ne tenait qu'à elle de s'entourer. Est-ce qu'elle vous parlait parfois de son passé, de sa carrière ?

Sarah marque un court temps d'arrêt.

— Ou de moi ?

— Pas vraiment.

— Pas vraiment ?

— Elle évoquait parfois ses voyages, la musique, sa vie d'avant. Mais elle ne s'adressait pas à moi directement.

— À qui alors ?

— À elle-même. Quand elle était assise dans sa chaise longue sur la terrasse ou dans le jardin d'hiver, elle parlait souvent toute seule.

Élise fait des ronds de jambe. Sarah sent qu'elle est sur le point de lui avouer quelque chose mais la jeune femme résiste. Après un silence, elle ajoute :

— Je crois qu'elle avait des regrets. À propos de certaines choses. De vous aussi. Je crois que vous lui manquiez.

Sarah étouffe une soudaine montée de colère ! Elle la contient en détournant la conversation.

— Il vous reste un peu de ce vin blanc que vous avez servi à table, ce midi ? Finalement, cette conversation m'a donné soif.

Élise se lève et apporte la bouteille. Elle semble consciente du petit effet que sa réponse a eu sur Sarah.

— Prenez-en aussi, Élise. Je déteste boire seule.

Élise va chercher un second verre, sans moufter.

— Dans ces moments-là, l'avez-vous entendue parler de ma naissance, de sa grossesse ? Ou d'un événement qui se serait passé quand elle était enceinte ?

Élise porte son verre à sa bouche avec lenteur, y trempe à peine ses lèvres, comme si elle réfléchissait ou se donnait une contenance. Puis, au moment où Sarah se dit qu'elle en fait un peu trop, Élise se lève brusquement.

— Désolée. Je n'ai jamais entendu Mme Beaumont aborder ce sujet. Je suis au regret de ne pas pouvoir vous être utile. Maintenant, si vous le permettez, j'ai encore du travail.

Élise fait un signe de la tête et sort de la pièce.

Interdite, Sarah reste plantée devant son verre. Après quelques secondes, elle finit d'une traite son chardonnay et quitte à son tour la cuisine.

Dehors, Nicolas et Jérôme descendent vers la mer, face au vent.

# 33

# J – 2

Le vieux aime porter des chapeaux. Ce n'est pas une coquetterie apparue avec l'âge. À vingt ans déjà, il aimait s'en affubler. Cette manière d'être, différente, avait le don d'attirer sur lui des regards curieux. Mais il a cessé de s'en préoccuper avec les années. Il assume le chapeau depuis longtemps. Le chapeau et tout le reste.

Son allure a toujours oscillé entre l'élégance et un côté « mauvais garçon » qui lui faisait choisir, selon son humeur, des panamas ou des borsalinos. Ses goûts apparaîtraient d'autant plus incongrus aujourd'hui où le style consiste justement à ne plus en avoir, à s'habiller de vêtements dépourvus d'originalité, de couleurs uniformes, où l'on semble surtout éviter de se faire remarquer.

Ses armoires abritent une véritable collection de couvre-chefs. Chacun d'eux est attaché à un souvenir : une rencontre, une histoire d'amour, une rupture, une anecdote. La vie du vieux se décline en chapeaux.

Mais s'il sait que chacun d'eux reste à sa place, ce n'est plus le cas de ses souvenirs. Alors il les écrit.

Cinq cent trente-quatre pages, des feuillets libres, numérotés en haut à droite, remplis d'une écriture appliquée. Le vieux n'a jamais supporté les claviers d'ordinateur ou tout autre appareil d'une complexité technique hors d'atteinte pour un homme comme lui. Ce monde-là, trop froid, l'a laissé depuis longtemps au bord de la route. Il préfère le stylo et l'encre noire, toujours la même. Ça aussi, ça fait partie de son style.

Il n'écrit pas plus pour soulager sa conscience que par goût du risque. D'ailleurs, rédiger un brûlot, le soir, dans sa cuisine, avec pour seul témoin un vieux chien qui ronfle dans son panier, ce n'est pas bien glorieux.

Il écrit par regret du monde que la Loi a définitivement relégué aux oubliettes.

Chaque jour, des témoins de cette époque disparaissent. Dans quelques mois ou quelques semaines, ce sera son tour. Alors pour partir l'esprit tranquille, pour que sa vie n'ait pas servi à rien, il remplit de feuillets une vieille boîte, parmi des dizaines d'autres, qu'il cache au fond de son armoire.

Sur la table de sa cuisine, d'une main encore sûre, le vieux rappelle des faits, quelques noms aussi. Il couche sur le papier l'histoire d'une armée de résistants tapie, depuis quarante ans, au cœur de la population et qui, dans un océan d'indifférence, tente de maintenir en vie une liberté dont on jouissait avant.

Tous les soirs, le vieux ressuscite ce qui s'est évanoui. Les mots lui viennent le plus facilement quand la journée s'achève et que l'obscurité offre une couche de protection supplémentaire.

Dans le halo d'une lampe, il arrive qu'un sourire apparaisse sur son visage. Parfois c'est une larme qui s'échappe malgré lui. Avec l'âge, il n'est pas rare qu'on se ramollisse un peu.

C'est le cas ce soir. Son stylo vient de tracer un nom. Lucie Beaumont. Depuis qu'elle est morte, il a beaucoup écrit sur elle, pour retenir sa présence entre les pages, comme on pique un coléoptère dans une boîte.

C'est elle qui lui a ouvert les yeux, ce qu'elle a entrepris lui a servi d'exemple. Son courage inébranlable, sa détermination, ses sacrifices. Lucie a été son inspiratrice. Sans elle, il aurait sans doute plongé la tête dans le sable, comme les autres.

Sa vue se trouble. La pointe de son stylo s'est arrêtée au beau milieu d'un mot.

Tout cela en valait-il la peine ? Lui qui a contribué à ce que tant de familles nombreuses puissent exister finit sa vie avec un chien malade pour seul compagnon. La vie a un sens de l'humour particulier.

Et ces pages qui s'accumulent auront-elles une quelconque utilité ? Peut-être pourriront-elles au fond de cette boîte, dont personne ne soupçonne l'existence dans cette petite maison qui, dans la rue que la nuit et le silence ont envahie, reste la dernière éclairée.

Bien sûr, il y a Sarah.

Il pourrait prendre son téléphone et tout lui raconter, en quelques heures, ce qui lui éviterait de se fatiguer les yeux comme ce soir.

## *J* – 2

Ce n'est pas ainsi qu'il voit les choses. Il faut qu'elle découvre cette histoire par elle-même. Les photos qu'il lui a envoyées, c'était pour susciter en elle cette envie de fouiller. Maintenant, c'est à elle d'agir. Le vieux a fait sa part. Il ne lui reste plus qu'à attendre.

Le temps presse.

# 34

# J – 2

Trois gros volumes sont dissimulés au-dessus de l'armoire.

Assise derrière le bureau de Lucie, elle aurait pu les voir facilement mais ce jour-là, son état de nervosité était tel qu'elle aurait manqué un pendu s'il y en avait eu un.

Les photos des deux premiers volumes ont été prises avant sa naissance. La vie d'alors semblait s'écouler dans un bonheur insouciant.

Sarah reconnaît sa mère, Parrain Jacques, mais les autres visages lui sont étrangers. Lucie y apparaît mondaine, souriante ou amoureuse. C'est une femme aux antipodes de celle que sa fille a connue. Il ne faut pas longtemps à Sarah pour repérer l'homme qui deviendra son père. C'est un choc de les voir ensemble, côte à côte. Son émotion est intense. Enfin un visage !

C'est fou comme elle lui ressemble. Charles est présent sur de nombreuses photos, jamais très loin de Lucie. Et quand celle-ci ne figure pas sur l'image, on la sent tout de même proche, hors champ, dans son regard à lui.

Il se dégage de cet homme autant de force que de douceur. Comme ces animaux sauvages que les enfants associent à des peluches mais dont les griffes peuvent tuer.

Sur ces clichés, sa mère donne l'impression d'avoir trouvé la personne robuste avec laquelle elle peut avancer dans sa vie.

Dans quel état la mort de Charles l'a-t-elle laissée ?

Sarah tourne les pages. Elle sait que ce bonheur ne durera pas et ne peut s'empêcher d'éprouver de la peine à la vision de leurs sourires, de leurs regards et de leur confiance en l'avenir.

Déchaînée, la mer envoie ses troupes à l'assaut de la plage. Le ciel profère des menaces qu'il ne met à pas encore à exécution. Pour l'instant, c'est le vent qui déploie les arguments les plus dissuasifs. Pas assez pour empêcher Nicolas de faire un tour de la propriété avec Jérôme.

Habillés pour affronter une tempête qui n'éclatera sans doute pas aujourd'hui, le père et le fils parcourent la plage. En sortant de la maison par la terrasse ouverte sur la grève, ils ont marché tout droit, jusqu'à ne plus pouvoir avancer sans se mouiller les pieds. Arrivé à cet endroit, Nicolas se retourne pour admirer la Villa. Le point de vue est magnifique. La propriété semble sortir des dunes qu'elle domine fièrement. Elle règne, altière, sur des kilomètres de plage et de collines à la végétation rase, désertes de part et d'autre.

La propriété est protégée, inaccessible. Mais de là où ils sont, on ne voit aucune trace de barrière ou de clôture.

— On dirait le château de Punitor !

Hilare, Jérôme brandit une figurine qu'il a sortie de sa poche.

— Elle ressemble à l'endroit où il cache ses armes et sa voiture. Sauf qu'il n'y a pas de sable autour mais des montagnes noires.

Nicolas commence à penser comme Sarah, qu'il faudrait peut-être modérer l'enthousiasme de son fils pour ce surhomme qui se déguise toutes les nuits en ver luisant dans des jeux en 4D de plus en plus réalistes.

— Si on longeait la mer pour voir ce qu'il y a plus loin ?

L'enfant dit « oui » à tout. Il est dans le repaire secret de Punitor. Quelques mètres devant son père, il court en zigzag, son personnage dans la main.

À marée basse, la plage est longue d'au moins cinq cents mètres. Seuls sont perceptibles le fracas des vagues, les hurlements du vent et les onomatopées de Jérôme. On pourrait se croire seul dans ce monde pourtant surpeuplé. Le sable est vierge de toute trace de pas. Ne s'y sont imprimées que les rides creusées par le vent et les mouvements de la mer.

Tout en marchant, les mains fourrées dans les poches de son anorak, Nicolas se retourne de temps en temps. Bien que les dunes aient pris le pouvoir sur le paysage, on distingue toujours le toit de la Villa.

Il faut marcher plus loin pour qu'elle disparaisse complètement. Le rivage amorce un tournant et le littoral surgit, presque en ligne droite. En avant-plan, à une poignée de kilomètres, le village en hauteur se devine à son église surplombant la mer. Plus loin encore, ce sont les falaises qui prennent le relais.

Nicolas a du mal à croire qu'on se trouve toujours dans la propriété de Lucie Beaumont. Pendant des dizaines d'années, cette femme s'est retranchée dans un véritable désert. Fallait-il qu'elle déteste le monde pour mettre autant de distance entre elle et lui !

Après une vingtaine de minutes de marche, la plage est barrée. Plusieurs rangées de piquets métalliques reliés par des rouleaux de fils barbelés rouillés forment une frontière infranchissable.

Quelques panneaux et pancartes supplémentaires avertissent encore les obstinés que toute intrusion dans cette propriété est passible de poursuites judiciaires.

Nicolas pourrait rebrousser chemin et parcourir l'autre portion de plage pour voir si elle est aussi longue que celle-ci mais couper par les dunes le tente davantage.

— On va rentrer à la Villa par un passage secret.

— Yes !

Punitor est aux anges. Le père et le fils s'éloignent du rivage en longeant la clôture qui s'érige, insolite, au milieu des monticules de sable.

Au sommet de l'un d'entre eux, Nicolas contemple cette immense étendue recouverte de végétation dont il ne soupçonnait pas la richesse.

À nouveau visible, la tour de la Villa veille sur le domaine. La forêt de pins qui la borde des deux côtés et qu'il prenait pour un modeste sous-bois forme une autre barrière naturelle aussi efficace que la mer. En effectuant un tour complet sur lui-même, il ne distingue aucun signe de présence humaine.

Soudain, il réalise que Jérôme n'est plus dans son champ de vision. Il y a quelques secondes encore, il dévalait une dune en faisant voler sa figurine. Mais là, Nicolas ne voit plus personne.

Sarah ouvre le troisième album.

Cette fois, la légèreté a quitté les visages.

Elle est née.

Une humeur sérieuse, presque solennelle, imprègne chaque page.

Sarah reconnaît la première photo. Elle dort, bébé, dans les bras de Lucie qui la regarde, visage penché de côté, sans expression.

C'est cette absence d'émotion qui la choque. Elle retrouve, immortalisée ici, ce qu'elle a toujours connu. Sur toutes ces images, on pose devant l'objectif mais le cœur n'y est pas.

— Jérôme !

Seul le vent lui répond. Le regard de Nicolas, paniqué, balaie les dunes avoisinantes. Chaque recoin du paysage est une cachette potentielle. Il tente de se rassurer : le gamin doit lui faire une blague.

— C'est pas drôle. Montre-toi, s'il te plaît.

Pas de réponse. Nicolas essaie de ne pas céder à une panique idiote. Qu'est-ce qui pourrait lui arriver, dans une propriété coupée du monde ? Personne n'a accès à cette partie du littoral. Il est impossible d'y faire une mauvaise rencontre. Punitor doit être en train de ricaner, caché derrière un tas de sable.

— Jérôme, sors de ton trou maintenant !

Rien ne bouge. Nicolas reste dressé sur le sommet de son belvédère. De là, il finira bien par percevoir quelque chose.

— Réponds-moi !

L'affolement commence vraiment à le gagner. Ça ne ressemble pas à son fils de faire des plaisanteries aussi longues.

Soudain, un cri d'enfant déchire le silence.

Sarah grandit. Charles a bel et bien disparu, Lucie a tourné le dos au monde et à son art.

Elle pose, petite fille, avec sa maman. Elle a six ans, huit, douze. Même si elle était pleine de vie, on voit qu'elle essaie de trouver sa place. Sarah éprouve de la compassion pour l'enfant qu'elle était.

Soudain, elle marque un temps d'arrêt. Sarah se retrouve en terrain connu. Les photos qui lui ont été envoyées par la poste sont extraites d'une série qui s'étale au complet sous ses yeux. L'expéditeur ne les a pas empruntées à cet album puisqu'elle en reconnaît deux. Celles qu'elle a reçues ont donc été tirées en plusieurs exemplaires.

Une idée lui traverse l'esprit. À l'époque de la pellicule, on ne montrait que les photos réussies.

Celles qui étaient ratées restaient dans des tiroirs ou des boîtes. Comme le prouve l'état de ce bureau, sa mère ne jetait rien. Alors où sont passées les photos que Lucie Beaumont n'a pas collées ici ?

Nicolas se tourne vers l'endroit d'où le son provient. Il ne voit rien d'autre que ces innombrables vagues de sable, avec la maison au fond. Il appelle encore plusieurs fois son fils, sans résultat. Il n'y a eu qu'un seul cri, bref. Impossible de déterminer s'il a été provoqué par la peur ou la douleur. Jérôme a pu tout aussi bien voir un animal que trébucher ou se tordre le pied. Nicolas essaie de se convaincre que ce n'est sûrement pas grave.

— Jérôme ! Où es-tu ?

Il hurle contre le vent.

Ça fait maintenant plusieurs minutes qu'il l'a perdu de vue, le temps qu'il faut pour parcourir une centaine de mètres. Il a beau concentrer toute son attention sur l'endroit où il croit l'avoir entendu, il ne perçoit aucun mouvement. S'il quitte sa position maintenant, il risque de le perdre. En même temps, il lui est insupportable de rester planté là.

Si l'enfant s'est fait mal, il entendrait au moins des pleurs ou des gémissements ! Mais à part ce fichu vent ou le ressac lointain, rien ne retentit.

N'y tenant plus, Nicolas dévale la dune et se rue vers ce qu'il croit être l'origine du cri. La progression dans le sable est pénible. Très vite, il commence à douter de la direction à prendre. Toutes ces dunes se ressemblent.

— Jérôme !

Le gamin n'est nulle part. Un enfant ne se volatilise pas comme ça, tout de même ! Si Jérôme s'est perdu et s'il n'a pas le réflexe de s'orienter par rapport à la mer ou à la Villa, Nicolas n'est pas près de le retrouver.

Sarah découvre à présent, cachée au fond d'une étagère, plusieurs boîtes à chaussures. Elle en saisit une et en soulève le couvercle. Les photos ratées sont bien là, avec les enveloppes de négatifs. Sarah éprouve l'excitation de l'archéologue sur le point de faire la trouvaille qui va le rendre célèbre.

Elle s'assied sur le tapis, devant l'armoire ouverte. Fébrile, elle examine chaque image, recto, verso. Ses yeux scannent tous les détails.

La plupart de ces clichés sont bons pour la poubelle.

Puis elle tombe sur une série de quatre photos, grand format, prises le même jour, au même endroit, à quelques secondes d'intervalle. Les clichés sont quasiment identiques. Sarah connaît bien l'un des quatre. C'est celle où on la voit poser au côté de Lucie devant la Villa.

Ce qui inquiète Nicolas par-dessus tout, c'est le silence. Si Jérôme s'affolait, il se ferait entendre. Il appellerait à l'aide, il répondrait aux appels de son père. Le vent souffle fort mais pas au point de couvrir la voix d'un enfant.

Les baskets de Nicolas sont alourdies par le sable. Il a gravi une nouvelle dune, pour se repérer. Il scrute les environs de toutes ses forces. Le paysage a l'air trop calme tout à coup. Un calme insupportable.

Cinq minutes ont passé. Peut-être dix ? Il a l'impression de tourner en rond, de courir pour rien.

— Jérôme !

Ses yeux cherchent des traces de pas qui lui indiqueraient par où son fils est passé. Il redescend en courant. Hors d'haleine, il s'étale de tout son long, à bout de forces, du sable dans la bouche.

Derrière lui, sur sa gauche, il croit entendre comme un gémissement. Il s'arrête de respirer. Les battements de son cœur cognent dans ses tempes.

Elle a posé côte à côte les quatre photos devant elle. Ensemble, elles forment une séquence.

Guidée par une intuition, Sarah s'abîme les yeux à passer de l'une à l'autre. Quelque chose cloche dans cet assemblage, un hiatus qu'elle ne comprend pas encore. Un défaut, comme dans le jeu des sept erreurs.

L'effet de la loupe lui donne l'impression d'être à l'intérieur de l'image. De nouveaux éléments apparaissent. Des impressions anciennes refont surface. Ses sens se réveillent. Elle a sept ans. Huit, tout au plus. Lucie a suggéré que l'on profite du beau temps. Parrain Jacques a chargé un nouveau film dans son appareil. Sarah est excitée. Elle adore prendre des poses farfelues. C'est Jacques qui a l'idée de les installer devant la Villa. Son ombre apparaît sur le sable, en avant-plan. Sarah bouge, saute, s'amuse à tourner autour de sa mère. Elle attire l'attention. Mais ce n'est pas elle qu'il faut regarder.

Sarah se penche au-dessus d'une des quatre photos. Elle sent que le détail qu'elle cherchait s'y trouve. Uniquement sur celle-là. Voilà. Ce n'est pas à l'avant-plan qu'il fallait regarder mais derrière.

Dans la maison.

— Jérôme, je suis là !

Nicolas trébuche une demi-douzaine de fois en escaladant la dune derrière laquelle il a cru l'entendre.

Arrivé au sommet, il découvre une sorte de clairière où son fils est assis, au centre, le visage marqué par la terreur. Nicolas se jette sur son fils et le serre dans ses bras.

— Tu m'as fait une de ces peurs ! Pourquoi tu ne me répondais pas ? Je t'appelle depuis dix minutes. Tu n'as rien entendu ? Que s'est-il passé ?

Il ne lui laisse pas le temps de répondre. Le gamin est secoué de tremblements. Des larmes coulent sur son visage. Il ne dit rien mais tend le bras vers un point derrière Nicolas. L'endroit que l'enfant désigne, une enclave entre deux dunes balayées par le vent, est vide.

— Tu as vu quelque chose ? C'était quoi ?

Jérôme est toujours pétrifié, le regard fixe. Nicolas le tient serré dans ses bras.

— Tu n'as plus rien à craindre maintenant ! Qu'est-ce que c'était ? Qu'est-ce qui t'a fait peur ?

— Là ! Il… il était là !

Son souffle est court. Son corps, dans les bras de Nicolas, tendu par l'effroi.

— Qui, Jérôme ? Qui était là ?

Le visage de Nicolas se tient à quelques millimètres de celui de son fils. Il lui parle doucement pour ne pas le brusquer davantage.

— Dis-moi. Qui était là, Jé ?

La respiration de Jérôme s'apaise. Ses yeux croisent ceux de son père. Sa bouche s'entrouvre.

— Lui.

Il glisse sa figurine entre son visage et celui de Nicolas.

— Le Punitor !

Le fond de l'image n'est pas passif, la maison les surveille.

Dans la tour, dressée comme un périscope, une forme apparaît, sombre et floue.

Ce n'est pas un défaut ou une poussière sur l'objectif.

Quelqu'un les observe derrière une des fenêtres.

## 35

## J – 2

C'était pas le bon moment. Trop tôt, m'a dit Lili. J'ai failli tout faire rater.

Elle est furieuse. Contre moi et contre elle. Elle dit qu'elle aurait dû m'enfermer à double tour. Ça ne serait pas arrivé.

Mais ce sera quand, le bon moment ? Il va falloir que je le devine tout seul ? Ça commence à être long.

Quand je les ai vus marcher vers la mer, tous les deux, j'ai pas réfléchi, ça a été plus fort que moi. J'ai tellement envie de voir à quoi ils ressemblent, de près. Dans la maison, c'est presque impossible. Dehors, au moins, je peux m'approcher sans être vu. Enfin, je le croyais !

Comme ils avaient pris de l'avance, j'ai coupé par les dunes. Je les connais par cœur. Tout le monde croit qu'elles bougent avec le vent mais ce n'est pas vrai. J'en connais chaque recoin. C'est mon domaine, ma vie. Je sais où je peux me cacher, où je peux devenir invisible.

Comme le type est grand, je les ai vite repérés.

Ils ont d'abord longé la mer. Quand ils sont arrivés à la frontière, ils ont rejoint les dunes au lieu de faire demi-tour. Du coup, pour moi, c'est devenu plus compliqué de les suivre.

À un moment, j'ai vu le petit s'éloigner de son père. Lui, il regardait le paysage. Il a été distrait pendant quelques secondes, pas plus. Quand il s'est retourné, le gamin n'était plus là.

Alors, j'ai dû choisir. Je ne pouvais plus rester à côté des deux en même temps. J'ai préféré suivre le petit. Il est rigolo, il parle tout seul, il fait des jeux dans sa tête, un peu comme moi.

Heureusement que je suis bien entraîné et que j'ai du souffle, parce que suivre le gamin, tout en gardant un œil sur le père et rester invisible pour tout le monde, c'est compliqué. C'est grâce à ma gym que je suis capable de faire ça.

Le père s'est mis à crier le nom du gamin. Il a paniqué. Moi je sais que les dunes, c'est comme un labyrinthe : si tu lâches la main de quelqu'un, c'est foutu.

Le petit n'a rien entendu. Le vent faisait trop de bruit. Il a continué à s'éloigner, en se racontant des histoires.

J'aurais dû rentrer à la Villa à ce moment-là, je sais. Mais j'ai continué à suivre l'enfant.

On n'entendait plus les appels du père. Moi, je gardais toujours un œil sur les deux mais c'était de plus en plus difficile, parce que la distance s'agrandissait entre eux.

Un moment, je me suis couché au sommet d'une dune pour repérer où était le père. J'ai vu une forme s'agiter au loin. Ça m'a rassuré. Mais quand je me suis retourné, le petit avait disparu. J'ai suivi une crête entre deux sommets, le dos courbé. Pas de gamin, ni à gauche ni à droite. Le père aussi, évaporé. Alors je me suis redressé, prudemment. Et tout à coup, je l'ai vu.

Le gamin était juste devant moi, en train de jouer.

C'est là que j'ai été stupide. Si j'avais eu le bon réflexe, je me serais planqué. Mais au lieu de ça, je suis resté debout, face à lui, sans oser bouger.

On est restés comme ça pendant un petit temps, lui en train de jouer, moi les pieds collés au sol. Et puis, il a levé la tête.

Personne ne doit me voir, pas même un enfant, personne ne doit savoir que j'existe, c'est la règle, depuis toujours, dictée par la vieille et répétée par Lili des centaines de fois.

Le petit a arrêté de gigoter avec son jouet, il est resté le bras en l'air, en me regardant avec ses grands yeux ronds. Là j'aurais dû réagir, faire quelque chose mais j'y arrivais pas.

On s'est regardés sans bouger pendant encore quelques secondes. Ça cognait dans mon crâne. Tout mon corps transpirait. Et puis tout à coup, on a réentendu la voix du père qui l'appelait, au loin.

Alors, le petit a crié. Un petit cri d'animal, aigu, insupportable.

Ça m'a donné comme un coup de fouet. Mes pieds se sont enfin décollés du sable et je me suis sauvé.

Je suis rentré à la Villa en un temps record. Depuis, je ne quitte plus ma cave.

Je sais que j'ai fait une bêtise, que c'était trop tôt, que je ne pourrai sortir que lorsque le plan de Lili l'aura prévu.

Pas avant.

# 36

## J – 2

Perdue entre la Villa et la mer, une petite tache jaune lutte contre le vent. Le capuchon de son ciré rabattu sur la tête, Sarah ressemble à un marin ballotté par la tempête.

Retrouver l'endroit exact où a été prise la photo qu'elle tient à la main relève de l'exploit. Un œil sur le paysage, l'autre sur le cliché, elle peine à les superposer. Ce ne sont pas tant les années séparant les deux images qui rendent l'exercice difficile mais la différence de conditions atmosphériques : l'instantané sent l'été, le sable chaud, alors que le décor est aujourd'hui écrasé par un ciel tempétueux.

Les yeux plissés pour éviter le sable que les bourrasques soulèvent, Sarah n'y voit quasiment rien. Le capuchon lui recouvre la moitié du visage. Sortir par ce temps pour comprendre la nature de l'ombre qui apparaît dans la tourelle n'était pas l'idée la plus brillante de la journée.

Mais la persévérance fait partie de sa nature. Elle tient la photo à deux mains, tout près de son visage, s'y agrippe comme si ce bout de papier allait l'empêcher de s'envoler. Dans son champ de vision, les deux maisons se tiennent côte à côte : la fausse avec un reflet sombre dans la tourelle et la vraie, sans tache.

— Sarah !

À grandes enjambées, Nicolas dévale une dune pour rejoindre la plage. Sur ses épaules, Jérôme donne l'impression d'être assis sur un cheval au galop dont il ne maîtrise pas la course.

— Qu'est-ce que tu fous ? Il faut rentrer !

Nicolas lui adresse la parole comme s'il y avait une tornade à deux mètres derrière elle.

— Qu'est-ce qui se passe ?

Ses traits ne présagent rien de bon. Sur les épaules de son père, l'enfant reste muet.

— Rien de grave ?

— Je te dirai à la Villa ! Qu'est-ce que tu fabriques avec cette photo ?

Sarah lui tend le cliché. Le tenant devant son visage de sorte que lui aussi puisse comparer l'image à l'original.

— Regarde la tour.

Nicolas se concentre sur le détail mais il a visiblement d'autres priorités.

— Il y a une tache sur cette photo. Qu'il n'y a pas sur les autres prises le même jour.

— Où veux-tu en venir ?

— Je voulais juste vérifier si ce n'est pas l'angle de prise de vue qui crée cette ombre dans la tour. Et ce n'est pas le cas. Il y avait donc quelqu'un dans la maison le jour où cette photo a été prise.

Nicolas fixe le toit de la Villa.

— Oui. Comme aujourd'hui.

Sarah se tourne vers la maison. Elle vacille. L'ombre dans la tour est plus grande que sur la photo mais la position est la même. Droite, immobile. Une statue tournée vers le large, vers eux.

— Élise ?

Le prénom de la jeune femme est à peine susurré par Sarah qu'il est emporté par une rafale de vent.

— Évidemment, c'est Élise. Qui veux-tu d'autre ?

Élise les observe. Sarah fixe la tour. Nicolas se tourne vers son épouse, irrité.

— Quelqu'un vous observait de la tour et alors ? Il n'y a pas de quoi se mettre dans un état pareil.

Nicolas lui prend la main. Sarah se laisse entraîner. Sans parvenir à quitter l'ombre des yeux, dont elle sent le regard sur elle, tout au long du chemin qui mène à la Villa.

— Élise ?

La jeune femme les rejoint dans le grand salon. Quelque chose passe dans son regard au moment où il croise celui de Sarah, comme un éclair de défi. Lorsqu'il se pose sur Nicolas, la lueur a disparu. Sarah commence à se demander si son imagination ne lui joue pas des tours. Pourtant, ça ne peut pas être Élise, l'ombre de la photo, elle ne devait même pas être née à l'époque, il doit s'agir de quelqu'un d'autre, en visite ce jour-là, le frère aîné de sa mère ou un de ses enfants.

— Qu'est-ce que tu en penses, Sarah ?

La question de Nicolas la ramène brusquement dans le salon. Elle n'a rien entendu de la conversation en cours.

— De quoi ?

— D'appeler la police.

— Pourquoi la police ?

Si « tomber des nues » n'était pas qu'une expression, la chute de Sarah serait vertigineuse. Tous les regards sont tournés vers elle, en attente.

— Excuse-moi. J'étais distraite.

L'agacement de Nicolas est flagrant.

— Ton fils a vu quelqu'un dans les dunes qui lui a fichu la frousse de sa vie. Un rôdeur, sans doute.

Quelqu'un dans les dunes ? Son pouls s'accélère. Elle se tourne vers Jérôme, qui joue avec ses bonshommes dans un coin de la pièce, loin de leur discussion, apparemment apaisé. Elle le rejoint et s'accroupit à sa hauteur.

— Ça va, mon grand ?

Le pouce levé de son fils la rassure un peu.

— Il ressemblait à quoi, ce monsieur ? Tu as vu son visage ?

Jérôme fait « non » de la tête, sans se détourner de ses figurines.

— Il était comment ?

— Super grand ! Énorme ! Et tout noir !

— Ce sont ses vêtements qui étaient noirs ?

Nicolas s'est approché d'eux.

— Le type était au sommet de la dune, sans doute à contre-jour. Jérôme a cru que c'était Punitor.

Sarah ne peut réprimer un sourire. Elle reste concentrée sur son fils.

— Il me regardait sans bouger, comme s'il allait me sauter dessus. Alors j'ai crié.

— Et après ?

— Il est parti.

— Il ne t'a rien fait ?

— Non, rien.

Jérôme retourne à ses jeux. Sarah lui glisse sa main dans les cheveux, lui secoue tendrement la tête. Elle se relève, à moitié rassurée.

— Pourquoi crois-tu que c'était un rôdeur ?

— Un promeneur ne serait pas resté au sommet d'une dune pendant près d'une minute à l'observer, comme s'il avait des intentions bizarres. Il lui aurait demandé s'il était perdu ! Il vaudrait peut-être mieux prévenir la police. Apparemment, c'est la première fois que ça arrive.

Sarah se tourne vers Élise.

— Depuis tout le temps que vous vivez ici, vous n'avez jamais croisé personne dans la propriété ? Il doit pourtant y avoir des touristes qui se perdent de temps en temps, non ? De votre perchoir, là-haut, vous n'en avez jamais aperçu ?

La petite lueur est de retour. Sarah n'avait peut-être pas rêvé, après tout.

— Jamais, madame. La propriété est bien protégée.

Nicolas revient à la charge.

— Pas tant que ça, apparemment. Qui vous dit qu'il n'y a pas des vagabonds dans le sous-bois ?

— Il y a les clôtures qui…

— Élise, sur des kilomètres de clôtures, pouvez-vous me jurer qu'il n'y a aucun endroit où il soit possible de se faufiler ?

La jeune femme ne répond pas.

— Et des voisins ? Vous devez bien en avoir ?

— Ils sont loin. Chacun reste chez soi dans la région.

Sarah s'approche d'Élise.

— Êtes-vous toujours seule, Élise ?

— Je vous demande pardon ?

Le ton de la conversation change.

— Depuis que ma mère est décédée, il n'y a plus personne d'autre que vous ici. Moi, à votre place, je ne me sentirais pas toujours très à l'aise. Et si la personne qui a effrayé mon fils ne venait pas de l'extérieur ?

— Que voulez-vous dire ?

— Pardonnez-moi, je réfléchis tout haut... Et si elle vivait ici... *dans* la propriété ?

Sarah a pris un ton ferme, elle scrute les expressions de la jeune femme qui paraît déstabilisée, même si elle essaie de le masquer. Ses lèvres, légèrement tremblantes, la trahissent.

— Il n'y a personne ici. Personne d'autre que nous.

Sarah se montre faussement rassurante.

— Si vous recevez de la visite de temps en temps, vous pouvez nous le dire. C'est votre droit. Vous vivez ici, après tout.

— Je ne reçois personne, madame Vasseur.

Élise croise les bras sur sa poitrine, comme pour se donner une contenance et dissimuler son malaise. Elle semble jouer le rôle de la domestique offusquée. Sarah insiste.

— Vous devez bien avoir un petit ami, une relation. Un amoureux.

La jeune femme semble garder son calme avec de plus en plus de difficultés.

— Je n'ai jamais reçu aucun homme sous ce toit, ni du vivant de votre mère, ni depuis son décès, maintient-elle.

La conversation s'enfonce dans un cul-de-sac. Il est plus que vraisemblable qu'Élise ne dit pas toute la vérité, mais elle ne cédera pas aujourd'hui.

— Bien. Cependant, je ne pense pas qu'il soit nécessaire d'appeler la police. Vous êtes d'accord ?

— Je crois en effet que ce n'est pas utile, madame Vasseur.

Nicolas semble contrarié de ne pas avoir clos le débat lui-même. Sans lui laisser le temps de le relancer, Sarah lui jette son ciré jaune.

— Tu peux me pendre ça dans le hall d'entrée, s'il te plaît ? J'ai quelque chose à vérifier.

Photo à la main, elle monte quatre à quatre les volées d'escaliers qui la conduisent au grenier puis à la tourelle.

Le contrechamp de l'image lui apporte enfin un élément de réponse.

Si on la photographiait maintenant depuis la plage, le cliché montrerait que Sarah, malgré sa taille moyenne, occupe plus d'espace derrière la fenêtre que cette ombre du passé.

Ce ne pouvait donc être qu'un enfant qui était dans la petite tour ce jour-là.

# 37

# J – 2

— Je ne comprends pas pourquoi tu te mets dans tous tes états pour une ombre minuscule perdue dans une image du passé ?

Des rouleaux de papier sous le bras, Nicolas reste immobile à l'entrée du bureau de Lucie Beaumont. Le sol est littéralement recouvert d'une centaine de photographies. Il ne reste plus un coin où poser le pied. Et au milieu de ce tapis de souvenirs, Sarah est assise, pieds nus, les jambes en tailleur.

— Ma mère vivait coupée du monde. Cette petite tache est très bizarre.

— Il ne t'est pas venu à l'esprit qu'elle ait pu inviter des gens mais que tu ne t'en souviennes plus ?

Sarah lui adresse un regard assassin.

— Si des amis étaient présents ce jour-là, pourquoi ne figurent-ils pas sur la photo ? Si j'avais eu de la visite, je ne serais pas sortie faire des photos seule avec mon fils sur la plage. Je sais qu'il y avait un enfant dans cette tour !

Nicolas marque un silence.

— Très bien. Et alors ?

Sarah explose.

— Ma mère m'a toujours tenue éloignée de cette maison, comme s'il n'y avait jamais eu de place pour moi, et un autre enfant se trouve ici ? Tu ne comprends pas que c'est incohérent ?

— De toute façon, ta mère n'est plus de ce monde pour répondre à tes questions.

— Il me reste celui qui a pris cette photo !

Sarah lance à Nicolas le sourire de celle qui a encore des cartes dans sa manche mais en réalité, elle n'est pas en position de se vanter : depuis leur visite chez le généalogiste, les heures qu'elle a passées à chercher les coordonnées de M. Jacques Grangez, frère de Lucie Beaumont, se sont soldées par un échec. À l'heure de la géolocalisation imposée à tous, alors que rien n'est plus facile que de suivre la trace de n'importe qui dans ce pays, Parrain Jacques semble avoir parfaitement disparu !

Nicolas sent qu'il vaut mieux abandonner pour l'instant. Il s'appuie sur le chambranle de la porte, face à la fenêtre du bureau aux rideaux entrouverts. Des cris d'oiseaux marins, pesants, presque inquiétants, leur parviennent.

— Peut-être finiras-tu par tomber sur quelque chose… Comme moi ! Je ne cherchais rien et voilà ce que j'ai trouvé !

Il lui montre fièrement les rouleaux de papier jauni qu'il tenait sous le bras.

— Les plans originaux de la Villa ! Je les ai découverts dans le grenier, au fond d'une malle ! Ils sont même datés !

Sarah partage la joie enfantine de son mari par un petit sourire et replonge dans son océan d'images.

Jusqu'à présent, son classement tourne autour de quatre visages familiers : le sien et ceux de Lucie, Charles et Jacques.

Mais pour la plupart, ces clichés sont purement anecdotiques et Sarah commence à se demander si elle ne perd pas son temps.

Pourtant, comme pour l'ombre dans la tourelle, elle a l'intuition qu'un indice se trouve sous ses yeux et qu'elle est passée plusieurs fois dessus sans s'y arrêter.

Des centaines de regards figés dans le temps sont braqués sur elle. Tous semblent vouloir attirer son attention. Mais plus elle se concentre sur chacune de ces photos, plus l'impression s'éloigne.

Peut-être fait-elle fausse route. Peut-être faudrait-il qu'elle prenne du recul, qu'elle arrête de scruter ces vestiges du passé un par un, qu'elle considère plutôt l'ensemble qu'ils forment de loin.

Mais non, ce nouvel angle ne provoque pas plus de révélation.

Sarah décide de laisser les photos de côté pour un temps. Une dizaine d'enveloppes contenant des négatifs l'attendent. Cette manie qu'avait sa mère de garder absolument tout dépasse l'entendement mais grâce à cela, une surprise pourrait surgir.

En transparence, Sarah reconnaît les mêmes visages, les mêmes situations, les mêmes sourires, à cette différence près que l'inversion des valeurs lumineuses propre aux négatifs leur donne l'aspect effrayant de morts-vivants. On dirait des fantômes qui vous invitent à les rejoindre dans un autre monde.

La lassitude commence à la gagner lorsqu'elle extirpe d'une petite enveloppe scellée une dizaine de bandelettes de négatifs qu'elle ne parvient pas à identifier.

Elle s'approche de la fenêtre, écarte les rideaux pour obtenir davantage de lumière, entreprend de fixer les bandelettes avec de l'adhésif sur la vitre, à contre-jour, et de les examiner à la loupe.

Et tout à coup, un visage neuf fait irruption, celui d'un enfant qu'elle n'a encore vu nulle part.

Sa coiffure est ce qui l'identifie le plus, une mèche de cheveux qui lui coupe le front en deux, en diagonale.

La main de Sarah tremble un peu.

L'inconnu figure partout et l'un des négatifs le montre accompagné de Lucie Beaumont.

Cette série d'images est jumelle de celle sur laquelle figurent Sarah et Lucie Beaumont devant la Villa. Ce sont les mêmes poses, le même décor !

Tout en scrutant ces clichés invraisemblables, une drôle de phrase se met en place dans sa tête.

*Ma mère pose avec l'ombre.*

Une ombre qui, depuis quelques minutes, a trouvé un visage et une coiffure qu'elle ne peut s'empêcher de trouver ridicule.

Prise d'un vertige, Sarah s'appuie sur le bras d'un siège. Naïvement, elle ne s'attendait pas à ce que le passé, ainsi réveillé, lui délivre de mauvaises surprises.

Sur l'enveloppe qui contenait les négatifs, une étiquette dorée porte les coordonnées de la boutique où les films ont été développés. L'adresse correspond à une ruelle du village voisin.

Sarah détache les pellicules avec prudence, s'approche du centre de la pièce, s'accroupit face aux clichés encore étalés sur le tapis, toujours muets et inutiles, et commence à les ranger dans leurs boîtes.

Il flotte toujours une impression de dissonance. Ces photos semblent encore lui crier quelque chose qu'elle ne parvient pas à entendre.

Une autre image l'attire alors, une des rares où l'on voit Parrain Jacques qui arbore le sourire gêné de ceux qui préfèrent rester cachés. D'ailleurs, il l'est : une partie de son visage est mangée par l'ombre de son chapeau, un chapeau à large bord, comme en portaient les cowboys.

À cet instant, Sarah est gagnée par la certitude que Parrain Jacques est vivant.

# 38

# J – 2

La fatigue l'a assommée d'un coup. Les émotions, mélangées au grand air, ont vaincu sa résistance. Une seule pensée l'occupe : sombrer dans le sommeil, oublier cette journée pendant quelques tours d'horloge.

Le dîner lui a asséné le coup de grâce. Sa demande auprès d'Élise n'a servi à rien. Au menu, il y avait encore de quoi nourrir un régiment d'affamés.

Dans la salle de bains, ses gestes sont maladroits. Habituée à ce que tout soit automatisé, comme dans la sienne, commande de la douche, réglage de la température, dosage de shampoing, elle peine à synchroniser ses mouvements, d'autant que l'espace est plus petit que chez elle. Mais plus chaleureux aussi, avec son vieux carrelage crème, ses meubles en bois, sa baignoire ovale sur pieds et sa petite fenêtre qui donne sur la partie boisée de la propriété d'où elle voit les arbres frémir au vent.

— Tu as raison, je crois.

Nicolas chuchote comme s'il craignait que sa voix ne traverse les murs.

Sarah sort de la salle de bains et le découvre, allongé sur le lit, un des plans qu'il a volés dans le grenier sur les genoux.

— Élise. Je la trouve un peu bizarre.

Sarah se glisse dans les draps.

— À quoi doit-on cette soudaine prise de conscience ?

— Ça ne t'angoisserait pas de vivre dans une grande maison vide, au milieu de nulle part ?

— Je pensais que tu adorais la Villa.

— De là à y rester seul… C'est un tel désert !

Nicolas replie le plan. Sarah a déjà les yeux fermés et glisse lentement dans un sommeil bienvenu.

— Elle n'a pas toujours été seule.

— Ta mère ou rien…

Nicolas éteint la lumière et vient se coller à Sarah. Sa main s'est glissée sous la chemise de nuit et remonte vers sa poitrine.

— Non Nicolas, pas ici, pas dans cette maison.

Mais bien que la Villa pèse sur ses pensées et suscite en elle un malaise, Sarah se laisse doucement gagner par le même désir.

Ils font l'amour sans bruit, presque sans bouger.

Elle a gardé les yeux fermés. Différentes réalités se mélangent. Puis la respiration profonde et régulière de Nicolas s'éloigne peu à peu. Bientôt ne lui parvient plus qu'un bruit de fond que finissent par couvrir ses propres battements de cœur.

Autour d'elle, des arbres apparaissent, immenses. Au milieu se dessine un chemin de terre. Elle court, son allure est soutenue. Mais curieusement elle n'avance quasiment pas. Tout le monde la dépasse, même les marcheurs. Ses pas l'entraînent malgré tout dans un sous-bois. Sa progression aléatoire est encore ralentie par la végétation. Tout le monde a disparu, il fait de plus en plus sombre, elle titube plus qu'elle ne marche. Soudain, elle entend Jérôme l'appeler à l'aide. Pour lui porter secours, il faut passer à travers une haie. Sarah peine à écarter les branches, elle se griffe le visage et les avant-bras. Après un ultime effort, elle débouche sur une plage de sable fin, déserte. C'est l'été. Son fils n'est pas là. Les cris ont cessé. Sarah reprend sa course. Le sable lui brûle les pieds. Au loin apparaît une forme, comme un mirage. Elle s'en approche. Une chaise longue est installée, près de la mer. Elle s'y allonge, ferme les yeux quelques instants. Quand elle les ouvre, sa mère se tient à côté d'elle, assise sur une autre chaise longue, qui lit une revue. Elles ont toutes les deux le même âge. Devant elles, deux enfants jouent, assis sur la plage. Le plus jeune est Jérôme. L'autre porte une drôle de coiffure. Une mèche de cheveux lui tombe sur les yeux. Lucie se penche vers elle, sans la regarder.

— Il s'appelle comment ?

— Jérôme. Et le vôtre ?

— Sa coiffure n'a rien de ridicule, tu sais.

— Pardon ?

— Je sais ce que tu penses, toujours à juger les autres.

— Mais pas du tout.

— C'est beaucoup mieux comme ça, crois-moi. Les cheveux dans le visage. Ça lui va mieux. Regarde.

Lucie appelle l'enfant qui relève la tête en se tournant vers elle. Un léger coup de vent renvoie ses cheveux en arrière. Sarah étouffe un hurlement.

À la place des yeux, le visage du garçon présente deux trous noirs.

Sarah se redresse dans son lit en suffoquant. Nicolas ne se rend compte de rien.

Les images étaient si réelles qu'elle se demande, pendant quelques secondes, si elle n'est pas toujours en train de dormir. Cet enfant aux yeux morts, elle aurait pu le toucher.

Dehors, le vent mugit, décoche des rafales de pluie sur les fenêtres de la Villa. Il veut entrer, forcer les portes, soulever les tuiles, tout balayer sur son passage. Mais la maison tient bon. Tout ce qu'elle abrite doit être protégé. C'est la raison pour laquelle elle a été construite. Elle reste inébranlable malgré ses boiseries qui craquent dans la nuit, ses tuyauteries et ses canalisations qui vibrent, ses fondations qui grondent. Ce sont les bruits d'une maison qui veille sur ses secrets.

L'ombre a quitté la tour. Elle file sur le mur du hall d'entrée. Elle n'a pas de corps, simplement projetée sur le sol, les meubles et les cloisons. Elle glisse vers l'escalier qui conduit au premier étage. Elle connaît le chemin, un plan serait inutile. Elle est chez elle.

Sans un bruit, l'ombre grimpe les marches qui ne grincent même pas. Elle disparaît dans un angle pour réapparaître là où on ne l'attend pas.

La voilà à présent au premier étage. Le couloir est plongé dans une obscurité épaisse. Le silence est profond. En apparence, rien ne témoigne d'une présence humaine. Cela fait tellement longtemps que ces pièces sont vides. Mais ce soir, le silence est différent. Il est habité, il respire.

## *J – 2*

L'ombre se traîne d'une porte à l'autre, sans faire plus de bruit qu'une page de livre qu'on tourne. Elle a l'oreille fine, reconnaît tous les sons de la demeure avec laquelle elle fait corps. Elle s'arrête enfin devant une porte. L'ombre a identifié la respiration pour laquelle elle s'est faufilée jusqu'ici.

Écouter quelqu'un immergé dans le sommeil est très instructif. La respiration, comme la voix, diffère d'une personne à l'autre.

Aucune clenche n'a été manipulée, aucun grincement n'a retenti et pourtant l'ombre est déjà à l'intérieur.

Elle s'immobilise à quelques pas du lit où deux formes reposent. Un rai de lumière s'est frayé un chemin entre les tentures, coule le long du guéridon, éclaire une partie de la chambre.

L'ombre s'approche du lit. L'homme dort sur le flanc, bouche ouverte. Sa respiration est bruyante, presque vulgaire. Lui d'ordinaire si distingué se révèle d'une grande banalité dans le sommeil. On devrait être présenté aux gens quand ils dorment. Cela éviterait bien des déconvenues.

L'ombre se redresse, fait le tour du lit. Le contraste est saisissant. La femme est allongée sur le dos, visage tourné vers le plafond, en partie éclairée par le bleu de la nuit. Sa respiration tient du soupir. L'ombre s'approche de l'endormie jusqu'à sentir la caresse de son souffle sur le visage. La lumière bleue qui la caresse l'embellit.

La ressemblance avec la vieille est frappante. C'est le même visage, plus jeune d'une quarantaine d'années : la largeur du front, l'arête du nez, la forme du menton. Il s'en dégage même une sévérité et une froideur familières.

L'ombre pouvait contempler le visage endormi de la vieille pendant des heures. Ses traits étaient toujours concentrés, comme si le sommeil était pour elle un état auquel il ne fallait pas se laisser aller facilement, une concession accordée de mauvaise grâce.

Avec des gestes lents, l'ombre s'allonge à côté de la jeune femme, au-dessus des couvertures. La place n'est pas bien grande. La fille de la vieille lui tourne le dos, murmure des mots incompréhensibles. Ses cheveux dégagent un parfum de fleurs fraîches.

L'ombre colle son corps au sien, adopte la même position qu'elle, se met à respirer au même rythme qu'elle. Bientôt, elles ne forment plus qu'un.

Personne ne peut dire combien de temps dure un songe. On se réveille en pensant qu'il se compte en heures alors qu'en réalité il ne se prolonge pas au-delà de quelques secondes.

Sarah se réveille avec un puissant mal au crâne. Des courbatures sans doute causées par la vétusté du sommier rendent pénible toute tentative de se redresser dans le lit. Derrière les tentures, le jour commence à poindre. La pluie semble avoir cessé, le vent est retombé. Le calme règne dans le sous-bois et la maison. À ses côtés, Nicolas dort toujours. Sarah fixe le plafond. Des images lui restent dans la tête, confuses. Elles s'effaceront quand elle sera complètement éveillée.

Dans le couloir, une ombre fuit la lumière de l'aube et disparaît dans l'escalier.

# 39

# J – 1

Parcourir à pied les quatre kilomètres qui séparent la maison du village les reconnecte au monde, au grand dam de Jérôme qui aurait préféré rester enfermé dans une voiture pour une promenade avec chauffeur.

Après une journée au grand air, il est connu que les citadins moyens mettent un certain temps à récupérer, bien que Nicolas et Sarah soient d'accord pour attribuer au dîner de la veille une part non négligeable dans la responsabilité de leur état comateux.

Sarah a glissé l'enveloppe de pellicules dans sa poche. Elle leur fournit un bon prétexte pour se dégourdir les jambes en famille. Même Nicolas semble brûler d'en savoir plus. Autant l'histoire de l'ombre dans la tourelle l'a un peu énervé, autant celle de l'enfant des négatifs l'interpelle.

Ce que la maison peine à révéler, le village le confiera peut-être. Lucie Beaumont a vécu la moitié de sa vie à côté de ce hameau. Il serait étonnant qu'elle n'y ait laissé aucun souvenir.

À l'aller, la décision a été prise de ne pas passer par la plage. Mais la route qui mène au village est aussi plate et monotone que le paysage. Elle sépare les étendues de champs avec au loin, une mer que l'on ne voit pas mais dont on sent la présence.

Seul un troupeau de gros bétail les suit des yeux, des oiseaux marins les survolent mais aucune présence humaine ne se manifeste. Quelle différence avec les grands ensembles urbains où il est impossible de se retrouver seul hormis dans sa voiture.

Après une heure de marche, les premières maisons du village apparaissent. Il est presque midi. C'est dimanche. Non seulement tous les commerces sont fermés mais le bourg semble avoir été vidé de sa population.

Au détour d'une venelle, trois vieilles discutent sur le pas d'une porte, scène inimaginable ailleurs. Leur conversation s'interrompt dès qu'elles remarquent leur présence. Pendant quelques secondes, deux mondes immobiles se toisent avec curiosité et méfiance : le passé et le présent.

Sarah brise le silence en leur demandant où se trouve la rue indiquée sur son enveloppe. Les nonagénaires les regardent comme si elle parlait une langue étrangère. Pendant que l'une lui explique tout de même comment y arriver, les deux autres les dévisagent sans aucune gêne.

Deux rues plus loin, les « Établissements Gillard » existent toujours mais les accueillent porte close. Dans la vitrine sont exposés des dizaines de vieux modèles d'appareils photo et des publicités datant d'avant l'invention de la couleur.

— Je crois que ton sauveur ne sait pas encore que l'argentique a disparu de la circulation il y a plus d'un siècle !

Sarah l'écoute à peine, cherchant une sonnette pour signaler sa présence. L'unique occupant de la maison, « L. Gillard », ne répond pas.

— Vous cherchez Lucas ?

Dans la maison d'en face, un homme, casquette sur la tête, fume un mégot éteint, appuyé sur le rebord de la fenêtre du premier étage.

— Oui. Il vit toujours ?

— Bien sûr ! Ou alors il lui est arrivé quelque chose ce matin !

— Vous savez s'il est là ?

— Tous les dimanches, il passe sa journée Chez Gérard, place de l'Église. Un bistrot à deux pas d'ici.

Décidément, tout le monde ici entend les rassurer sur les faibles distances à parcourir. Le fait selon lequel les gens de la ville ne se déplacent pas autrement qu'en voiture est connu jusqu'ici.

Il a pris sa retraite depuis longtemps, Lucas.

— Personne ne s'occupe de sa boutique ?

— Non, on n'a plus besoin de photographes. C'est fini depuis belle lurette. Cela dit, Lucas continue à bricoler encore un peu, pour ses amis.

La grand-place est dominée par l'église. Trois bistrots s'en partagent le territoire.

Quand ils entrent Chez Gérard, le niveau sonore baisse d'un coup et une trentaine de têtes pivotent dans leur direction.

L'établissement est aussi daté que la clientèle qui le fréquente, à croire que ce village est l'un de ceux où les plus vieux sont parqués pour attendre la mort.

Le bar ainsi que le mobilier en bois sont d'origine, c'est-à-dire sans âge. Le vieux juke-box qui dort contre le mur du fond ne déparerait pas dans un musée des arts décoratifs du XX^e^ siècle mais ici personne n'y prête plus attention. Il y a si longtemps qu'il n'est plus qu'un meuble muet. C'est d'ailleurs ce qui frappe le plus Sarah : il manque ici ce bruit de fond musical permanent que l'on diffuse aujourd'hui dans tous les lieux publics.

L'endroit sent la bière renversée et l'urinoir mais pas la cigarette. L'interdiction d'enfumer ses contemporains est tout de même parvenue jusqu'ici. En revanche, la réglementation concernant l'abus d'alcool et l'interdiction d'en surconsommer a dû s'égarer en chemin.

Après quelques secondes, les conversations reprennent, comme si les intrus n'avaient jamais existé.

— Qu'est-ce que je vous sers ?

Massive, dans les soixante-dix ans, la patronne constitue la seule présence féminine en dehors de Sarah.

Sans sa précieuse enveloppe en poche, Sarah ne se serait naturellement jamais arrêtée dans ce café. Pourtant, elle sait que ce n'est pas la première fois qu'elle s'y trouve.

— Je suis à la recherche de Lucas Gillard. On m'a dit qu'il était peut-être ici.

— Lucas, on te demande au parloir !

Un petit homme se retourne vers eux. Cheveux blanc crème, visage strié de rides, casquette de travers.

— Qui le demande ?

— Je m'appelle Sarah Vasseur.

— Qu'est-ce que vous me voulez ? Comme vous le voyez, je suis au beau milieu d'un conseil d'administration !

Quelques rires saluent la réplique du vieux. Sarah sort l'enveloppe. Tout le café a les yeux braqués sur elle.

— J'ai retrouvé ceci chez ma mère. Il y a votre adresse dessus. Ce sont de vieux négatifs dont je ne trouve plus aucun tirage.

— Mademoiselle, il y a bien longtemps que je suis à la retraite. Mais vous trouverez sûrement des entreprises qui vous convertiront ces vieilleries en numérique.

Alors que le vieux fait mine de retourner à sa discussion, Sarah lui tend l'enveloppe.

— Pourriez-vous juste y jeter un œil, s'il vous plaît ?

Le café reste attentif. Pourquoi insiste-t-elle ?

— S'il vous plaît..., répète Sarah.

Devant son regard presque suppliant, les vieilles mains de Lucas s'emparent de l'enveloppe, en sortent une des pellicules et la placent devant une source de lumière. Son visage se rapproche tout près des images. Ses yeux sont tellement plissés qu'ils sont devenus une ride parmi toutes les autres.

Soudain, son visage se fige, comme s'il faisait un malaise.

— Nom de Dieu !

Le bistrot tout entier retient son souffle. Le vieux examine une deuxième pellicule. Après quelques secondes, une surprise aussi puissante se lit sur son visage.

— Où avez-vous trouvé ces pellicules ?

— Je vous l'ai dit. Chez ma mère.

Un sourire fait alors remonter toutes les rides de Lucas vers le haut de son visage.

— Vous êtes la fille de la baronne ?

— De qui ?

— De la musicienne, je veux dire. C'est comme ça qu'on l'appelait, nous : « la baronne ». Parce qu'elle ne se mélangeait pas beaucoup au petit peuple.

Voilà un surnom qu'elle n'aurait certainement pas apprécié mais qui lui va comme un gant.

Le vieil homme la scrute alors en plissant à nouveau les yeux.

— Vous êtes la petite Sarah ?

Elle acquiesce. Voilà des siècles qu'elle n'a plus rencontré quelqu'un qui l'ait connue petite fille.

— Je me souviens de vous, quand vous veniez au village avec Jacques. Il y a combien de temps maintenant ?

— Trente ans à peu près.

Elle comprend que cet endroit lui ait semblé vaguement familier.

Le vieux se lève et la prend dans ses bras.

— On n'aimait pas trop votre mère par ici mais je suis désolé pour vous qu'elle soit morte. Condoléances.

Cette marque de sympathie est peut-être, de toutes celles qui lui ont été adressées quand Lucie est morte, la plus sincère.

— Je vous paie un coup.

Sarah lui présente Nicolas et Jérôme. Il semble presque ému.

— C'est si étrange de vous voir.

— Tout ce qui touche de près ou de loin à la Villa Arpeggione a toujours intrigué les habitants au village. Vous savez, votre mère était quelqu'un d'important, même si, je vous l'avoue, personne ne savait vraiment qui elle était avant son arrivée dans la région.

*Moi non plus*, pense Sarah.

Lucas tend à Nicolas et à Sarah un verre de vin.

— Quand votre mère est arrivée ici, c'est un peu comme si un chef d'État débarquait dans le secteur. Ce n'était pas banal pour un village perdu sur la carte, comme le nôtre. Au début, des journalistes sont venus ici par dizaines. Ils ont interrogé les uns et les autres, pris des photos, publié des articles. C'est comme ça qu'on a découvert qu'elle était quelqu'un de célèbre. Après, ça s'est calmé mais il en est toujours resté quelque chose. De l'intérêt. Et aussi un peu de méfiance, il faut bien l'avouer. C'est que votre mère n'a jamais daigné venir dans le village. L'unique fois où elle a fait le déplacement, c'est le jour de son enterrement.

Lucas lève son verre de vin, sans doute à la santé de Lucie.

— Si je vous rapportais tous les ragots qui ont couru autour de la Villa, vous tomberiez par terre.

Nicolas entre dans la conversation.

— Qu'est-ce que les gens racontaient au juste ?

— N'importe quoi. Qu'on avait vu des voitures avec des plaques officielles pénétrer dans la propriété, que votre mère était un témoin protégé, qu'il y avait des richesses insoupçonnées dans les caves de la Villa, qu'elle organisait des messes noires. Moi, je sais qu'il n'y avait rien de vrai dans tout cela.

— Pourquoi une telle certitude ?

— À cause de Jacques. Je l'aimais bien, lui. On prenait de temps en temps un coup ensemble.

Le vieux Lucas finit son verre et s'en ressert un deuxième. En le regardant faire, Sarah ressent le plaisir de cette liberté assumée.

— C'est chez vous qu'il venait développer ses photos ?

Lucas hoche la tête.

— Jacques était un vrai passionné. Je me souviens qu'il possédait un vieil appareil, une merveille qui à l'époque était déjà un objet de collection.

Une lueur de nostalgie passe dans son regard.

— Dans mon studio, j'ai dû prendre en photo tous les bébés de la région, les gens venaient en famille chez moi, pour garder un souvenir. Il doit y en avoir des centaines dans le village, accrochées au mur. C'est bien fini tout ça, maintenant.

Son verre en main, le vieux marque une pause dans ses souvenirs.

— C'est chez moi que Jacques faisait développer ses films. Je me souviens même parfaitement du jour où il m'a amené celui dont vous m'avez montré les négatifs tout à l'heure.

Un léger frisson parcourt le corps de Sarah.

— Pourquoi celui-là en particulier ?

— Parce qu'il y avait une demande particulière.

— Laquelle ?

— Votre mère avait exigé que l'on développe ce film mais qu'aucun tirage n'en soit effectué. Elle ne voulait garder que les négatifs. J'ai trouvé cette lubie plutôt bizarre mais j'ai fait ce qu'on m'a dit sans poser de questions. Ça m'a tellement intrigué que j'ai jeté un coup d'œil à ces négatifs mais je n'ai pas compris car il n'y avait que des portraits. Rien de bien méchant.

Lucas vide son verre et commande une nouvelle tournée. Sarah lance un regard amusé à Nicolas.

— Et vous avez des nouvelles de Jacques, Sarah ?

— Non. Je l'ai perdu de vue.

— On n'a jamais bien compris pourquoi il avait quitté la Villa.

— C'était il y a longtemps ?

— Une bonne vingtaine d'années.

Le vieux semble étonné que Sarah lui ait posé cette question.

— Excusez-moi mais vous êtes vraiment la fille de la musicienne ?

— Pourquoi ?

— Parce que j'ai l'impression que j'en sais plus que vous sur votre famille.

— C'est un peu vrai. Quand ma mère est morte, j'ignorais que son homme à tout faire était aussi mon oncle.

— Pourtant tout le monde ici savait qu'il était le frère de la baronne. Et, pardon de vous contredire, mais il n'était pas son homme à tout faire. Il l'aidait, c'est vrai. Mais ce n'était pas là son vrai métier.

La mâchoire de Sarah se serre. Elle tend le bras vers le bar pour prendre le verre de vin qu'on vient de poser devant elle.

— Si ma mémoire est bonne, Jacques était gynécologue.

Le verre s'échappe de sa main et s'écrase sur le sol.

# 40

# J – 1

Le temps qui s'est écoulé depuis qu'il a cessé de pratiquer son métier n'a pas altéré la précision de ses gestes. À le voir manipuler son matériel, on croirait un vieux mage qui se prépare à dialoguer avec des esprits.

La conscience de revenir sur une parole donnée il y a plus de trente ans ne l'a effleuré que quelques secondes. Il considère qu'il y a prescription. Et puis, pour aider une personne à affronter un passé manifestement douloureux, une petite trahison ne pèse pas lourd. C'est lui-même qui a proposé à Sarah de l'accompagner dans son atelier où il développe ses négatifs.

Une fois arrivé à la boutique, Lucas les a emmenés tous les trois dans la chambre noire, à l'arrière.

L'atelier du photographe sent la poussière. Le vieil homme s'installe dans le halo de lumière rouge. Combien de milliers d'images ont-elles vu le jour dans cette atmosphère presque de recueillement ? Jérôme et Nicolas restent muets devant cette cérémonie. Lui ne parle pas beaucoup non plus, explique juste que les gestes bizarres qu'il pratique sous l'agrandisseur pendant l'exposition, tel un sorcier en pleine séance d'envoûtement, servent à modifier les contrastes.

Sarah a le ventre noué, appréhende les visages que le vieux est en train de ressusciter. Et elle ressasse la dernière nouvelle qu'il lui a annoncée.

Décidément, le passé se rit d'elle. Parrain Jacques, gynécologue.

Le seul adulte qui ne lui ait pas laissé un souvenir désastreux de son enfance lui a menti sur toute la ligne. Lucie ne portait donc pas seule cette sombre histoire sur ses épaules. Jacques était son complice, contribuant à fabriquer un mirage autour d'elle. Mais pour cacher quoi, protéger qui ?

Lucas en a terminé avec l'exposition d'un des tirages sous l'agrandisseur. Avec précaution, le papier est glissé dans le bain qui va révéler le mystère, arracher des figures à l'ombre.

Comment Sarah a-t-elle pu être aussi aveugle ? Les seuls souvenirs qui lui restent avec Jacques sont des promenades sur la plage ou au village et d'interminables conversations dans la cuisine. Cette pièce était leur refuge, leur terrain de jeux.

S'il préparait le repas, c'est parce que Lucie en était incapable. S'il descendait au bourg pour faire les courses, c'est parce que Lucie refusait de quitter son repaire. Cela l'assimilait-il à un domestique pour autant ?

Même morte, la violoncelliste continue à tirer les ficelles. Quand on a l'obsession d'organiser chaque détail de sa vie, le grand luxe est de régenter aussi celle des autres quand on n'est plus là. Après lui avoir fabriqué des souvenirs, sa mère parsème à présent sa route d'indices vers la vérité. Pourquoi ne pas avoir détruit ces négatifs, si elle ne voulait pas en tirer des épreuves ? Pour que sa fille les découvre un jour ! Sarah en viendrait même à soupçonner sa mère d'avoir programmé l'envoi des photos pour que la dernière enveloppe tombe dans sa boîte aux lettres juste après sa mort.

— Ça y est presque. Venez voir.

Lucas se penche au-dessus d'un bac rempli d'eau où trempe un rectangle de papier photosensible. Une pure naissance.

— Regardez. Ça commence.

Au début, elle ne voit rien. Le papier reste désespérément blanc. Puis quelques taches sombres apparaissent, comme de l'encre diluée, des contours se dessinent. Ensuite, le mouvement s'accélère. Des traits se révèlent, un nez, des yeux, une bouche. Le noyé remonte à la surface d'une eau parfaitement lisse. Sarah retient son souffle. L'enfant que sa mère a caché dans une enveloppe pendant toutes ces années revient à la vie.

Lucas pend la photo sur une corde. Sarah s'approche, fébrile comme à une première rencontre.

Le gamin doit avoir une dizaine d'années. Des traits fins, presque féminins. Mais son allure et sa manière de regarder l'objectif sont résolument celles d'un petit garçon. Son expression traduit à la fois une sorte d'inquiétude, sourcils légèrement froncés, mêlée à l'ennui caractéristique des enfants qui sont obligés de ne pas bouger pour obéir à une lubie des grands.

Lucas pend un deuxième cliché sur le fil, puis un troisième. Les plans sont plus larges. L'enfant pose devant un mur neutre. Sur l'un d'eux, on distingue pourtant un élément de décor. Sarah reconnaît un des meubles du salon. La séance a eu lieu dans la Villa.

— Ne les touchez pas encore, il faut qu'elles sèchent.

Lucas continue d'aligner les images. Jacques, que Sarah a du mal à appeler encore « Parrain », a emmené son modèle dehors, devant la Villa. Toutes ces photos ont bien été prises le même jour, une série entière, comme une commande.

Sarah se concentre toujours sur le visage où elle décèle cette fois une impression d'immense tristesse. Et de la colère aussi, qui ne demande qu'à se libérer.

La dernière photo rejoint les autres. Sarah est parcourue par un frisson. Cette image est la réplique exacte de celle où elle pose avec sa mère devant la Villa. On dirait qu'elle a été prise à la même heure, avec le soleil projetant l'ombre de Jacques au même endroit, à l'avant-plan.

Lucie pose avec cet enfant de la même manière qu'elle posait avec elle. Si on devait proposer à un regard innocent une analyse comparative, il ne fait aucun doute que la conclusion serait la même : dans les deux cas, il s'agit d'une mère qui pose avec son enfant.

# 41

## J – 1

Le retour à la Villa est épouvantable. La route paraît bien plus longue et laborieuse qu'à l'aller. Jérôme a passé la moitié du temps sur les épaules de son père, Sarah les précédant d'une dizaine de mètres, comme si elle ne les connaissait pas. Alors qu'une lueur d'espoir était envisageable, son humeur est à nouveau sombre et fermée.

Leur escapade se termine dans une impasse.

Pressé par les questions de Sarah, le vieux Lucas s'est presque excusé de ne pouvoir la renseigner davantage. Personne ne connaît cet enfant, personne ne l'a jamais vu. Un fantôme.

Peiné par la déception de la jeune femme, Lucas lui a demandé de lui laisser ses coordonnées.

— On ne sait jamais, si je me rappelle quelque chose. Et puis comme ça, a-t-il rajouté pour la faire sourire, je vous inscris comme cliente.

À peine arrivée à la Villa, Sarah se rue dans le bureau de sa mère pour le mettre à sac. Elle vide les armoires, retourne les tiroirs, secoue les livres. Elle inspecte chaque recoin ou dessous de meuble. Il lui faut une nouvelle preuve de l'existence de cet enfant, de son identité, un document officiel, une lettre de Lucie, n'importe quoi.

Et pourtant, une petite voix lui murmure que cela ne sert à rien, que sa mère ne lui a rien laissé d'autre. Elle doit se débrouiller avec ça.

Après deux heures de vain nettoyage par le vide, elle redescend, les photos du fantôme à la main, fait irruption dans la cuisine et étale brutalement les images sur la grande table de bois devant Élise.

— Vous travaillez et vous vivez ici depuis quinze ans. Alors ne me dites pas que ma mère ne vous a jamais parlé de lui.

Élise se penche sur les photos avec une expression neutre sans cesser d'essuyer un candélabre.

— Je suis désolée. Je n'ai jamais vu cet enfant.

— Regardez mieux !

Élise s'applique.

— C'est la première fois que je le vois. Votre mère ne m'en a jamais parlé.

Malgré son visage impassible, quelque chose cloche dans la réponse d'Élise. Est-ce une inflexion dans sa voix, ou encore une curieuse lueur dans son regard ? Sarah a décelé une bizarrerie. Élise ne lui dit pas la vérité. Une furieuse envie monte en elle de l'empoigner et de la secouer pour lui faire cracher ce qu'elle sait mais Sarah s'abstient. Nicolas vient d'apparaître dans l'embrasure de la porte.

— Je peux te dire un mot ?

Sarah rejoint son mari dans la salle à manger. Sur la table, au milieu de la pièce, sont exposés les plans de la Villa que Nicolas étudie comme s'il s'agissait du manuscrit original de l'Ancien Testament.

— Pourquoi tu la harcèles ? chuchote-t-il. Elle a beau être un peu étrange, elle n'est pas responsable des erreurs de ta mère. Calme-toi.

Sarah prend une profonde inspiration et lui fait part des révélations qu'elle a eues dans le laboratoire de Lucas.

À l'idée que cet enfant puisse être le frère de Sarah, Nicolas la regarde, éberlué.

— Si l'on prend en considération que la Loi a été votée l'année de ma naissance, poursuit-elle, l'existence d'un frère remet presque toute ma vie en perspective ! Sans lui, ma mère ne m'aurait peut-être pas éloignée d'elle et j'aurais eu une enfance normale.

— Tu es en colère parce que tu penses avoir été écartée au profit d'un autre, qui aurait vécu une enfance normale, à ta place, dans cette maison, pendant que tu grandissais dans des institutions. Mais peut-on être sûr qu'il a vécu ici ?

Sarah lui tend la fameuse photo où une petite tache assombrit la tourelle.

— Ce ne sont que des suppositions, Sarah. Alors laisse-moi jouer à ce petit jeu, moi aussi. Avec les mêmes éléments, je construis un autre scénario : Lucie Beaumont, mère de deux enfants, décide de les éloigner tous les deux dans des pensionnats, loin d'ici et loin l'un de l'autre, pour la sécurité de toute la famille. Je suppose toujours qu'elle vous faisait venir à la Villa deux ou trois fois par an. Et en alternance, jamais en même temps. Sauf qu'un jour, celui où la photo a été prise, il y a eu un problème dans l'organisation.

— N'importe quoi.

Sarah s'accroche à sa propre théorie. Excédé, Nicolas balance les deux photos à travers la pièce.

— Mais réfléchis ! Si un enfant avait vécu ici en permanence, comment se fait-il que tu ne l'aies jamais vu ? Où ta mère l'aurait-elle caché pendant tes séjours à la Villa ? Dans la cave ? Veux-tu qu'on aille vérifier ? Ça ne nous prendra que deux minutes. Peut-être reste-t-il des traces, peut-être est-il toujours là ! Qui sait ?

Nicolas a ouvert la porte de la salle à manger qui donne sur le hall d'entrée. Sarah ne bouge pas.

— Viens !

Nicolas la prend par le bras pour la forcer à le suivre. Sarah lui résiste.

— Tu ne veux pas ?

Nicolas referme la porte derrière lui.

— Tu as raison. J'y ai été hier et à part quelques bouteilles de vin, dont certaines doivent valoir une petite fortune, il n'y a rien d'intéressant, aucune preuve que quelqu'un y ait été attaché pendant des années sur un lit de camp.

À ce moment précis, Sarah déteste son mari. Le plaisir qu'il prend à lui prouver qu'elle se fait des idées l'écœure. Même si elle commence à admettre qu'il a probablement raison.

— Et le testament de ta mère ?

— Quoi, le testament ?

— Si ta mère a deux enfants, pourquoi es-tu la seule à qui elle lègue ses biens ?

— Tu crois qu'avec la Loi, quelqu'un va prendre le risque de mentionner le nom de tous ses enfants dans un document officiel ?

— Elle aurait pu utiliser une fausse identité.

Comme lorsque le réseau *efface* les enfants dont l'existence constitue une menace pour leur famille et pour eux-mêmes. Sarah y a déjà pensé mais cette option ne correspond pas au portrait qu'elle se fait de sa mère.

— Sarah ?

Nicolas lui parlait pendant que ses pensées tournaient en rond.

— Je voudrais que tu arrêtes de nous torturer tous avec cette histoire. Ta mère n'avait aucune fibre maternelle. Ça suffit amplement à expliquer l'enfance qu'elle t'a fait subir.

Nicolas ne pourrait pas dire ça s'il avait lu le journal de Lucie.

— Débarrasse-toi de ces vieux papiers, passe à autre chose. Depuis que ta mère est morte, tu n'es plus la même. Fais la paix avec cette maison.

— Pour toi, cette maison est une pièce de musée mais pour moi, c'est une blessure. Et pour qu'elle cicatrise complètement, j'ai besoin de fouiller dans ces boîtes remplies de poussière. Une petite voix me dit que je ne perds pas mon temps. Ce n'est pas maintenant que je vais abandonner.

Nicolas s'approche d'elle et la prend dans ses bras. Sarah est tendue comme une corde de violoncelle.

— Je croyais qu'on était venus ici pour profiter du grand air. J'avais espéré qu'on se retrouve en famille.

Pas un instant, elle n'a envisagé que ce séjour puisse être l'occasion de se reposer.

— Tu te bats contre des morts. Tous ceux qui ont connu ou vécu cette histoire sont enterrés.

Sarah se dégage de son étreinte.

— Je ne suis pas seule. Quelqu'un d'autre sait. Celui qui a certainement aidé ma mère à accoucher de deux enfants alors que la Loi l'interdisait.

Elle a compris que le vieux au chapeau qui l'a abordée au musée et la silhouette dont elle a gardé une image furtive, à la sortie de l'église, le jour des funérailles, est la même personne.

— Jacques. Mon oncle.

Une sonnerie de téléphone retentit dans le salon. C'est le portable de Sarah.

— Bonsoir, c'est Lucas. Désolé de vous déranger mais je crois que j'ai trouvé quelque chose qui pourrait vous intéresser.

# 42

# J – 1

En cuisine, il n'y a rien de plus compliqué que la pâtisserie. Réussir un dessert exige des qualités dont ne dispose pas toujours un bon cuisinier. Ce sont deux disciplines différentes. En pâtisserie comme en chimie, la précision des dosages est primordiale. Un mélange peut vous exploser à la figure si les dosages ne sont pas bons. On peut manger un plat raté en faisant la grimace. Mais un dessert raté, ça se jette à la poubelle. C'est ce que dit Lili. Et Lili, elle s'y connaît en dessert.

La vieille n'était pas très « dessert ». Pour en manger, il nous fallait trouver une occasion. Et quand il n'y en avait pas, on en inventait.

Aujourd'hui, on n'a pas dû en chercher une bien loin. Une occasion exceptionnelle, qui mérite un gâteau exceptionnel. Comme la date que l'on célèbre.

J'ai regardé les jours passer sur mon calendrier, comme on contemple des feuilles mortes tomber lentement. Au début, je comptais en semaines, puis en jours et maintenant, c'est en heures. Cette nuit, la date que j'ai marquée est apparue, enfin.

Tout s'est parfaitement mis en place. Lili y est pour beaucoup. C'est une perfectionniste. Mais les circonstances l'ont bien aidée, plus qu'elle ne pouvait espérer.

Bientôt tout ce que le passé a détruit sera réparé, ceux qu'il a séparés de force seront à nouveau réunis.

Lili m'a dit qu'on arrivait au bout de son plan, que c'est la dernière ligne droite. Elle me l'a expliqué en détail. Tout est prévu et mon rôle bien précis. Ça me fait un peu peur. Je ne sais pas si je serai capable de faire ce qu'elle me demande.

Le choix du gâteau a pris du temps. Lili veut quelque chose de spécial. Il faut qu'elle se surpasse, que ce gâteau reste dans les mémoires.

Elle le fera cette nuit, pendant que tout le monde dort. Un dessert exceptionnel. Pour trois couverts.

# 43

# Jour J

Quelques heures, quatre ou cinq, tout au plus, c'est le temps qu'elle leur a demandé pour retourner brièvement en ville. Ensuite, elle a juré à Nicolas, qu'elle ait trouvé ou non ce qu'elle cherche, qu'elle ne parlerait plus jamais de cette histoire.

— Je serai de retour en début d'après-midi.

— Ça ne peut vraiment pas attendre demain ? Tu sais quel jour on est ?

Le 29 février ! Ses quarante ans lui étaient sortis de la tête !

Mais est-ce sa faute si l'information qu'elle n'espérait plus a enfin surgi la veille ? Des coordonnées correspondant au nom de Jacques Grangez, retrouvées par le photographe dans un vieux carnet où il répertoriait sa clientèle, pas de numéro de téléphone mais une adresse située dans la banlieue nord de la capitale.

— Depuis que j'ai noté le nom de cette rue, je ne pense plus qu'à ça. Il faut que j'aille vérifier s'il vit toujours là.

Lui seul détient les réponses aux questions qui l'obsèdent.

Son anniversaire attendra, d'autant que la perspective de le fêter dans cette Villa ne l'étouffe pas de joie.

Nicolas a cédé à contrecœur, désireux de mettre un terme à toutes ces aberrations qui hantent sa femme et l'éloignent d'eux.

Sarah a emporté la carte magnétique de la voiture, une grande enveloppe brune remplie de photos, pris une profonde inspiration et quitté la Villa de bonne heure, la laissant à l'entière disposition de Nicolas qui n'en connaît pas encore tous les recoins.

La nuit dernière, elle a de nouveau sombré dans un sommeil plus écrasant que reposant. Elle se sent confuse. Ses mains tordent le volant, son corps est tendu, son souffle court. Sarah est crispée comme à l'approche d'une mauvaise nouvelle. Son état de nervosité n'est pas indiqué pour conduire. Elle a introduit le nom d'une rue et le numéro d'une maison dans le système. Le pays tout entier peut maintenant savoir qu'elle se rend au numéro quarante-deux d'une impasse située dans la grande banlieue ouest de la capitale. Après examen de la route à parcourir, sa voiture lui a imposé une conduite assistée, avec géolocalisation obligatoire.

Son écran de bord se branche sur la chaîne nationale d'information mais son regard reste fixé sur l'horizon. De loin, lui parviennent les phrases décousues d'un journal. Elle n'en retient rien. Des bribes de discussions volent dans l'habitacle, frôlent ses oreilles, des débats entre journalistes, politiques ou représentants de la société civile qui tournent autour des arrestations de plus en plus nombreuses liées à l'application de la Loi, sans qu'ils en fassent le tour ni ne parviennent à se réconcilier. Il y a quelques semaines, Sarah se serait sentie à des années-lumière de ces préoccupations. Aujourd'hui, elle sait que son histoire est liée à cette mesure.

La voiture s'éloigne des bois, l'enclave protégée où se cache la Villa, puis elle traverse des kilomètres de champs fatigués par l'agriculture intensive, avec vue au loin sur des villes verticales, de plus en plus hautes et concentrées. L'espace qu'elle parcourt semble quadrillé de frontières bien nettes entre une nature soumise et des cités de métal et de verre.

Une sonnerie la fait sursauter. Sur l'écran, à la place du débat télévisé, un numéro clignote. Celui d'Aline. Depuis l'épisode de la gare, elle n'a plus donné de nouvelles. Il fallait qu'elle parle de son projet à Cyril, qu'elle obtienne son consentement. Inquiète de ce qu'elle pourrait lui apprendre, Sarah hésite à répondre à l'appel de son amie. Une seconde de trop. Sa messagerie s'enclenche après quatre sonneries dans le vide. Aline ne laisse pas de message. Sans doute voulait-elle seulement lui souhaiter un bon anniversaire de vive voix. Elle fait partie des quelques proches qui ne l'oublient jamais. Sarah se tourmente sûrement pour rien. Elle la rappellera à son retour à la Villa.

L'image du débat est revenue, il ne faiblit pas. Sarah l'entend mais ne le regarde pas, absorbée par la route qui défile.

Et si elle ne trouvait rien ? Et si l'adresse n'était plus la bonne ? Tiendrait-elle alors la promesse faite à Nicolas de ne plus évoquer cette histoire ?

Le passé qui s'est reconstitué au cours de ces dernières semaines, bien que toujours chargé de zones d'ombre, risque de l'obséder longtemps.

Si son enquête devait se terminer si près du but, elle ne le supporterait pas.

Sa voiture avale les kilomètres. Son regard reste accroché à l'horizon. Mais ses pensées se bousculent en tous sens, trop vite, trop nombreuses.

Sa voiture lui indique avec précision le nombre de kilomètres qu'il reste à parcourir et le temps de route prévu, moins de deux heures. Sarah veut aller au bout du chemin dans lequel on l'a poussée à s'engager, même si c'est un piège.

Elle pense à Jacques.

Si c'est bien lui qui l'a approchée à deux reprises, pourquoi ne lui a-t-il pas dit qui il était, tout simplement ?

Elle essaie de replacer son oncle dans l'histoire de sa mère. C'était son frère mais il était aussi gynécologue. Se peut-il que Lucie ne se soit tournée vers Jacques que lorsqu'elle est tombée enceinte pour la deuxième fois, pour que le secret reste dans la famille ?

Sarah n'en revient toujours pas que sa mère ait été jusqu'au bout de son désir d'enfants, acceptant de devenir une déviante. Quand elle apprend que la Loi va être votée, tous ses plans s'écroulent. Révoltée, elle en abandonne la rédaction de son journal. Il lui est devenu douloureux d'ouvrir ce cahier qui contient tous ses rêves, ses projets de famille nombreuse. Mais Lucie se sent au-dessus des interdictions. Est-ce du courage, de l'inconscience ou l'expression d'un égoïsme surdimensionné ? Toujours est-il qu'elle décide de n'obéir qu'à ses penchants, quitte à en payer le prix fort.

Charles était-il son complice ? Dans tous les cas de figure, l'époux n'a pas fui ses responsabilités.

Voilà ce que Sarah a déterré jusqu'à présent mais la suite reste floue. Qu'est-il advenu de cet enfant ? A-t-il, comme le suggérait Nicolas, été élevé sous une fausse identité ? Pourquoi cette femme, qui a pris des risques insensés pour que ses plans se réalisent, finit-elle par s'éloigner de ce qui lui était le plus cher ?

La ville n'est plus qu'à une cinquantaine de kilomètres. Plus Sarah s'en rapproche, plus les questions la pressent.

Si ce frère existe, où est-il aujourd'hui ? Si elle le retrouve un jour, ne seront-ils pas de parfaits étrangers l'un pour l'autre ?

La sonnerie de son portable interrompt encore le fil de ses pensées. Aline. Sarah hésite une nouvelle fois. Si son amie l'appelle, comme elle en est persuadée, pour son anniversaire, elle préfère attendre quelques heures pour la rappeler.

Le silence revient. Aline ne laisse toujours pas de message.

La circulation sur l'autoroute se fait plus dense. Sur le périphérique, sa voiture ralentit et s'imbrique dans le flot des autres véhicules téléguidés.

Sur la chaîne d'information nationale, c'est l'heure du flash. L'attention de Sarah se focalise sur les nouvelles du monde.

La construction d'un nouvel établissement de « soutien psychologique » devrait commencer prochainement dans le sud, à quelques kilomètres de la mer du Centre et des villes fantômes de la côte méridionale. Sa capacité devrait être importante. Par ailleurs, les contrôles aux frontières se sont intensifiés suite à la découverte d'un réseau d'exfiltration de déviants vers des pays où la Loi n'a pas encore cours. Ces nouvelles sous-entendent que son abrogation ne sera pas encore votée cette année.

La première tour autarcique de la capitale a été inaugurée hier. Logement, bureaux, commerces, écoles, centre de loisirs, espaces dédiés aux sports. Tout y est prévu pour que l'on puisse y vivre sans en sortir.

C'est officiel : crise du papier oblige, il n'y aura bientôt plus de journaux ou de livres qu'en version numérique. Les derniers exemplaires en papier sortent ces jours-ci, des tirages numérotés sur lesquels vont se ruer les collectionneurs qui ont encore de la place chez eux pour ce genre de passion encombrante.

Bonne nouvelle : la crise de la pomme est terminée. Les variétés étrangères qui avaient causé une grave épidémie l'an dernier ne seront désormais plus importées. La consommation sera dorénavant limitée aux fruits produits par la Fédération. Et puis, dès l'an prochain, le dépistage du cancer de l'intestin sera obligatoire pour tous les hommes à partir de trente-cinq ans.

Enfin, la discussion sur la limitation du droit au divorce pour le bien-être de l'enfant commencera au Parlement la semaine prochaine.

On ne parle quasiment plus de la Loi. Elle fait partie des meubles.

Les premières gouttes de pluie frappent le pare-brise. La ville l'accueille avec des larmes.

# 44

# Jour J

Les plans de la Villa occupent toute la surface de la table de la salle à manger. Ils datent de sa construction, bien avant la naissance de sa dernière occupante. Plans des façades, du rez-de-chaussée, des étages, plans de coupe latérale où l'on dirait que la maison a été tranchée, comme un mille-feuille, pour qu'apparaissent les strates intérieures.

Depuis une bonne heure, Nicolas tourne autour de ces documents, les inspecte, ne comprend pas. Ça ne l'a pas frappé tout de suite mais la maison dessinée sur ces plans ne correspond pas à la réalité. Si l'extérieur de la Villa est en tout point conforme à ce qui est dessiné, tant pour ses dimensions que ses proportions, certains espaces intérieurs semblent avoir rétréci ! Il y a de la superficie en moins, des mètres carrés qui se sont perdus en route, comme effacés. Ce n'est pas flagrant mais un œil aguerri d'architecte ne s'y trompe pas : certains endroits n'occupent pas tout l'espace qui leur est dévolu.

Nicolas décide de procéder par ordre. Le salon est la plus grande pièce de la maison. En forme de

« L », il ouvre d'un côté sur la terrasse extérieure, de l'autre il est contigu à une sorte de vestiaire qui accueille le visiteur dès son entrée dans la Villa. Le mur qui sépare les deux pièces est en partie caché par les bibliothèques et le bar.

Pendant qu'il prend ses mesures, Jérôme, trop occupé à dessiner, ne lui accorde pas un regard.

L'examen attentif du salon ne lui révèle rien de particulier. En revanche, si le plan prévoit un vestiaire rectangulaire, celui-ci est non seulement carré mais aussi plus petit d'environ un tiers de sa surface.

Nicolas se met à ausculter les murs, à les tapoter comme un médecin procède à un examen de routine.

Élise surgit dans son dos.

— Que se passe-t-il ?

— Rien, Élise. Je vérifie quelque chose.

Le comportement de l'architecte semble intriguer la jeune femme.

— Ne vous inquiétez pas, je ne vais rien démolir. J'essaie juste de comprendre un détail. C'est de la déformation professionnelle.

Élise lui adresse un sourire crispé, s'éloigne. Nicolas continue de tambouriner sur les murs comme s'il y cherchait un passage secret. Mais le vestiaire ne se montre pas plus bavard que le salon. Les murs sonnent comme de vrais murs.

De retour dans la salle à manger, Nicolas se penche sur le plan du sous-sol auquel une petite porte située sous le grand escalier donne accès. Lors de sa première visite, il y était descendu mais l'excitation provoquée par la découverte des lieux lui avait mis comme des œillères. Il s'en rend compte aujourd'hui.

Il sort de la salle à manger, le plan des fondations en main. En passant devant la porte du salon, il jette un œil à l'intérieur. Il ne voit plus son fils.

— Jérôme ?

— Il est avec moi, monsieur.

La voix d'Élise provient de la cuisine. Nicolas pousse la porte de la cave, allume et s'engouffre dans l'escalier.

# 45

# Jour J

Les pavillons se ressemblent tous, d'anciennes maisons ouvrières, aujourd'hui classées et occupées par une population qui n'a plus rien de commun avec leurs premiers habitants.

En général, un tel alignement de constructions jumelles, disposées comme des soldats et flanquées de petits jardins interchangeables, a sur Sarah un effet anxiogène. Pas ici. Il règne dans ces rues une sérénité particulière, comme si cet îlot s'était préservé de la tension qui l'entoure.

C'est dans une de ces maisons qu'il habite.

Dire que cela fait des années qu'ils vivent dans la même ville, à moins d'une heure l'un de l'autre, sans jamais s'être croisés.

Pour se retrouver, il faut d'abord se chercher et aucun d'eux n'a jusqu'à aujourd'hui manifesté l'envie de renouer des liens.

Mais les circonstances ont changé, ils l'ont compris tous les deux.

Le moteur est coupé, les essuie-glaces au repos. La pluie brouille le paysage.

Personne en vue, à part une dame qui promène son caniche. Le cabot doit marquer son territoire aux mêmes endroits tous les jours à heure fixe, avant de ramener sa maîtresse dans sa maison sans âme.

Sarah ne sort pas de sa voiture. Elle attend encore quelques minutes. Ces retrouvailles lui font peur.

Après une longue inspiration, elle se décide enfin et court en se protégeant de l'averse vers le pavillon qui porte le numéro quarante-deux. En ouvrant le portillon qui donne accès au petit jardin de façade, Sarah remarque que la porte d'entrée n'est pas fermée. Un cran est resté ouvert. Le cœur de Sarah s'emballe. Quelqu'un serait-il passé avant elle ? Elle passe la tête sans oser entrer. Un calme déconcertant règne à l'intérieur. Les lumières sont éteintes. Elle n'a pas le temps d'appeler qu'une voix fatiguée retentit au fond d'un couloir.

— Je suis dans la cuisine.

Sarah, saisie, referme derrière elle, d'un geste lent. L'inverse de ses pensées qui se bousculent encore. Au bout du couloir, le vieil homme l'attend. Elle emprunte le corridor qui traverse une maison où la lumière du jour se faufile avec difficulté. Au bout, une éclaircie.

Il est assis à sa table, une tasse entre les mains. L'usure a délavé les couleurs des meubles en formica, renvoyant Sarah à une époque qu'elle n'a connue que sur des photos ou dans de vieux films. Décidément, tous ses derniers voyages ne cessent de lui faire remonter le temps.

Dans un coin de la pièce, un chien avachi lui lance un regard bienveillant sans bouger de son panier. Il doit être aussi vieux que tout ce qui se trouve dans cette pièce. En noir et blanc, l'image serait parfaite.

— Tu en as mis du temps, Sarah.

## 46

# Jour J

C'est comme si la fille de la vieille nous avait donné sa bénédiction.

Hier soir, quand elle a annoncé qu'elle prenait la voiture pour passer la matinée en ville, Lili a su que c'était le moment.

Aujourd'hui, il faut profiter de son absence pour agir. On n'a pas beaucoup de temps mais c'est suffisant pour ce qui reste à accomplir.

La nuit dernière, je me suis glissé dans la chambre bleue, comme la nuit précédente. Je n'ai pas fait de bruit. J'ai encore regardé la fille, de très près. La lumière de la lune donne à son visage une si jolie couleur. J'adore son odeur et sa chaleur. Je m'y sens tellement en sécurité, à l'abri.

J'espère que dans cette autre vie que Lili nous prépare, elle voudra bien que je dorme à côté d'elle. Comme je le fais parfois avec Lili.

Lili dit que la réunification nous permettra de retrouver l'état d'avant, quand les corps séparés ne faisaient qu'un. Elle dit aussi que ce que nous allons faire, c'est une manière de construire l'avenir, ici.

Ce matin, la fille de la vieille est partie pour la ville. Ça nous laisse le champ libre pour quelques heures.

Tout cela me fait quand même un peu peur.

Une énorme surprise attend la fille à son retour de la ville.

Le début d'une vie nouvelle. Pour elle. Pour nous.

# 47

## Jour J

L'escalier s'enfonce dans le noir, le bois grince dès qu'il pose le pied sur la première marche, il tourne un gros interrupteur à l'ancienne pour qu'une ancienne applique en porcelaine éclaire les lieux de sa lumière blafarde. Ajoutées à cela quelques toiles d'araignée et beaucoup de poussière et Nicolas se dit que décidément rien ne ressemble plus à une cave qu'une autre cave.

Ses plans sous le bras, il a la ferme intention d'y obtenir des réponses.

Dans le sous-sol, aussi, domine cette impression d'espaces manquants. Nicolas n'en démord pas. Ce n'est pas à lui qu'il faut apprendre à lire un plan.

Au pied de l'escalier, un grand frigidaire et un congélateur coffre conservent assez de nourriture pour soutenir un assaut.

L'état du matériel que Nicolas découvre dans les tiroirs d'un établi démontre que cette maison n'a plus de bricoleur depuis plusieurs générations : outils rouillés, équipement électrique dépassé ou brûlé. Quelques tas de planches pourrissent dans un coin, à côté des caisses remplies de vieux journaux. Une armoire ancienne contient des pots de peinture qui ne doivent plus renfermer que des lambeaux de couleur séchée. Près d'une porte basse qui donne sur un des côtés de la maison, du matériel de jardin semble encore utilisable, une tondeuse, quelques pelles et râteaux, une brouette chargée de feuilles mortes. La porte est fermée de l'intérieur par un cadenas. S'il en croit les plans qu'il a étalés sur le plan de travail de l'établi, cette issue devrait donner directement accès au jardin situé face au perron de la Villa.

L'unique ampoule de la cave laisse de nombreuses zones d'ombre. L'ayant prévu, Nicolas allume la lampe torche qu'il a emportée. Il balaie la partie la plus sombre de la pièce. Contre le mur du fond, un assemblage de briques, couvrant presque toute sa longueur, forme une douzaine de niches, sur deux étages, dans lesquelles reposent des bouteilles de vin. Nicolas souffle sur quelques étiquettes : uniquement des grands crus, qui dorment là depuis plusieurs années. À moins que leur contenu n'ait tourné, il y en a pour une fortune.

C'est une évidence : cette cave devrait être deux fois plus grande. La pièce dans laquelle il se tient et qui se situe, approximativement, sous la salle à manger et une partie du hall d'entrée devrait s'étendre jusque sous le salon.

Et selon les mêmes plans, ce mur du fond ne devrait pas exister.

# 48

# Jour J

Dans une assiette, au milieu de la table, des gaufrettes au chocolat, celles dont Sarah raffolait petite. Accompagnées d'un verre de lait, c'était devenu un rituel.

S'il lui restait des doutes quant à l'identité du vieil homme qui se tient face à elle, cette attention les a définitivement effacés.

Un silence particulier pèse sur cette maison. Ici, il n'y a aucun écran, pas de radio. Mais on n'entend pas non plus cette animation caractéristique des villes, que l'on finit toujours par oublier.

Parrain Jacques est devenu un vieil homme mais celui que Sarah a aimé est toujours là, dans ce sourire malicieux qui part du regard, irradie le visage. Sans doute est-ce à cause du chapeau qu'elle ne l'a pas reconnu au musée.

— Pourquoi ce petit jeu ?

— Assieds-toi. Mets-toi à l'aise.

Un léger voile s'est posé sur ses cordes vocales. C'est la voix d'un homme qui attend la fin.

Quelques secondes s'étirent. Elle le regarde droit dans les yeux puis enlève son manteau qu'elle dépose sur le dossier de la chaise placée en face de lui. Sarah s'assied, attend.

— Ça fait combien de temps ?

— Vingt-cinq ans.

Sarah reste sur la défensive, effilée comme la lame d'un couteau. À l'intérieur d'elle bouillonne un mélange de trouble et de colère, l'impression d'un énorme gâchis.

— On peut dire que tu les as mis à profit pour réussir un beau parcours.

Sarah ne sait pas si elle doit prendre cette entrée en matière comme l'expression d'une fierté ou d'une ironie. Un beau parcours ? Certes mais bâti sur quoi ?

— Tu veux un café ?

— Je ne suis pas venue jusqu'ici pour le goûter.

Jacques comprend qu'il doit abréger les politesses d'usage.

— Il fallait que tu fasses ta part du chemin. C'est pour cela que j'ai semé des cailloux. Si tu n'avais pas réagi, je n'aurais pas insisté.

— Les photos, dans ma boîte aux lettres ?

— Le procédé était un peu puéril mais je n'en voyais pas d'autres. Et si tu es là aujourd'hui, c'est que mon plan a bien fonctionné.

Jacques Grangez parle lentement comme si à la fatigue due à son grand âge se rajoutait le poids des mots à prononcer.

— Ça me fait plaisir de te voir, tu sais.

Sarah esquisse enfin un sourire.

— Moi aussi.

Elle a failli ajouter « Parrain Jacques » mais les mots sont restés coincés dans sa gorge.

— Tu veux bien me servir un café ? Il y en a qui bout sur le réchaud.

Sarah prend sa tasse et va la remplir. Le chien la suit d'un œil amorphe.

— Pourquoi avoir attendu que Lucie soit mourante pour reprendre contact ?

— J'ignorais son état. Nous avions coupé les ponts, ta mère et moi. J'étais sans nouvelles d'elle depuis plusieurs années.

— C'était votre sœur, tout de même.

Le visage de Jacques Grangez n'a pas bougé d'un cil. Si la phrase de Sarah l'a secoué, il n'en montre rien. Il flotte toujours sur ses traits comme un sourire que plus rien ne semble atteindre.

Ses vieilles mains enserrent sa tasse. Il en scrute le fond comme s'il y cherchait une réponse.

— Je n'en ai plus pour très longtemps. Quelques mois, tout au plus. Avant d'aller retrouver ta mère là-haut et d'avoir une grande conversation avec elle à propos de cette histoire, il fallait que je te confie un certain nombre de choses.

Sarah se sent au bord du vide.

— Pourquoi ne pas m'avoir dit que vous étiez mon oncle ?

— C'était la volonté de ta mère. Elle ne voulait pas que nous formions une famille ni même créer le sentiment que nous en formions une.

— Je ne comprends pas. Dans son journal, elle écrit tout le contraire.

— C'est vrai. Son plus grand désir était d'avoir des enfants. Mais quelque chose d'imprévu est arrivé.

— La Loi ?

— Les hommes ne font pas toujours ce qu'ils veulent. Parfois, l'Histoire les rattrape. Si ta mère n'avait pas privilégié sa carrière, elle aurait sans doute fondé une famille plus tôt. Sa vie et la tienne auraient été bien différentes. La Loi a été adoptée en quelques semaines pour soi-disant inverser la courbe démographique. Quand elle a été votée, Lucie était déjà enceinte. Du coup, son projet de famille nombreuse est tombé à l'eau.

— Deux enfants sinon rien, c'est un peu tordu, non ? Pourquoi ne pas s'être contentée de ce qu'elle avait ?

Jacques Grangez ferme les yeux comme s'il voulait éluder la question.

— Je ne pensais pas que ce serait aussi difficile. Je ne sais pas par où commencer.

Sarah pose devant lui le portrait en gros plan d'un garçon au regard sombre et à la mèche rebelle.

— Où l'as-tu trouvée ?

— Dans le bureau de ma mère.

Le vieil homme fixe l'image.

— C'est mon frère, n'est-ce pas ?

Sans détacher son attention de ce visage exhumé du passé, Jacques acquiesce.

— Expliquez-moi !

Sarah a frappé la table du plat de la main, réveillant son oncle de la contemplation dans laquelle il s'était enfermé.

— Pourquoi prendre le risque de fonder une famille nombreuse si c'est pour s'en détourner ?

Jacques fait « non » de la tête. Sarah perd patience.

— Ça ne tient pas debout !

— Ce n'était pas *son* choix, Sarah !

Les émotions ont eu raison de sa voix. Le silence revient dans la pièce. De son panier, le chien semble se demander ce qui met son maître dans une humeur aussi triste.

Le vieux fait glisser la photo sur la nappe de toile cirée, tournée dans la direction de Sarah.

— Ce garçon n'est pas seulement ton frère.

À l'instant où son oncle prononce cette phrase, Sarah sait ce qu'il est sur le point de lui dire. Une lumière, perdue en elle depuis une éternité, lui révèle qu'elle l'a toujours su. Des photos qui n'ont jamais été prises, des images dont il n'existe aucun négatif, se rassemblent des quatre coins de sa mémoire cachée et se rangent en un flash dans un ordre qui leur donne enfin une signification. La pellicule reconstituée tourne à rebours, remonte vers l'origine, la source, les couloirs oubliés. Elle sait ce que l'oncle va dire, elle voit le mot s'afficher, un mot qui remonte de très loin, du jour où la lumière est apparue trop forte pour garder les yeux ouverts, où elle-même n'était encore qu'une nébuleuse, une forme chancelante et vulnérable, comme cette autre qu'elle reconnaît sans la voir, mais qu'elle sent, qu'elle a toujours sentie près d'elle, en elle, depuis le premier battement, depuis le début du monde.

La voix fatiguée du vieil homme déchire la pellicule, brûle l'image et prononce le mot qu'elle a toujours connu.

— C'est ton jumeau.

# 49

# Jour J

L'œil du professionnel ne s'y trompe pas. Il suffit de comparer la qualité des briques ou du ciment utilisés pour savoir que le mur du fond est plus récent que les autres.

Que l'on ait voulu aménager deux espaces indépendants n'est pas ce qui intrigue le plus Nicolas. Ce qui le trouble, c'est que les plans n'indiquent qu'un seul accès à la cave, celui qu'il a emprunté. La partie murée qui se situe à peu près sous le grand salon, à moins d'un passage dérobé, est sans issue. Pourquoi avoir créé un espace en sous-sol dont on ne puisse ni entrer ni sortir ?

Nicolas se saisit d'un marteau qui traîne sur l'établi. Avec le manche, il se met à cogner sur le mur, à la recherche d'un creux, d'une fausse note, vieux souvenirs de romans où des parois en toc pivotent sur des escaliers secrets menant à la salle du trésor. Mais le mur ne lui renvoie que des sons durs et compacts.

Concentrée sur la pierre, l'oreille de Nicolas est sourde aux cris discrets que renvoient les marches de l'escalier.

À aucun endroit le mur ne trahit de point faible. Nicolas recule de quelques pas, le marteau en main, pour avoir une vue d'ensemble. À moins de l'attaquer à la masse, il n'y a aucun moyen de passer de l'autre côté.

Son regard fait plusieurs fois le tour de la pièce, revient sur le plan qu'il a étalé sur l'établi. Ce que Nicolas déteste le plus au monde, c'est buter contre ce qu'il ne comprend pas, comme ce mur dont la présence lui paraît absurde, sans autre utilité visible que de servir d'appui aux bouteilles de vin de Lucie.

Les niches.

Sa lampe balaie les urnes dans lesquelles sont rangées les bouteilles. Quelque chose ne va pas. Elles ont été conçues en dépit du bon sens. Il aurait fallu les placer plutôt en hauteur qu'au ras du sol, afin d'éviter de se mettre à quatre pattes pour choisir son vin. Sans compter que l'absence d'un éclairage adapté rend impossible toute tentative de distinguer un sauternes d'un saint-émilion. Elles ne sont pas uniquement destinées à abriter des grands crus.

Nicolas se rapproche, dirige le rai de lumière vers les points de jonction entre les niches et le mur. Même si ce n'est pas réalisé dans les règles de l'art, l'ensemble est solide.

Il s'accroupit, passe d'une urne à l'autre. Chacune ne contient pas plus d'une dizaine de bouteilles. Alors qu'au vu de leurs dimensions, il pourrait y en avoir trois ou quatre fois plus. La poussière et les toiles d'araignée incommodent Nicolas. Presque au bout de la rangée, dans le coin le plus sombre, l'urne du haut dénote. Deux bouteilles y semblent oubliées. Deux bouteilles vides.

Nicolas se penche un peu plus, écarte les vidanges et éclaire l'intérieur. Contrairement aux autres, cette urne n'a pas de fond. À la place des briques, un grand trou noir. Et une sacrée profondeur de champ.

Un passage.

## 50

# Jour J

Daniel.

Né moins de deux minutes après elle.

Le grain de sable dans le scénario si bien huilé de Lucie Beaumont.

Six lettres qui viennent se coller sur les photos de l'adolescent boudeur.

Le vieux Jacques déballe tout. Sarah écoute, assommée. Elle n'a pas la force de l'interrompre, de lui poser les questions qui la hantent.

Elle veut savoir où est Daniel, s'il est toujours vivant, à quoi il ressemble, s'il est au courant de cette histoire.

La sonnerie de son téléphone retentit. Aline insiste. Ce n'est vraiment pas le moment. Mais Sarah commence à s'inquiéter. L'appellerait-elle pour une autre raison que son anniversaire ? Lui serait-il arrivé quelque chose ? Elle se promet de la rappeler dès que possible.

Jacques reprend son récit. Lorsque la Loi passe, Lucie apprend qu'elle attend des jumeaux. Elle sait le sort que la Loi réserve à tout enfant « excédentaire ». Son monde s'écroule.

— C'est moi qui vous ai mis au monde, dans sa maison. Mon premier accouchement clandestin mais le premier d'une longue série.

Jacques Grangez marque une pause. Il espère que ses derniers mots vont faire réagir Sarah mais la jeune femme reste muette. Il soulève lentement sa tasse de café. Sa main tremble légèrement. Alors qu'il pensait que révéler un secret porté pendant si longtemps le libérerait, la confession qu'il vient de faire le remplit d'un vide et d'une fatigue énormes.

— Accoucher a été pour Lucie la plus belle et, en même temps, la plus terrible des expériences. Ce jour-là, elle savait déjà à quoi ressembleraient vos vies.

# 51

# Jour J

Sa chemise et son pantalon sont bons pour la malle à linge sale. Pour avancer, il a fallu qu'il rampe sur le ventre, les bras en avant, sa lampe torche dans la bouche, dans une posture ridicule. Quelques kilos de trop et il restait coincé.

De l'autre côté, on ne distingue quasiment rien. La lumière du jour, diffusée par une toute petite fenêtre grillagée, n'éclaire qu'un coin de la pièce. Ce n'est pas suffisant pour s'orienter.

Nicolas avance prudemment. L'odeur, un mélange de renfermé et d'humidité, est désagréable. Le faisceau de sa lampe balaie le plafond avant de croiser un lustre à plusieurs branches. En suivant le câblage, Nicolas trouve un interrupteur.

Le lustre ne porte plus que deux ampoules qui fonctionnent encore.

Comme l'indiquaient les plans, la deuxième partie de la cave est aussi grande que la première. Mais son affectation semble très différente. Ici, pas d'établi, pas d'espaces de rangement mais un lit fait sans un pli, à la manière militaire.

Au centre de la pièce trône un vieux fauteuil. Une table basse est posée sur un tapis. Contre un mur sont appuyées deux armoires. Dans l'une sont rangés des vêtements. Dans l'autre, des livres, des bandes dessinées, des boîtes de jeux, des cahiers, des feutres de couleur. Dans un coin, quelques haltères, des poids sont posés autour d'un banc sur lequel repose une serviette.

Une grande partie des murs sont couverts de signes, de dessins, de gribouillages. Un psychologue y trouverait sûrement matière à remplir des pages de dossier mais un architecte n'y voit que des formes confuses. À part quelques silhouettes représentées de manière naïve et encerclées de traits qui semblent avoir été tracés sous l'effet de la colère, Nicolas ne voit rien de familier.

Cet espace n'est pas un lieu de stockage, ni un débarras, c'est une chambre. Quelqu'un y a vécu et y vit peut-être toujours. Un enfant, vraisemblablement.

Nicolas reste figé, le cœur battant, les pensées en ébullition. Les théories de Sarah, qu'il a prises pour des délires, se vérifient. Sa mère, la grande Lucie Beaumont, retenait donc un enfant prisonnier dans cette cave. Il peine à en croire ses yeux, a l'impression de basculer dans un cauchemar.

Un bruit, comme un frottement, attire son attention, derrière lui. Nicolas se retourne vers le mur qu'il a traversé. Personne.

Ses mains deviennent moites. Ses jambes se dérobent. Cette découverte s'accompagne d'une appréhension idiote, le sentiment d'avoir mis les pieds là où il n'avait pas le droit, de s'être mis en danger, comme quand on se risque dans une propriété privée gardée par des chiens dangereux.

Soudain, dans un coin de la pièce, se détache une forme qu'il n'avait pas encore remarquée, en retrait. Collée au mur, une échelle en bois conduit à une partie du plafond sur laquelle Nicolas pointe sa lampe torche.

Une trappe.

L'idée lui traverse l'esprit qu'il en a vu assez pour aujourd'hui, que pousser ses recherches plus avant ne peut lui amener que des ennuis, qu'un repli s'impose et que céder à la tentation de cet escalier de fortune n'est vraiment pas raisonnable. Mais le temps que cette idée fasse son chemin, son pied gauche teste déjà la solidité de l'échelle.

L'ascension est d'autant plus prudente qu'elle est juste posée sur le mur, sans attache ni sécurité.

Toujours muni de sa torche, Nicolas grimpe lentement jusqu'à atteindre la trappe en tendant la main. Elle ne lui oppose aucune résistance.

# 52

# Jour J

— Vous êtes jumeaux mais vous avez grandi comme deux enfants uniques. Lucie a décidé de vous séparer, dès votre naissance, pour vous protéger. Elle ne voulait pas que vous vous connaissiez, ni même que vous vous croisiez.

Jacques s'interrompt pour reprendre son souffle. Cela fait si longtemps qu'il n'a plus parlé autant à quelqu'un.

— Ta mère a compris l'ampleur de ce que sa décision impliquait. Elle allait devoir mettre sa vie publique entre parenthèses, mentir aux médias et avant tout, trouver une maison plus grande et plus isolée que celle qu'elle habitait à l'époque. Une maison où il serait possible d'élever deux enfants sous le même toit, sans qu'ils soient au courant de l'existence l'un de l'autre. Ton père avait un don pour dégoter ce que ta mère désirait. C'est lui qui a trouvé la Villa, l'endroit idéal.

Quelques gorgées de café. Sarah attend, estomaquée.

— Les premières années, ça a plutôt bien marché. Daniel et toi aviez chacun une chambre. Vous mangiez et sortiez à des heures différentes. Comme le désirait Lucie, vous ne vous voyiez jamais. La Villa était comme divisée en deux.

Sarah tente d'imaginer ce que devait être le quotidien de ses parents soumis à cette logique.

— À cette époque, ta mère n'avait pas encore fait une croix sur sa carrière. Elle comptait revenir après deux ou trois années d'absence. Un communiqué a été publié, pour la presse, dans lequel elle annonçait qu'elle était devenue maman, d'un seul enfant, évidemment. Et pour éviter la curiosité de certains journaux avides de scoops, quelques photos furent envoyées. Lorsqu'il a fallu choisir entre Daniel et toi pour la séance de prises de vues, c'est sur toi que c'est tombé. Tu avais à peine quelques semaines. Mais ce choix a été déterminant pour le reste de l'histoire.

D'un geste, Sarah l'interrompt.

— Pourquoi ?

— Parce qu'en te choisissant pour cette séance photo, ta mère t'avait désignée comme l'enfant « officiel ». Le pli était pris. C'est toi qui as été déclarée à l'état civil. C'est encore toi qui, plus tard, as été à l'école. Pas Daniel. Jamais Daniel.

Le regard du vieil homme plonge dans celui de Sarah. Elle y lit un mélange de soulagement et de honte.

— Et puis, Charles est mort. Ton père s'est tué dans un stupide accident de voiture, pas loin d'ici. Vous aviez un peu plus de deux ans, Daniel et toi. Ta mère ne s'en est jamais remise. Sa disparition a tout changé. Lucie a décidé de ne plus jamais monter sur scène, ni d'enregistrer de disques. Et moi, je suis venu à la Villa pour l'aider. Ça n'a pas été facile. J'avais un métier. Et puis, il y avait le réseau.

Nous y voilà, pense Sarah : le réseau. Tout à l'heure, elle n'avait pas relevé la petite remarque à propos de l'accouchement clandestin, « le premier d'une longue série », mais là elle ne peut pas faire autrement que d'intercepter la remarque.

— De quel réseau parlez-vous ?

Il ne peut s'empêcher de réprimer un sourire.

— Il y a quarante ans, une vingtaine d'hommes et de femmes révoltés par la Loi ont créé une organisation pour lui résister et aider ceux qui désiraient la contourner. Au départ, c'étaient surtout des médecins, des professeurs et puis très vite, des représentants de toute la société civile.

— Et vous ?

— Je faisais partie des tout premiers, oui. Je l'ai même dirigé pendant un certain temps. Cette histoire est consignée dans un texte que je tiens à ta disposition, si ça t'intéresse.

— Qui vous dit que vous pouvez me faire confiance ?

— Ceux qui ont récemment pris contact avec toi.

M. et Mme « Sellers », avec leur allure de Témoins de Jéhovah.

— Je n'ai plus aucun rôle actif dans le réseau mais j'y ai toujours mes entrées.

Le vieux Jacques semble assez satisfait de l'effet que sa dernière phrase a eu sur Sarah.

— Tant que vous étiez petits, vous élever séparément ne posait aucun problème. Les difficultés sont arrivées quand vous avez commencé à marcher. Vous étiez à l'âge où les enfants partent à la découverte du monde. C'était devenu un enfer de vous cantonner chacun dans une partie de la maison. Malgré sa taille, la Villa était devenue trop petite pour deux personnes qui ne peuvent jamais se croiser. C'est alors que j'ai eu une idée.

# 53

# Jour J

La pièce fait un peu plus de quatre mètres carrés, plutôt en longueur. Il y a juste la place pour un canapé et une télévision, posée sur un meuble bas où sont rangés un ordinateur, des disques durs, quelques vieux DVD, un appareil pour les lire et des écouteurs.

Cet espace a été volé à une autre pièce, que Nicolas estime être le vestiaire.

Il n'y a pas plus de lumière naturelle dans cette pièce que dans la cave. Le seul éclairage consiste en une petite lampe surmontée d'un abat-jour décoré avec des motifs enfantins.

Sur les murs sont tracées d'autres inscriptions, par la même main. Et par endroits, avec la même colère. Une colère que Nicolas commence à comprendre.

Il s'enfonce dans le canapé, prend quelques DVD qui traînent à terre, examine les jaquettes. Ces films ne datent pas d'hier. Il imagine l'enfant assis à sa place, en train de regarder en boucle les mêmes images qui ne le font plus rire depuis longtemps, avec des écouteurs sur les oreilles pour ne pas que le reste de la maison entende. L'autre maison, celle qui est juste derrière le mur, où les règles ne sont pas les mêmes. Un autre monde. Un frisson le parcourt.

Nicolas abandonne les DVD sur le canapé. La pièce est prolongée par un couloir. Un grand mot pour désigner un passage à peine assez large pour la carrure d'un enfant.

Il est obligé de se mettre de biais pour avancer. C'est un cul-de-sac, éclairé par deux rais de lumière. Deux trous ont été percés dans le mur. Il colle son œil dans celui du haut mais ne distingue pas grand-chose. En toute logique, la pièce derrière ce mur devrait être le grand salon. Mais quelque chose l'empêche d'en être sûr. Il s'accroupit avec difficulté pour regarder par l'autre trou, celui pratiqué dans le bas du mur. La posture est très inconfortable. Mais la vue meilleure. Il comprend où il est. Derrière une des bibliothèques.

Lorsqu'il veut se relever, Nicolas ressent une violente douleur dans la nuque. En une fraction de seconde, sa vue se trouble. Sa main se plaque sur l'arrière de son crâne. Une étrange chaleur envahit sa paume. Ses cheveux sont poisseux. Il ne parvient plus à se mettre debout. Sa tête tourne, comme s'il était victime d'une chute de tension. Des cris résonnent derrière lui, étouffés. Il veut se retourner mais son corps ne répond plus.

Il ferme les yeux juste avant le second choc qui le frappe sur le côté du visage.

# 54

# Jour J

Une prison.

La Villa abritait une prison invisible, pour un seul détenu. Un enfant dont le crime était d'être en trop, d'avoir été conçu en dehors de la norme et sans doute d'être sorti second du ventre de sa mère.

Pendant tout ce temps, son jumeau était là, derrière un mur, séparé d'elle par quelques centimètres à peine. Ce qu'elle apprend de l'homme qu'elle appelait Parrain Jacques avec une certaine affection est monstrueux.

Au nom de quelle logique tordue des adultes ont-ils pu élever des murs et diviser une maison pour la transformer en geôle et y enfermer un enfant ?

Chaque tentative de Jacques Grangez pour se justifier décuple la rage de Sarah.

— Essaie de comprendre. Il fallait s'organiser. Tant que vous étiez en bas âge, Daniel et toi, le système fonctionnait. Après, il a fallu trouver autre chose.

— Une prison ? C'était ça, la solution ?

— Ce n'était pas une prison, Sarah. C'était sa maison. Sa maison à lui, à l'intérieur de l'autre. Un abri où ta mère lui avait appris à se cacher quand il devait rester invisible, notamment quand tu étais là.

Sa voix flanche, sous son voile d'usure.

— Quand tu as eu l'âge d'aller à l'école, Lucie t'a envoyée dans les meilleures institutions. Tu y restais en général toute la semaine, pour ne revenir que les week-ends ou pour les vacances. Quand tu n'étais pas là, c'est-à-dire souvent, Daniel pouvait circuler dans la Villa comme il le souhaitait.

— Et il rentrait sous terre quand j'étais présente ? Je suis curieuse de savoir ce que vous lui disiez pour qu'il obéisse.

— Que tout ce qui venait du monde extérieur était mauvais, représentait un danger. Cette idée lui était martelée par Lucie avec tant de conviction qu'il a fini par avoir vraiment peur de s'aventurer dehors.

— Ma mère et vous étiez de vrais malades mentaux.

Ces révélations donnent la nausée à Sarah. Le dégoût la submerge.

— Pourquoi ne nous avoir rien dit plus tard ? À douze ans ? Ou quinze ? On aurait pu comprendre, jouer le jeu, s'entraider.

— C'était trop tard. Le caractère de Daniel s'était, comment dire, transformé.

Regard fuyant du vieux Jacques.

— Il s'est replié sur lui-même, il est devenu taciturne, secret. Son comportement était parfois bizarre.

— Ça vous étonne ? Barricadé comme il l'était. Sans aucun contact, sans personne pour lui apprendre à lire ou à écrire.

— Détrompe-toi. Ce n'est pas parce qu'il n'a pas eu la chance d'aller à l'école qu'il n'a pas reçu d'éducation. Pendant un certain temps, grâce au réseau, des professeurs sont venus à la Villa pour lui enseigner les bases.

La voix de Jacques se perd dans le lointain. Ses mots parviennent comme étouffés à Sarah, sans contenu. Un sentiment d'irréalité la submerge.

— Je n'étais pas toujours d'accord avec ta mère. Elle allait trop loin. Mais quand elle avait pris une décision, il était difficile de lui tenir tête…

Jacques continue à parler. Il ne se rend compte de rien. Sarah ne l'écoute plus. Elle sent à nouveau le regard de la Villa sur elle, cette impression d'être observée, scrutée à tout moment. Elle revoit un rideau voleter à sa descente de voiture.

Le frisson qui la traverse de bas en haut lui coupe la respiration.

# 55

# Jour J

— Frappe !

L'ordre de Lili a retenti dans mon crâne. Un cri sec.

— Frappe !

Alors, j'ai obéi.

Ma main ne serrait pas la pelle assez fort. Au moment de frapper, le manche a glissé, le coup n'a pas été donné comme il fallait. Normalement, le type aurait dû être assommé. Du sang a giclé. Ça m'a éclaboussé la main, le bras, la chemise. Mais le type ne s'est pas écroulé comme prévu. Je l'ai juste blessé.

— Frappe encore !

Ce n'est pas si facile. Il faut avoir l'habitude de ces choses. Ne pas trembler, ne pas avoir les mains moites, faire vite.

Il a touché sa nuque. Il a regardé sa main rougie par le sang. Ça m'a dégoûté. J'ai vu qu'il essayait de se lever mais qu'il n'y arrivait pas. Il est resté à genoux pendant plusieurs secondes. Lili criait dans mon dos. Je ne savais plus quoi faire.

— Mais frappe-le ! Tu vois bien qu'il essaie de se mettre debout !

Je ne sais pas combien de temps ça a duré. Trop longtemps pour Lili, qui m'a pris la pelle des mains et a frappé une seconde fois.

Elle n'a pas tremblé, elle serrait bien le manche, le coup a projeté le type à terre.

Lili dit qu'il fallait le faire, que le type était devenu trop curieux, qu'il avait mis son nez là où il ne fallait pas. De toute façon, ça faisait partie du plan.

Lili dit que c'était le moment ou jamais. Qu'on n'aurait pas pu rêver mieux. En partant ce matin, la fille de la vieille nous a laissé le champ libre. Lili s'est occupée du gamin quand le type est descendu à la cave. Puis ça a été mon tour.

Que tout cela se soit passé aujourd'hui, à cette date précise, celle en plus sur mon calendrier, c'est un signe. Le signe que cela devait arriver, que ça ne pouvait pas se passer autrement.

Quand la fille reviendra de la ville, elle aura une sacrée surprise. Lili m'a dit que ce serait émouvant. Les retrouvailles, après tant de temps, ça fait toujours cet effet-là.

Je ne serai plus obligé de me cacher. Je pourrai enfin sortir au grand jour.

Il faudra trouver les mots pour lui expliquer. Elle finira par comprendre que des sacrifices étaient nécessaires. Et ne sera plus en colère. Lili dit toujours que la colère retombe quand on comprend certaines choses.

Ça va être un bel anniversaire. Le premier d'une longue série. Notre anniversaire. Pour la première fois, ensemble.

## 56

# Jour J

Sarah ne voit presque rien. La pluie qui frappe le pare-brise, les larmes qui n'arrêtent pas de couler et la peur qui l'envahit tout entière lui brouillent complètement la vue. Ses mains sont blanches aux jointures à force de serrer le volant. En cas de déluge, il est conseillé de brancher le pilotage automatique et de laisser le centre de contrôle prendre les commandes, comme il le fait en ville. Mais la vitesse maximale que le système autorise en pareille circonstance n'est pas compatible avec l'impatience de Sarah.

Les sonneries qui résonnent dans le vide lorsqu'elle appelle le portable de Nicolas ne présagent rien de bon.

Elle est sortie de chez le vieux gynécologue en courant, affolée. Elle en a assez entendu. Il faut qu'ils quittent la Villa, au plus vite, qu'ils s'en débarrassent et laissent toute cette histoire derrière eux.

Depuis le début, cette maison dégage des ondes malsaines, dangereuses. Ce qui n'était qu'une vague intuition s'est mué en certitude. L'impression que la maison l'épiait en permanence, la surveillait, respirait, n'en est plus une. Il y a toujours eu quelqu'un derrière ces murs. La maison a toujours été hantée, par quelqu'un de bien vivant.

Jacques lui a affirmé qu'il n'a plus pris de nouvelles de la Villa depuis une vingtaine d'années, qu'il ignore ce qu'il est advenu de Daniel et où il se trouve aujourd'hui. Comment un homme aussi fin peut-il s'aveugler à ce point ?

S'il a rompu les liens avec sa sœur, c'est que les limites de la raison avaient été franchies depuis longtemps. On n'enferme pas un jeune homme de vingt ans comme s'il en avait encore cinq, quelles que soient les circonstances, sans provoquer des dégâts irrémédiables. Malgré ses mises en garde répétées, Lucie Beaumont a continué à maintenir son fils dans la hantise d'un monde extérieur hostile.

Quarante années à respirer le même air, à se fatiguer les yeux sur les mêmes murs, à croire l'humanité réduite aux deux ou trois personnes que l'on a croisées dans sa vie.

Comment guérir d'une mère qui vous a dénaturé ? Comment lui survivre ? Ça a sûrement commencé comme un jeu. Il faut se cacher des méchants, se rendre invisible. Tous les enfants adorent ça, faire croire qu'on n'existe pas. Sauf que dans la vraie vie, le jeu prend fin. Il ne dure pas quarante ans.

Au début, on ne pose pas de questions, on ne s'en pose pas non plus. On obéit. C'est la règle, c'est le jeu. On interroge sa conscience plus tard.

Qui est cette petite fille qui vient régulièrement dans la maison et qui prend des photos avec maman sur la plage ? D'où vient-elle ? Et pourquoi ne puis-je pas jouer avec elle ? Pourquoi y a-t-il des enfants qui peuvent circuler librement, aller et venir dans le monde et d'autres qui doivent restés confinés comme moi ?

Daniel se les est-il posées, ces questions ?

Selon Jacques, avec le temps, l'enfermement de Daniel est devenu intérieur. Il s'est tellement pris au jeu qu'il s'est peu à peu cloîtré en lui-même, devenant sa propre prison.

Avec l'aide du réseau, Jacques a plusieurs fois tenté de proposer des solutions pour sortir Daniel de la maison mais Lucie Beaumont s'y est toujours opposée avec violence. Et puis arrive un jour où il n'en peut plus d'être le témoin impuissant d'un comportement qui vire à la démence. Il veut tout révéler à Daniel. Lucie le lui interdit, s'interpose. S'il fait ça, dit-elle, il n'aura plus de famille. Mais il s'en moque. De toute façon, de quelle parodie de famille parle-t-elle ? Il balance tout d'une traite, comme il l'a fait aujourd'hui à Sarah. Daniel encaisse sans broncher. Puis, convaincu de s'être vidé à bon escient, Jacques quitte la Villa pour ne plus y revenir. L'image qu'il emmène avec lui avant de claquer la porte est celle d'un garçon au regard vide, refugié derrière une femme montrant des dents de louve, hurlant à son frère qu'il est définitivement mort pour elle et qu'il les voit pour la toute dernière fois de sa vie, soutenue par une jeune domestique complice à force de reconnaissance servile.

C'était il y a vingt ans. Il faudrait croire au Père Noël pour imaginer que le coup d'éclat de tonton Jacques ait remis les idées de son neveu en place, qu'il ait soudain pris conscience de l'emprise néfaste de sa mère, de l'incongruité de son existence et qu'il ait retrouvé raison et équilibre.

Les tentatives de joindre Nicolas par téléphone restent vaines. Sarah est furieuse, surtout contre elle-même. Si elle avait laissé son passé dormir dans la naphtaline, elle n'aurait pas mis en danger Nicolas et son fils. Heureux, les ignorants. Elle accélère encore.

Le ciel est noir comme si la nuit était tombée avec une demi-journée d'avance. La pluie s'abat sur le toit de la voiture avec un fracas de fin du monde.

La voiture quitte l'autoroute. Le rideau de pluie rend illisibles tous les panneaux. Une ligne droite, un rond-point puis à gauche une nouvelle ligne droite jusqu'au village. Ce retour dure des siècles.

Villa Arpeggione. Enfin. La voiture s'engouffre dans la propriété. S'arrête devant le perron. Ses semelles glissent dans le gravier. Elle trébuche à deux reprises, s'écorche les genoux, arrive trempée en haut des marches.

La porte d'entrée est entrouverte. Son cœur s'accélère. À l'intérieur, il fait sombre comme en pleine nuit.

— Nicolas ! Jérôme !

Sa gorge a expulsé ces deux prénoms comme s'ils y étaient restés coincés durant tout le trajet de retour. Seul le silence lui répond.

Elle tente d'allumer la lumière mais les plombs ont sauté. La maison semble abandonnée. Aucune odeur de cuisine, aucun son, pas le plus petit signe de vie.

Son imperméable dégouline sur le carrelage du hall d'entrée. Elle se sent terrifiée, inutile, pitoyable.

— Jérôme !

Dans sa voix aspirée par le vide, la panique se mélange à la rage.

— Répondez-moi !

Ses mots s'écrasent contre les murs, retombent au sol comme des balles mortes.

Elle se dirige vers la cuisine, comme soûle. Personne. Elle monte l'escalier et, à mi-chemin, tend son corps vers le premier étage.

— Nicolas !

Pas de réponse. S'appuyant sur la rampe, elle redescend, titube vers le salon. S'ils se cachent pour lui faire une surprise, le ton de sa voix devrait leur faire comprendre qu'elle n'est pas d'humeur.

— Où êtes-vous ?

Le salon. Jacques lui a parlé de ce mur qu'il a élevé pour isoler une partie de la pièce et en faire un des couloirs des *appartements privés* de Daniel. Sarah se met à frapper sur la paroi.

— Sors de là ! Je sais qui tu es ! C'est plus la peine de te cacher !

Ses poings s'abîment en vain sur le mur. Personne ne lui répond. Elle tente de bouger la bibliothèque qui en masque une partie. On ne sait jamais, il pourrait y avoir un passage secret, comme dans les films. Mais le meuble est trop lourd et elle trop fébrile. Elle est à bout de souffle, la voix cassée. Cette maison est en train de gagner, de la rendre dingue.

Dehors, la tempête joue à alterner jour et nuit, comme un enfant qui s'amuse à éteindre et allumer la lumière de sa chambre.

Sarah ouvre la grande porte vitrée qui donne sur la plage. Le vent et la pluie s'engouffrent dans le salon, la repoussent vers l'intérieur. Après quelques secondes, elle se retrouve sur la terrasse, face au large, trempée et les cheveux dans les yeux.

— Jérôme ! Nicolas ! Répondez, merde !

Face à elle, une bataille fait rage. La mer pousse ses troupes déchaînées sur la plage qui se défend en faisant tournoyer des ouragans de sable. Dans les yeux de Sarah, les éclairs donnent à ce tableau des allures d'hystérie. Ses cris sont avalés par le vacarme de ce chaos.

Qu'est-il arrivé à son mari et à son fils ? Pourquoi ne se manifestent-ils pas ? S'il faut une victime expiatoire, c'est à elle que les fantômes de cette maison doivent s'en prendre, pas à eux. Ce n'est pas leur histoire.

Soudain, malgré la fatigue et le bruit, elle sent le poids d'un regard peser sur son dos. Une ombre, derrière elle, qu'elle reconnaît immédiatement.

Lentement, elle se retourne.

# 57

## Jour J

Je me suis glissé sans bruit derrière elle. Tout près. Je peux sentir l'odeur de ses cheveux mouillés.

Mon cœur bat si fort qu'il me fait mal. Ça fait si longtemps qu'on attend ce moment, Lili et moi.

Ce n'est pas une fête d'anniversaire comme les autres. C'est une renaissance. Comme si on effaçait ce qui s'était passé avant pour tout recommencer. Sans faire les mêmes erreurs.

Elle ne comprend pas encore. C'est normal. Elle est en colère. C'est toujours difficile de passer d'une histoire à une autre. Mais quand elle réalisera où se trouve sa vraie vie, il n'y aura plus de souffrance, plus de cris. Il n'y aura plus que le bonheur d'être à nouveau ensemble.

Réunis pour toujours.

# 58

# Jour J

La forme habillée de noir se dresse, immobile, entre elle et la maison, comme pour lui en interdire l'accès. Sarah n'arrive pas à distinguer les traits de son visage. Il fait trop sombre. L'homme n'est ni grand ni large des épaules, il n'a pas l'air de peser bien lourd, elle pourrait facilement l'écarter pour entrer. Mais quelque chose la retient. Ses pieds pèsent des tonnes. Son corps tout entier n'est qu'un nœud impossible à défaire.

À peine quelques pas les séparent. En réalité, un gouffre de quarante ans.

Comment imaginer que leurs corps ne faisaient qu'un, baignant dans le même liquide, destinés à être le miroir l'un de l'autre, un reflet où ils se seraient vus grandir, liés par des secrets connus d'eux seuls ? L'Histoire en a décidé autrement. Aujourd'hui ce sont deux étrangers, trempés, qui se font face.

Les secondes s'étirent. La pluie tombe plus légère, plus fine. Peu à peu, Sarah reprend le contrôle de ses muscles et de sa respiration.

Soudain, deux éclairs les bombardent d'une lumière métallique. Sarah vacille. Elle a tout de suite reconnu l'enfant perdu de la photo. Même regard, même mèche dissimulant une moitié de son visage, même tristesse incarnée : un ange blessé. C'est comme si on avait posé sa tête d'alors sur un corps d'adulte.

— Daniel... ?

La voix de Sarah sonne comme une corde de violon éraillée par un archet amateur. Son pied s'est décollé du sol. Lentement, elle se rapproche de lui comme d'un animal renversé par une voiture, avec l'envie de porter secours mais aussi la peur d'être mordue. Il lui faut l'énergie d'un nageur remontant le courant d'un torrent en colère pour franchir ces quelques mètres.

— Tu sais qui je suis, Daniel ? Tu m'as déjà vue, n'est-ce pas ?

Elle lui parle comme à un enfant. Avec prudence, sa main se tend vers celui dont elle n'arrive toujours pas à réaliser, ou à accepter, qu'il soit son jumeau, et se pose sur sa joue. Ce qu'elle sent sous ses doigts est tendu à l'extrême, pétrifié au sens propre.

— *Daniel...*

Sarah frissonne. Ce n'est pas la pluie qui la glace, c'est sa voix. Une voix qui n'a pas mué, celle d'un enfant qu'on a empêché de grandir, qui ne maîtrise pas les mots.

Une onde de pitié la submerge. C'est tout ce qu'elle est capable de ressentir. Bien qu'une moitié d'elle-même lui soit rendue, aucune sorte de vide en elle ne se remplit de cette présence. Elle devrait prendre ce frère dans ses bras, lui dire qu'il n'a rien à craindre d'elle, qu'il n'est plus obligé de se murer, que son cauchemar prend fin mais quelque chose de profond la bloque. Elle ne voit en lui qu'un étranger.

— Daniel...

Elle cherche son regard mais ses cheveux mouillés forment comme un écran.

— ... où est mon petit garçon ?

Ses mots sont en partie couverts par le grondement de l'orage qui s'éloigne. Parler lui demande une énergie qu'elle doit puiser dans ses réserves. Elle prend le visage de Daniel entre ses mains.

— Réponds-moi, Daniel ! Où est-il ?

Un nouveau flash les pulvérise d'un jour blanc. Daniel lui saisit les mains. Sans violence mais avec une force à laquelle elle ne peut résister.

La pluie a cessé. Il l'emmène à l'intérieur.

Le grand salon est plongé dans le noir, comme le reste de la maison, comme si les plombs avaient sauté. Sarah le suit sans résistance. Sa vue s'habitue à la pénombre. Main dans la main, Sarah et Daniel traversent le rez-de-chaussée et se dirigent vers la salle à manger qu'éclaire une lumière vacillante.

La table a été dressée pour un dîner de fête, avec nappe et bougies. Le cœur de Sarah se fige. Nicolas et Jérôme sont assis à la place qu'ils occupent habituellement, inconscients. La tête de l'enfant est renversée, celle de son époux tombe lourdement sur le côté. Son oreille et son cou portent des traces de sang séché.

Ils ressemblent à des marionnettes dont on aurait coupé les fils. Sarah sent le sol se dérober sous ses pieds.

— Joyeux anniversaire !

Debout à l'extrémité de la table, comme si de rien n'était, Élise arbore un sourire que Sarah ne lui a jamais vu. Les quarante bougies d'un gâteau posé devant elle font danser son visage. Elle est rayonnante. C'est une autre femme.

— Qu'est-ce que vous leur avez fait ?

La voix de Sarah vient de profondeurs inexplorées, creusées par l'effroi dans lequel ce cauchemar la plonge.

Elle lâche brutalement la main de Daniel, se rue sur les deux êtres qui représentent ce qu'elle est parvenue à construire loin de sa mère et que cette maison est en train de lui reprendre.

Élise la regarde, presque amusée.

— Laisse cette histoire derrière toi, Sarah, ce n'est pas la tienne. Ton histoire n'a jamais cessé de t'attendre ici, dans ta maison.

Sarah prend son fils dans les bras. Elle a l'impression de soulever un sac de plomb. La tête de l'enfant roule dans le creux de son épaule. Elle cherche une respiration, un pouls. Un soulagement sans nom l'étreint. Dans le cou de Jérôme, une veine bat faiblement.

Élise continue de parler, presque heureuse.

— J'ai fait une promesse à la femme qui t'a donné la vie et a sauvé la mienne. Elle serait tellement heureuse de voir que j'ai tenu parole.

Sarah ne l'écoute pas, elle repose Jérôme doucement sur sa chaise puis se met à ausculter son mari, à la recherche d'un signe de vie. Le visage de Nicolas est déformé par un hématome qui lui ferme presque complètement l'œil gauche. Le coup qu'il a reçu a dû être d'une violence inouïe. Le cœur de Sarah frappe tellement fort dans sa poitrine qu'elle est incapable de sentir si celui de son mari bat encore. Tout ce qu'elle arrive à capter est une sorte de souffle qui lui donne envie de pleurer.

Pendant ce temps, Élise poursuit sa litanie.

— Même si elle nous a quittés, je sens sa présence dans cette pièce. Lucie serait si fière de moi.

Sarah fait volte-face, remplie de cette énergie que l'on associe au désespoir.

— Taisez-vous ! Ce n'est pas vrai ! Lucie Beaumont est morte et son esprit ne plane nulle part, espèce de dingue !

Le film de ces derniers mois défile en accéléré devant les yeux de Sarah : Élise figure dans toutes les scènes. Élise qui la harcèle à son cabinet, devant son immeuble. Élise qui pleure à l'hôpital, à l'église, au cimetière. Élise chez le notaire, petite paumée que sa mère n'a pas oubliée dans son testament. Élise dans la Villa, aux petits soins avec ses invités. Élise qui n'a nulle part où vivre ailleurs que dans cette maison. Élise qui, depuis tout ce temps, s'est approprié la folie de la vieille, sa sauveuse, et dans laquelle Sarah a foncé, tête baissée, entraînant son mari et son fils.

— Qu'est-ce que vous voulez ?

— Réparer les erreurs du passé et raccommoder ce qui a été défait.

Le regard de la domestique n'a plus rien de fuyant ou de timoré. L'assurance qui l'habite la rend méconnaissable.

— Réunir ceux qui ont été séparés, comme le souhaitait Madame.

Élise écarte les bras, dans une posture qui pourrait passer pour mystique. Son geste et le sourire qui l'accompagne ne s'adressent pas qu'à Sarah.

— Et ce moment est enfin arrivé pour vous deux !

Sarah avait presque oublié Daniel. Dérivant dans un corps trop grand pour lui, le pauvre donne l'impression de s'être perdu entre la porte et la table de la salle à manger, comme en plein milieu d'un océan. Sarah plonge son regard dans celui de son frère, dans l'espoir qu'il l'aide, mais elle ne trouve rien d'autre qu'une maison vide aux murs nus.

— Il est temps de venir souffler vos bougies ! enchaîne Élise. Quand elles seront éteintes, une nouvelle vie vous sera offerte.

Aucun des deux ne réagit à la joie effrayante d'Élise. Dans ce moment figé, Sarah reconnaît la peur que l'on ressent lorsqu'on est sur le point de franchir une frontière sans promesse de retour et se figure que, si elle obéit à l'injonction de la jeune femme, elle pourrait la rejoindre dans une démence similaire.

Alors, sans réfléchir, elle se jette sur la domestique, mains en avant pour la saisir à la gorge. Surprise, Élise est déstabilisée mais ne tombe pas.

Une lutte s'engage entre les deux femmes. Sarah ne s'est jamais battue mais il ne lui faut pas longtemps pour réaliser que ce n'est pas le cas de son adversaire. Derrière son allure menue et discrète se cache un paquet de muscles secs et d'une incroyable force. Élise se libère de son emprise avec une facilité déconcertante et prend rapidement le dessus.

Sarah pousse des hurlements d'animal blessé. Les mains d'Élise enserrent ses poignets, elle tente de la faire tomber sur le côté mais le bord de la table l'en empêche.

Mue par un réflexe dont elle se serait crue incapable, Sarah lui envoie son genou dans le ventre. De douleur, la domestique pousse un cri mais se reprend aussi vite, la repoussant fermement sur la table.

Sarah bascule en arrière et se retrouve couchée près d'un candélabre. Élise est au-dessus d'elle, une lueur de folie pure dans le regard.

Incapable de se redresser, Sarah sent ses forces la quitter. Elle se débat, tente de saisir Élise par les cheveux ou de la griffer mais ses mains sont toujours prisonnières d'une poigne de fer.

Presque immobile, leur corps-à-corps est de plus en plus inégal. Soudain, Élise libère une de ses mains pour lui asséner un coup de poing au visage. Un goût de sang se répand dans la bouche de Sarah. Sa vue se trouble. Elle est à deux doigts de perdre conscience mais le peu d'énergie qui lui reste lui permet de ne pas sombrer.

Élise profite de ce court moment de flottement pour se saisir du couteau posé à côté du gâteau. Pointée dans sa direction, à quelques centimètres de ses yeux, la lame lui semble énorme. Cette fois, c'est Sarah qui tente d'emprisonner la main d'Élise. Son assaillante est hors d'elle.

— Tu n'as rien compris ! Nous allions t'aider à définitivement tirer un trait sur ta vie d'avant, à te débarrasser enfin de ceux qui t'ont éloignée de ta vraie famille pendant si longtemps !

La pointe du couteau se rapproche dangereusement du visage de Sarah. Elle essaie de se dégager mais le poids d'Élise la maintient dos collé à la table.

Ses muscles lui font mal, elle sent sa résistance et ce feu qui brûlait en elle il y a encore quelques secondes l'abandonner pour de bon.

Alors qu'elle s'apprête à rendre les armes, un cri rauque déchire ses tympans. Dans la foulée, son corps tombe lourdement sur le sol. Élise a lâché prise. Un voile sur les yeux, Sarah se tourne pour visualiser une scène à laquelle elle ne croit pas immédiatement.

À quelques mètres d'elle, Daniel repousse Élise en hurlant. Sa voix sonne comme celle d'un chien frappé par son maître.

— Daniel, qu'est-ce que tu fais ? Arrête !

Resté spectateur durant l'affrontement entre les deux femmes, le jumeau s'est rué sur elle, mû par une pulsion irrépressible. Son choix remonte de profondeurs qu'il ne maîtrise pas : pour sauver sa sœur, il doit affronter sa complice.

La domestique est aux prises avec une vague qui la submerge. Son regard traduit la panique provoquée par ce retournement de situation. Il n'y a plus de rage en elle, juste de l'incompréhension. Elle se débat, tente de garder l'avantage que lui donne le couteau dont Daniel tente de s'emparer mais l'équilibre des forces ne penche plus en sa faveur.

— Lâche-moi, Daniel ! Je ne veux pas me battre contre toi !

Sarah se relève en s'agrippant à une chaise. Les vociférations de son frère lui vrillent le crâne. Dans le magma de sons qu'il éructe, elle perçoit les plaintes d'un enfant.

Soudain, leur pugilat s'interrompt. La pièce retombe dans un silence de glace. Les deux corps se détachent l'un de l'autre, lentement, mains vides. Le couteau a disparu. L'image se fige, ils restent face à face, sans bouger. Leur prostration dure un siècle. Enfin, Daniel se retourne et s'appuie sur la table, une douloureuse surprise dans le regard. La lame est plantée dans son flanc.

Élise ne dit plus rien. Toute la violence qu'elle exprimait il y a encore un instant s'est évanouie. L'épave est échouée sur un rivage de désolation, l'envoûtement a pris fin et elle contemple les dégâts. Les cartes de son château gisent, éparpillées, sur le sol. Il ne reste que des ruines. Tout s'est écroulé si vite.

La main de Daniel se pose sur l'étoffe qui entoure le manche du couteau. Sa blessure a ramené la paix, écarté le danger. Cette satisfaction atténue quelque peu la douleur. Il se tourne vers Élise, ses yeux implorent un pardon. La jeune femme marche à reculons vers la porte de la salle à manger, balançant sa tête de droite à gauche.

Le temps que Sarah rejoigne son fils et son mari, la domestique a disparu.

Daniel s'effondre sur le sol comme un arbre mort.

# Épilogue

## J + 104

Le printemps tient ses promesses. Sarah avait oublié combien la région était belle quand la tempête ne la tourmente pas.

Les vacanciers n'arriveront que dans quelques semaines. Tant qu'ils n'auront pas pris la plage d'assaut, elle coupera par la mer pour rejoindre le village. La promenade est plus longue mais tellement apaisante.

Les rayons du soleil de juin réchauffent les tombes du petit cimetière. Elle vient y flâner de temps en temps. La compagnie des morts lui est devenue plus supportable que la folie des vivants.

La ville ne lui manque pas trop, pas plus que son travail à la clinique. Le jour où elle a présenté sa démission, tout le monde a voulu la convaincre de rester. Mais personne n'a compris qu'il n'était plus possible pour elle de continuer comme avant. Comme si rien ne s'était passé. Tellement de choses ont changé. L'ont changée.

La Villa n'est plus la même. Avec Nicolas, ils l'ont transformée de l'intérieur. C'est à cette unique condition qu'ils pouvaient y rester. Et Nicolas ne s'est pas fait prier pour réaliser ce pour quoi il est aussi doué que décrié : respecter la coquille mais la vider de son contenu et reconstruire. Tous les murs ont été abattus, les espaces agrandis. Le vieux mobilier a été évacué, avec la plupart des souvenirs qu'il renfermait. La modernité s'est enfin installée dans cette vieille demeure. Seules quelques photographies n'ont pas fini dans le container.

Il n'est toutefois pas certain que Sarah passe le reste de ses jours ici. Il lui faudra encore de longs mois, voire des années, pour qu'elle s'y sente complètement à l'aise. Sans doute l'arrivée d'un nouveau venu y contribuera. Ce qu'elle sait en tout cas, c'est qu'elle a besoin d'y vivre cette période de transition. Et si elle n'y parvient pas, la Villa trouvera facilement un nouvel acquéreur. Au moins, elle aura essayé et Nicolas aura connu le bonheur d'y avoir imprimé son style.

Aujourd'hui, une nouvelle manière d'envisager son existence s'est imposée à elle : par chapitres. On ne *refait* pas sa vie, pas plus qu'on ne la *recommence.* Repartir de zéro est une illusion, un leurre. On aura beau cacher son passé dans une consigne dont on perdrait la clé, il se trouverait toujours quelqu'un de bien intentionné pour vous le rapporter.

Son histoire continuera dans la Villa, face à la mer. Elle sera différente. Les paysages d'ici ne méritent pas d'être associés uniquement à des souvenirs douloureux.

Elle termine de manger sa pomme, assise sur une tombe. Il n'y a aucun bruit alentour qui pourrait la distraire du cours de ses pensées.

Aline s'y invite régulièrement, escortée par les remords et la culpabilité. Car, ce jour-là, elle ne téléphonait pas à Sarah pour son anniversaire mais pour l'appeler à l'aide.

Lorsqu'après mûre réflexion, elle a annoncé à son homme qu'elle était enceinte et que c'était un choix délibéré, Cyril n'a pas supporté l'idée qu'elle lui ait fait un enfant *dans le dos*. Pour lui, il était exclu de l'accepter, de le reconnaître. Il existe une Loi, lui a-t-il dit, il faut la respecter. Une Loi qui l'a rendu fou, comme tant d'autres. Devant la détermination de sa compagne, il n'a rien trouvé de mieux que de prévenir les autorités et de la dénoncer, comme une criminelle. Depuis, plus personne n'a aucune nouvelle d'Aline. Si seulement Sarah avait décroché…

Faire le deuil de son amie passe aujourd'hui par une idée qu'elle n'aurait pas pu avoir il y a quelques mois à peine. À ses yeux, la déviance n'a plus le visage de délinquants néfastes et dangereux mais celui d'Aline. Si elle ne peut plus rien pour elle, Sarah peut agir pour ceux qui décident de suivre la même voie, par envie, par besoin.

Depuis que Jacques n'est plus là, Sarah a repris ses notes, s'est plongée dans l'histoire de ce réseau qu'il a contribué à mettre en place il y a quarante ans, avec quelques autres révoltés de sa trempe. Cette histoire, elle veut la prolonger, sortir de l'indifférence dans laquelle elle s'est toujours enfermée, prendre part à cette gigantesque résistance souterraine, s'investir contre la Loi mais aussi contre toutes celles qui ont limité les libertés, changé les mentalités et infantilisé la population. Elle veut se battre pour changer cet état de fait, et mettre son métier au service de cette cause. Avoir basculé dans l'illégalité à son tour n'y est pas étranger. Comme il fallait s'y attendre, la Loi a été prolongée pour une nouvelle période de dix ans, le réseau aura encore besoin de gens comme elle. En temps voulu, elle reprendra contact avec les Sellers. Pour les autres, pas pour elle.

Au-dessus du cimetière, des mouettes tournent en rond en se poursuivant. Sarah lève le nez, sa main en visière. La lumière lui fait un peu mal aux yeux.

La semaine dernière, l'officier de police chargé de l'enquête est passé à la Villa pour lui annoncer que l'affaire serait classée très prochainement, faute de crime et surtout faute de coupable.

Celle qui disait se nommer Élise Martin semble avoir disparu des écrans radar, une performance à une époque où, dès la naissance, il est impossible de s'y soustraire. Il a même été suggéré durant l'enquête qu'elle n'avait peut-être jamais existé. Son identité n'apparaît dans aucun registre de population. On ne trouve sa trace dans aucun document officiel, aucune liste d'électeur, son nom n'est lié à aucun numéro d'identification national. Élise Martin est une pure fiction.

Sarah ne l'a pourtant pas rêvée, le notaire non plus, ni les ambulanciers qui ont emmené Lucie Beaumont à l'hôpital. Tous se souviennent de la jeune femme au physique passe-partout, à l'âge incertain. La présence sur le couteau d'empreintes digitales n'appartenant à aucun des autres acteurs du drame a achevé de confirmer ces témoignages.

# J + 104

Si l'existence d'Élise a été mise en doute, celle de Daniel a enfin pu être dévoilée. Sa dépouille repose dans une tombe qui porte son nom, située non loin de celle de sa mère. Sarah ne l'aura connu que quelques minutes. Le temps de comprendre que le gouffre entre eux ne se comblerait jamais.

Celui qui la sépare encore de sa mère est aujourd'hui moins profond. Non pas qu'elle lui ait pardonné, mais elle commence à comprendre que certaines circonstances peuvent faire perdre la raison.

Jérôme fait voler sa figurine en courant dans les allées. Il n'a gardé aucun souvenir de ces heures sombres. L'autre jour, Sarah lui a expliqué ce qui allait se passer dans quelques mois. Dans un premier temps, il a paru surpris. Depuis, il attend ce moment avec curiosité, voire impatience.

L'histoire ne se répète pas toujours. Il arrive que l'on parvienne à ne pas reproduire les mêmes schémas, les mêmes erreurs.

Ses enfants, Sarah va les garder près d'elle. Elle ne va pas les séparer, les cacher, les enfermer dans une cave. Elle ne fera aucune différence entre eux. Ils ont tous les deux le même père. Même si le second l'a plutôt surprise. Même si, pendant un quart de seconde, Sarah a pensé s'en débarrasser. Un enfant n'est responsable ni du moment, ni du lieu, ni de l'environnement dans lesquels il vient au monde.

Elle les aimera tous les deux, sans distinction.

Sarah s'est levée. Jérôme court la rejoindre. Tous les deux regardent en silence la pierre sur laquelle est gravé le nom de Lucie Beaumont.

Sarah tient son fils, d'une main. De l'autre, elle se caresse le ventre.

Et sourit.

FIN

Septembre 2017

*Composition réalisée*
*par Rosa Beaumont*